詩經新繹

國風編

國風二：衛風・王風・鄭風・齊風・魏風

吳宏一

目錄

隘而殺之壽知之以告伋使去之伋曰君命也不可以逃壽竊其節而先往賊殺之伋至曰君命殺我壽有何罪賊又殺之國人傷其涉危遂往如乘舟而無所薄汎汎然迅疾而不礙也

願言思子中心養養

願每也養養然憂不知所定箋云願念也念我思此二子心爲之憂養養然

二子乘舟汎汎其逝

逝往也

願言思子不瑕有害

言二子之不遠害箋云瑕猶過也我念思此二子之事放行無過差有何不可而不去也

二子乘舟二章章四句

詩淺見錄

陽村後學權　近　著

詩說

愚按二南作於文王之世周未有天下之時也朱子集傳稱先王又稱天子者詩雖作於文王之世而采之以被筦絃乃在武王有天下之後周公制作禮樂之日也周公以為房中之樂又推之以及鄉黨邦國者所以著先王之德而為後世之法又以見周家有天下之本也然不以為雅而為風不敢以純於天子也其謹嚴至矣孔子曰三分天下有其二以服事殷周之德其可謂至德已矣二南為風而不為雅其知文王之心哉

關雎先言窈窕反側後言琴瑟鐘鼓先哀而後樂也孔

毛詩卷第四

王黍離詁訓傳第六

國風　　鄭氏箋

黍離閔宗周也周大夫行役至于宗周過故宗廟宮室盡爲禾黍閔周室之顚覆彷徨不忍去而作是詩也宗周鎬京也謂之西周周王城也謂之東周幽王之亂而宗周滅平王東遷政遂微弱下列於諸侯其詩不能復雅而同於國風焉○[離]如字[過]古臥反又古禾反[覆]芳服反[彷]薄皇反[徨]音皇[鎬]胡老反[復]扶又反

○彼黍離離彼稷之苗彼彼宗廟宮室箋云宗廟宮室毀壞而其地盡爲禾黍我以黍離離時至稷則尚苗行邁靡靡中心搖搖邁行也靡靡猶遲遲也搖搖憂無所愬箋云行道也道行猶行道也○[搖]音遙[愬]蘇路反知我者謂我心憂箋云

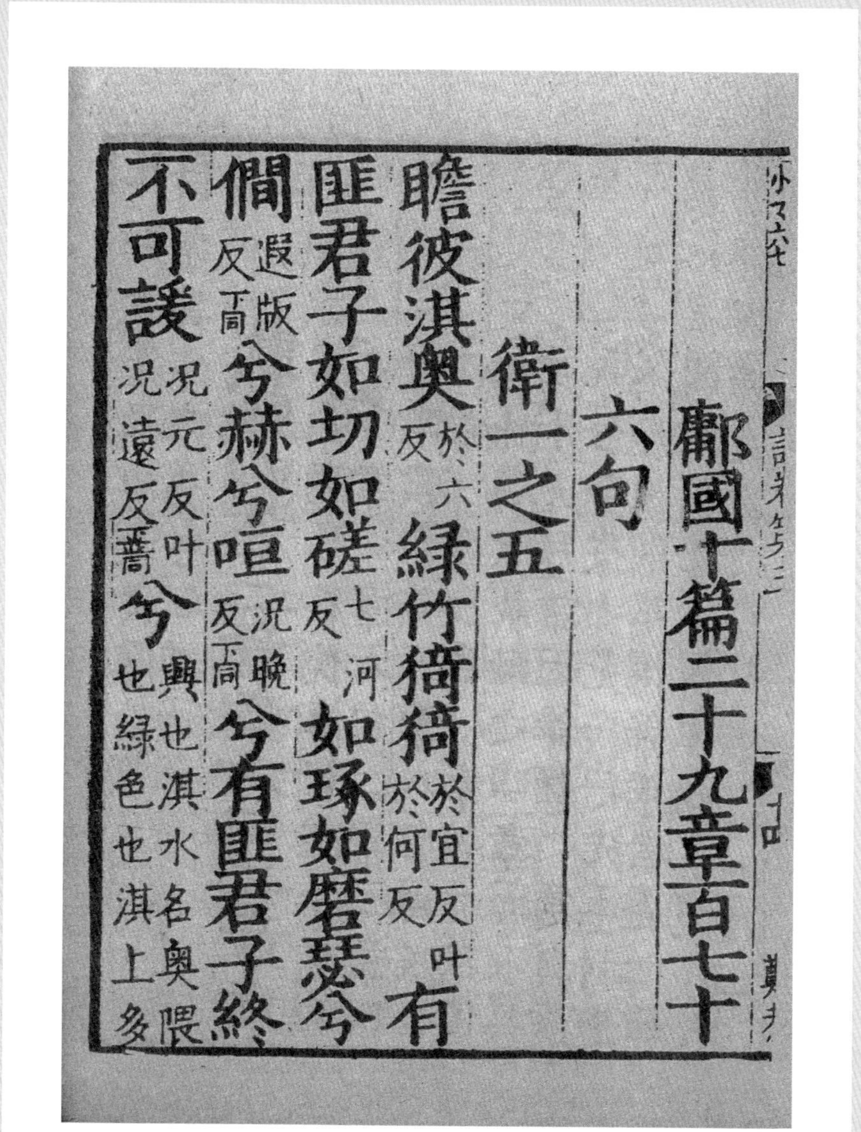
鄘國十篇二十九章百七十六句

衛一之五

瞻彼淇奧於六反綠竹猗猗於宜反叶於何反有匪君子如切如磋七河反如琢如磨瑟兮僴遐版反下同兮赫兮咺況晚反下同兮有匪君子終不可諼況元反叶況遠反下同兮興也淇水名奧隈也綠色也淇上多

朱熹《詩集傳》古刻本

詩經地理圖

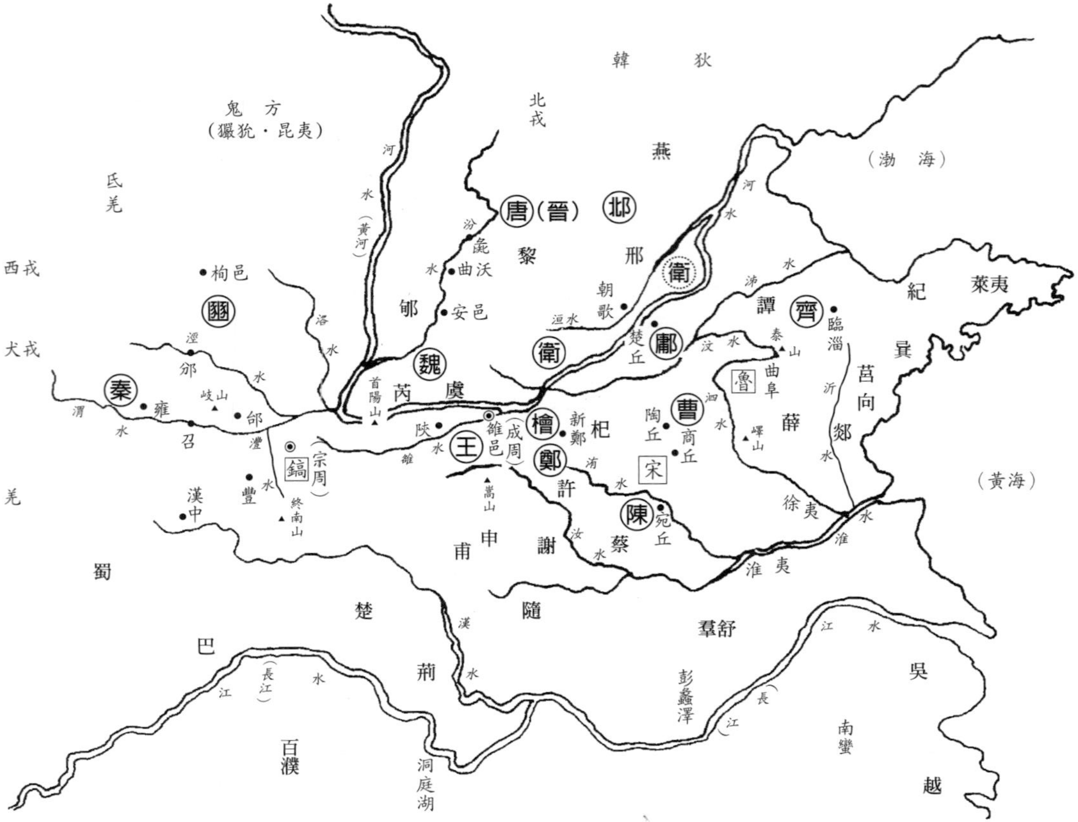

風 ○
雅 ◉
頌 □

（吳宏一／繪製）

衛風

衛風解題

公元前一〇四六年（一說：一一二二年），周武王伐紂克殷之後，分封諸侯，封其弟叔封於康（今河南禹縣附近）。後來，周公姬旦平定武庚及管、蔡之亂後，又把原來殷商王畿內所管轄的地區，包括邶、鄘、衛之地，都封給康叔，都城仍在朝歌（今河南淇縣東北）。三者合而為一，成為當時諸侯中的大國。朝歌商業發達，民好聲色。傳到七世衛頃侯時，日趨淫靡，國勢衰微。到衛懿公八年（公元前六六一年）時，竟被狄人擊滅。幸賴宋桓公助其遺民渡河，立戴公於漕邑（參閱〈鄘風〉之〈定之方中〉、〈載馳〉等篇）。戴公立一年而卒，衛文公又得齊桓公之助，遷居楚丘（今河南滑縣東），從此成為小國。後來衛成公又遷帝丘（今河南濮陽縣西南）。最後為魏國所滅。

衛國承商紂之遺，本來就是淫風很盛，從頃侯開始，更趨靡麗。這地區所產生的曲調詩歌，和後來遷都的鄭國一樣，古調衰微，新聲競起，所以到春秋戰國時代，被稱為「新聲」，被稱為「鄭衛之音」。

〈衛風〉收錄的詩共十首。據鄭玄《詩譜》說，〈淇奧〉一篇，成於衛武公晚年，〈考槃〉、〈碩人〉二篇，成於衛莊公初立之時，俱當周平王在位，約在公元前七五七～七五〇年之間；〈氓〉、

〈竹竿〉、〈伯兮〉、〈有狐〉四篇，在衛宣公之世，約當公元前七一八～七〇〇年之間；〈芄蘭〉一篇，「刺惠公」則在公元前六九九～六九七年三年之內；〈河廣〉、〈木瓜〉二篇，似在衛文公之時，約當公元前六五九～六三五年之間，已入周襄王之世。後代學者或採而信之，或疑而考之，其中有事實可考的，是〈淇奧〉和〈碩人〉二篇。〈淇奧〉篇是衛武公時，衛人歌頌武公之德的作品。衛武公與周平王年代相當而略早。〈碩人〉一篇，則是衛人憐憫莊姜之作，事見《左傳．隱公三年》，即公元前七二〇年。可見〈衛風〉的產生時代，大約是周平王東遷後一百年左右，比〈邶風〉略晚，與〈鄘風〉則大約同時。產生的地區，大致都在殷都王畿朝歌附近，即今河南淇縣、滑縣、濮陽一帶。

附帶一提，邶、鄘、衛的地理位置，以朝歌牧野為中心，邶在北，近乎燕地；鄘在南，近於魯國，應該都不成問題。唯獨衛究竟是在朝歌之東或南方，則一直爭論不休。筆者推求再三，以為其始在朝歌之東，後因一再遷都，乃在朝歌之南，與鄘左右比鄰了。

上文說過，邶、鄘、衛三國國風，可以合稱為〈衛風〉，而邶、鄘、衛也都在今河北省南部、河南省北部一帶，本來就是商紂畿內之地，所以歷來有些說《詩》者，把三者合編在一起，不分卷編次，是有其道理的。但原來編《詩》者三者分立，也必然有其道理，可能與邶、鄘之併入衛有關，也可能與樂調古今新舊的變化有關。就好像〈檜風〉和〈鄭風〉產生的地區，都在河南新鄭一帶，但樂調卻有新舊的不同。

為了便於讀者核對，茲據《史記．衛世家》等資料，將〈衛風〉有關系譜（貞伯前據《中國歷代各族紀年表》）臚列如下：

衛康叔—康伯—考（孝）伯—嗣伯 BC1016-936—捷伯 BC935-910—靖伯 BC909-895—貞伯 BC894-867—頃侯 BC866-855—

- 釐（僖）侯 BC854-813—共伯 BC813
- 武公 BC812-758—莊公 BC757-735—
  - 桓公 BC734-719
  - 宣公 BC718-700—
    - 惠公 BC699-696
    - 黔牟 BC695-688
    - 惠公復位 BC687-669—懿公 BC668-661—
      - 戴公 BC660
      - 文公 BC659-635—成公 BC634-600—穆公 BC599-589—定公 BC588-577—獻公 BC576-559……

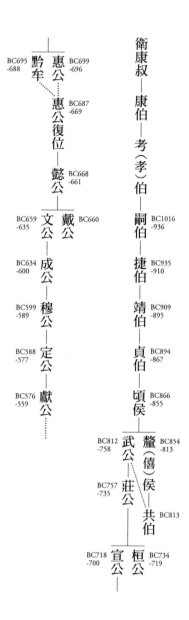

淇奧

一

瞻彼淇奧，❶
綠竹猗猗。❷
有匪君子，❸
如切如磋，❹
如琢如磨。❺
瑟兮僩兮，❻
赫兮咺兮；❼
有匪君子，
終不可諼兮。❽

二

瞻彼淇奧，
綠竹青青。❾
有匪君子，

【直譯】

看那淇水的曲岸，
綠色竹子多柔密。
文采風流的君子，
像切牛骨磋象牙，
像琢美玉磨寶石。
莊嚴啊，典雅啊，
光明啊，堂皇啊；
文采風流的君子，
永遠不能遺忘啊。

看那淇水的曲岸，
綠色竹子多茂盛。
文采風流的君子，

【注釋】

❶瞻，看。淇，水名，在今河南省境內。奧，水邊彎曲的地方。

❷綠，綠色。一說：通「菉」，植物名。猗猗（音「依」），柔美而盛的樣子。

❸匪，《魯詩》、《齊詩》作「斐」，有文采的樣子。有匪，斐然。

❹切，切磨骨角。磋，一作「瑳」，切磨象牙。猶言琢磨，比喻自修精進的工夫。

❺琢，雕磨寶玉。磨，雕磨美石。

❻瑟，莊重的樣子。僩，音「現」，寬大的樣子。一說：威武的樣子。

❼赫，光明的樣子。咺，《韓詩》作「宣」，顯耀的樣子。

充耳琇瑩，⑩
會弁如星。⑪
瑟兮僩兮，
赫兮咺兮；
有匪君子，
終不可諼兮。

三

瞻彼淇奧，
綠竹如簀。⑫
有匪君子，
如金如錫，⑬
如圭如璧。⑭
寬兮綽兮，⑮
猗重較兮；⑯
善戲謔兮，⑰
不為虐兮。⑱

充耳玉瑱多晶瑩，
皮帽中縫像明星。
莊嚴啊，典雅啊，
光明啊，堂皇啊；
文采風流的君子，
永遠不能遺忘啊。

看那淇水的曲岸，
綠色竹子像墊席。
文采風流的君子，
像精金啊像純錫，
像玉圭啊像白璧。
寬厚啊，大方啊，
靠著車軾橫較啊；
善於戲謔談笑啊，
不會刻薄粗暴啊。

❽ 終，始終、永遠。諼，音「宣」，通「諠」，忘記。
❾ 青青，同「菁菁」，茂盛的樣子。
❿ 充耳，古人用以塞耳的玉瑱。見〈鄘風．君子偕老〉篇。琇，美石。
⓫ 會弁，弁縫。弁，皮帽，用來束髮。會，指皮帽縫合飾玉處。
⓬ 簀，音「責」，密積竹席。一說：籬笆。
⓭ 是說德行像金錫一樣鍛鍊精純。
⓮ 圭、璧都是製作精純的玉器，可供禮儀之用。
⓯ 寬、綽意義相近，都是大方、大器的意思。
⓰ 猗，同「倚」，依靠。重，雙、左右。較，車軾上供憑靠的橫木或廂板。左右各一，其形如耳，故名重較。
⓱ 戲謔，開玩笑。
⓲ 虐，甚、過分。

【新繹】

〈淇奧〉這首詩，〈毛詩序〉如此解題：「〈淇奧〉，美武公之德也。有文章，又能聽其規諫，以禮自防，故能入相于周，美而作是詩也。」意思是說，〈淇奧〉一詩乃詩人頌美衛武公德業之作。衛國自康叔受封以後，至武公而臻於極盛；武公而下，歷莊公、桓公、宣公、惠公、黔牟以迄懿公，國勢漸衰，終為狄人所滅，幸而文公中興，重建衛國。據《史記．衛世家》、《國語．楚語》等等資料的記載，衛武公即位之後，「修康叔之政，百姓和集」，而他自己也能學詩習禮，進德修業，以求精進；更難得的是，周幽王十一年（公元前七七一年）犬戎為亂，幽王被殺、宗周滅亡的時候，他和鄭武公、秦襄公、晉文侯等人，都立即帶兵前往，輔佐周室，平定變亂，並且護送太子宜臼遷都洛陽，此即周平王。這也就是〈毛詩序〉中所說的「入相于周」。衛武公因為有這大功勞，所以被晉級公爵，任命卿相，年過九十以後，相傳還寫了〈賓之初筵〉和〈抑〉（分別見於〈小雅〉和〈大雅〉）這兩首詩，來表達他感時憂國的忠悃。這樣的人，當然值得讚揚！

〈毛詩序〉的這種說法，三家詩並無異義（見王先謙《詩三家義集疏》），應當可以採信。至於有人根據詩中「猗重較兮」等句，認為此篇應為衛武公「入為卿士時，國人思慕而作」；有人根據詩中前兩章末句都說「有匪君子，終不可諼兮」，認為應為「死後追美之詞」，這些都是見仁見智的推測之詞，只能做為參考，不能視為定論。民國以來的學者，像袁梅和程俊英等人，或者以為這是古代貴族女子別後思夫之作，或者以為這是讚美衛國「一位有才華的君子」的詩篇，我總以為疑古太過，未必可據。

此詩凡三章，每章九句。第一章寫衛武公的進德修業，說他努力不懈，精進無已；第二章寫衛武公的服飾之美；第三章寫衛武公不但威儀出眾，而且平易近人。假使我們從《詩經》常用前後複沓的形式來看這首詩，可以發現在三章之中，每一章都可以同樣分為三節，而每一節的表現方法，也都相當類似。

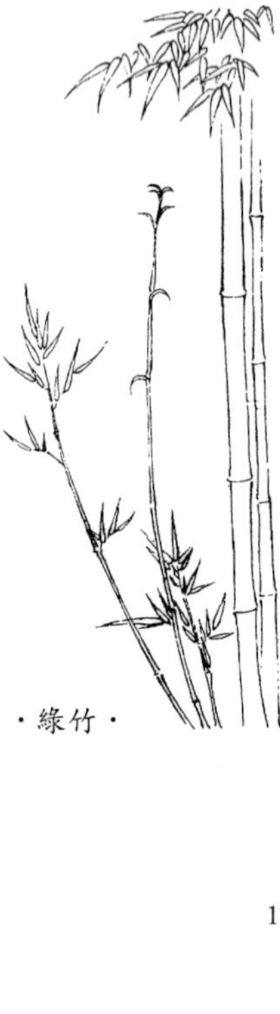

・綠竹・

每一章的前兩句，是第一節。作者說在那淇水的河灣，有綠綠的竹子。「綠竹」的「綠」，有人以為同「菉」，即王芻，又名淡竹、葉竹；也有人以為是指竹的顏色。我認為即使把「綠」解成「菉」，它還是綠色的竹子，所以譯文採用後說。衛國淇水從古就盛產竹子，因而詩人藉此起興，以綠竹來暗示衛武公的「質美德盛」。第一章的「猗猗」，是綠竹初生時柔美的樣子；第二章的「青青」，是綠竹茁長時茂盛的形容；第三章的「如簀」，是綠竹茂密如蓆的比喻。合看這三章對綠竹的描寫，可以了解詩人正以層遞的方式，來描述武公的德業日臻於成熟。

第二節是每一章的第三到第五句，這也是描寫武公的重心所在。「有匪君子」，意即文采斐然的君子，指武公而言。第一章的「如切如磋，如琢如磨」，藉切磋骨角、琢磨玉石的加工過程，來說明武公的銳意求進；第二章的「充耳琇瑩，會弁如星」，藉垂在耳旁的玉瑱和皮弁上的玉光，來形容武公的德業有成；第三章的「如金如錫，如圭如璧」，藉鐘鼎彝器和圭璧禮器的比喻，來表示武公受朝廷的重寄，荷卿相的大任。這些比喻，一層比一層精純，一層比一層豐美，和第一節對綠竹的形容，正可對照著看。

第三節是每一章的最後四句，是對武公的直接歌頌。前兩章的字句完全一樣，都在讚美武公的儀表出眾，令人難忘。「瑟兮僩兮」二句，歷來大多數的注解，都解作莊嚴威武或尊貴寬大的樣子，可是高本漢的《詩經注釋》，卻以為應該解作「多鮮明」、「多嫻雅」。我個人認為，就上文以綠竹為喻來看，解為莊嚴尊貴，固然很恰當，但對照第三章的「善戲謔兮」二句來看，則高本漢的說法，也有可取之處。第三章的末四句是說，武公坐著周天子所賜給的「卿士之車」，車上有如牛角重起的金飾橫木，武公就憑靠著它，看起來是那麼雍容華貴，又是那麼寬緩自在。他的儀表固然令人肅然起敬，但是他的言談卻又那樣親切、風趣。〈大雅〉中相傳是武公所作的〈抑〉那首詩，就有這樣的句子：「慎爾出話，敬爾威儀，無不柔嘉」，又說：「淑慎爾止，不愆于儀」，可見武公是一位既有威儀又有諧趣的人。就因為這樣，〈毛詩序〉才會說他「有文章，又能聽其規諫，以禮自防」。清人牛運震《詩志》有段評語說得好：「德性學問之事最難寫，似非詩家所長，此篇描寫武公，卻有精理真氣，細看純是一片神韻，何曾一字落板腐也。其體安以莊，其神鮮以暢，此風詩之近雅者。」

《論語．學而篇》說子貢以「如切如磋，如琢如磨」這兩句詩，來解釋「貧而無諂，富而無驕」之「未若貧而樂（道），富而好禮」，孔子就稱讚他說：「始可與言《詩》已矣，告諸往而知來者。」我們一方面敬佩孔子的循循善誘，另一方面也敬佩子貢的善於體會、懂得活用。讀《詩》的人，正須像子貢一樣「告諸往而知來者」。

考槃

一

考槃在澗，❶

碩人之寬。❷

獨寐寤言，❸

永矢弗諼。❹

二

考槃在阿，❺

碩人之薖。❻

獨寐寤歌，

永矢弗過。❼

三

考槃在陸，❽

碩人之軸。❾

【直譯】

扣槃嘯歌在山澗，

賢人這樣心寬敞。

獨睡獨醒還獨語，

永遠發誓不遺忘。

扣槃嘯歌在山坡，

賢人這樣心寬闊。

獨睡獨醒還獨歌，

永遠發誓不偏頗。

扣槃嘯歌在高原，

賢人這樣心寬緩。

【注釋】

❶考，扣、敲。槃，一種盛水的器物。澗，兩山夾立的深谷。

❷碩人，大人、美人。古以碩大為美，此指盛德之賢人。

❸是說獨寐、獨寤、獨言。寐，睡；寤，醒。

❹矢，誓、發誓。弗諼，不忘。一說：諼，同「喧」，吵鬧。

❺阿，音「婀」，山坡。一說：山轉彎的地方。

❻薖，音「科」，寬大的樣子。

❼弗過，不踰越。一說：不與人過從。

❽陸，與上文「澗」、「阿」相對，指高平的陸地或原野。

獨寐寤宿，永矢弗告。❿

獨睡獨醒還獨臥，永遠發誓不多言。

❾ 軸，車軸，用來轉輪運車，有盤旋、自由之義。
❿ 弗告，不告訴他人。

【新繹】

像其他篇章一樣，〈考槃〉這一首詩，歷來也有幾種不同的說法。〈毛詩序〉是這麼說的：「〈考槃〉，刺莊公也。不能繼先公之業，使賢者退而窮處。」意思是說，衛莊公不能勤政愛民，繼承先業，所以賢人君子退處山林，隱居泉野。這首詩寫的，就是賢人遯世而無悶的心情。

這種說法，據王先謙《詩三家義集疏》云，三家詩並無異義。不過，對於此詩文字的訓詁，《毛傳》、《鄭箋》已有不同，到了宋代儒者，連〈詩序〉的說法也被否定了。像王柏《詩疑》就說：

〈考槃〉詞雖淺，而有暇裕自適氣象。《孔叢子》載孔子曰：「於考槃見遯世之士，無悶於世」，此語足以盡此詩之意，殊不見其未忘君之意。序者既誤，箋者大害於義。

換句話說，就是不贊成「刺莊公」之說。其他像朱熹等人，也早有類似的說法。他們以為從詩的本文來看，「未有見棄於君之意，則亦不得為刺莊公矣」。這種推論方法，事實上並不嚴謹。王先謙說得好：「君不用賢，是詩外意」，陳子展《詩經直解》說得更清楚：「〈考槃〉，美賢者退而窮處，自成其樂之詩。美賢者隱退，刺莊公不用賢，美在此而刺在彼，言內言外之意可合而一，〈詩序〉未為不通。」因此，〈考槃〉這首詩，就言內之意來說，是頌美退隱自樂的賢人；就言外之意來說，是諷刺「不能繼先公之業」的莊公。

此詩凡三章，每章四句，每句四字。章句前後複沓，頂多改易一字而已。這是《詩經》中一種常見的構成形式。

「考槃」二字，漢儒以下，已有不少歧解。有人解作「扣槃而歌」，有人解作「築成木屋」，其他說法還有一些。即使把「考槃」同樣解釋為扣槃而歌，還是有爭論，有的以為「槃」指玉飾的銅槃，有的則以為應指木製的夷槃；有的以為「槃」指盛水的器具，有的則以為應指用以節歌的樂器。這些歧解異說，宋代學者如朱熹，都已經說「未知孰是」，後人的疑問當然更多。清代胡承珙的《毛詩後箋》，以為解作築成木屋，則詩中「在澗」、「在阿」、「在陸」，分為三處，恐無是理；胡氏又以為解作扣槃嘯歌，如鼓盆拊缶之類，「乃貧無聊賴者之所為，賢者當不如此」，因此他仍然主張依據毛氏之說。不過，《毛傳》解釋「考槃」為「成樂」，究竟意思是說賢人自得其樂，或扣槃合節成樂，並不明確，同時，二者也不相牴觸，所以筆者譯文採用扣槃而歌的說法。

考槃「在澗」、「在阿」、「在陸」，當然不應該像胡承珙那樣解釋；這只是一種修辭的技巧，而不是真的一個人分別築室在溪澗、山阿、高地。遯世隱居的高人，自古有之，如《論語》中也有長沮、桀溺、荷蕢、接輿等人，其他古書記載的更多。這些隱士通常住在山林泉野之中，遺世而獨立。所以，這首詩中每一章的第三句「獨寐寤言」等等，應是非常切合事實的描寫。

「碩人之寬」、「碩人之薖」、「碩人之軸」這三句的「碩人」，自指賢者而言，但「寬」、「薖」、「軸」這三個字，《毛傳》和《鄭箋》的解釋，卻不相同。《毛傳》認為是頌美之詞，形容賢人心地的寬大，自得其樂；而《鄭箋》則以為直寫碩人生活的窘迫，所以把這三個字分別解釋為虛乏、饑餓、生病，意思是碩人生活雖然困苦，但是仍然固守節操。兩者都可採取，筆者採用前者。

「永矢弗諼」等每一章的末句，都是賢人的誓詞。他發誓永遠固窮守節，不會忘記聖賢的教訓，不會阿諛權貴、行為偏頗，也不會多言賈禍。他只是嘯歌在山阿水涯，自得其樂而已。這樣的賢人，明哲保身，苟全性命於亂世，自有他可愛可敬的一面。明代戴君恩《讀風臆評》曾說此詩「每章精神都在第二句，下二句都從箇裡拈出。」並且說：「細讀此詩一過，居然覺山月窺人、澗芳襲袂，那得不作人外想。」說得真好。

因此，有人以為〈考槃〉一詩，可能是我國隱逸詩之宗。

筆者以前常說，民國以來的說《詩》者，往往疑古太過，喜立新說，像鄧荃《詩經國風譯注》就是一個例子。他對此篇的譯詩是這樣的：

我環繞青草，放牧在澗邊，
偶然遇見聰明開朗的姑娘，心裡記念。
夜間夢裡恍惚和她共坐談心，
向她表示了我永遠不忘她的意願。

我繞著水草，放牧在山坳旁，
又偶然經過那姑娘的茅草房。
夜間夢裡見她，我獨自歌唱，
又忍不住向她傾吐了我的衷腸。

我環繞青草，放牧在沙石灘一帶，
又見著我的姑娘，一起談笑，不願離開。
夜間睡夢裡，又迷迷糊糊見著她，
我不願告訴任何人，我這內心的愛。

譯文非常流暢，但這樣譯解《詩經》，恐怕就是前人所謂「解經而經亡」了。

碩人

一
碩人其頎，❶
衣錦褧衣。❷
齊侯之子，❸
衛侯之妻。❹
東宮之妹，❺
邢侯之姨，❻
譚公維私。❼

二
手如柔荑，❽
膚如凝脂。
領如蝤蠐，❾
齒如瓠犀。❿
螓首蛾眉，⓫

【直譯】

美人身材那樣高，
穿著錦衣加罩袍。
她是齊侯的嬌女，
她是衛侯的愛妻。
她是太子的胞妹，
她是邢侯的小姨，
譚公是她的妹婿。

手指白嫩像柔荑，
皮膚溫潤像凝脂。
頸項細長像蝤蠐，
牙齒整潔像瓠籽。
螓樣額頭蛾樣眉，

【注釋】

❶碩人，大人、美人。已見上篇。頎，音「祈」，身材修長。其頎，頎頎。
❷衣，作動詞用，穿。褧，音「窘」，單衣、罩袍。
❸齊侯，指齊莊公。子，此指女兒。
❹衛侯，指衛莊公。
❺東宮，太子的住處。此指齊國的太子得臣。
❻邢侯，當時邢國（在今河北邢臺縣附近）的國君，未詳何人。姨，妻的姊妹。
❼譚公，當時譚國（在今山東歷城一帶）的國君，亦未詳其人。私，姊妹的丈夫。
❽荑，茅芽。已見〈邶風．靜女〉篇。

巧笑倩兮，⑫
美目盼兮。⑬

三

碩人敖敖，⑭
說于農郊。⑮
四牡有驕，⑯
朱幩鑣鑣。⑰
翟茀以朝，⑱
大夫夙退，⑲
無使君勞。

四

河水洋洋，⑳
北流活活。㉑
施罛濊濊，㉒
鱣鮪發發，㉓
葭菼揭揭。㉔

嫣笑時唇頰美呀，
美目黑白分明呀。

美人身材高又高，
停車休息在近郊。
四匹雄馬多健壯，
紅纓紛紛繫馬鑣。
雉羽飾車來上朝，
大夫早早下班去，
莫讓君王太疲勞。

黃河河水汪洋洋，
向北奔流嘩嘩響。
撒下魚網聲霍霍，
鱣魚鮪魚潑潑跳，
蘆葦荻草叢叢高。

⑨ 領，頸部。蝤蠐，音「求齊」，天牛的幼蟲，身長而色白。
⑩ 瓠犀，音「戶西」，葫蘆的種籽，整齊而潔白。
⑪ 螓，音「秦」，一種額頭方廣的小蟬。蛾，蟲名，牠的觸鬚彎而細。一作「娥」。
⑫ 倩，音「欠」，形容唇角腮邊笑容之美。一說：酒窩。
⑬ 盼，形容眼睛轉動時黑白分明之美。
⑭ 敖敖，高大修長的樣子，與「頎頎」同義。
⑮ 說，通「稅」，停車休息。農郊，城外郊野的農莊。
⑯ 有驕，驕驕、驕然，壯健的樣子。
⑰ 幩，音「焚」，馬口鐵的裝飾物。鑣鑣（音「鏢」），美盛的樣子。
⑱ 翟，雉羽、野雞羽毛，是說以雉羽飾車。茀，音「扶」，蔽。古代婦人乘車不露面，故設障自蔽。

庶姜孽孽，㉕
庶士有朅。㉖

所有姜女都盛妝，
所有衛士都健壯。

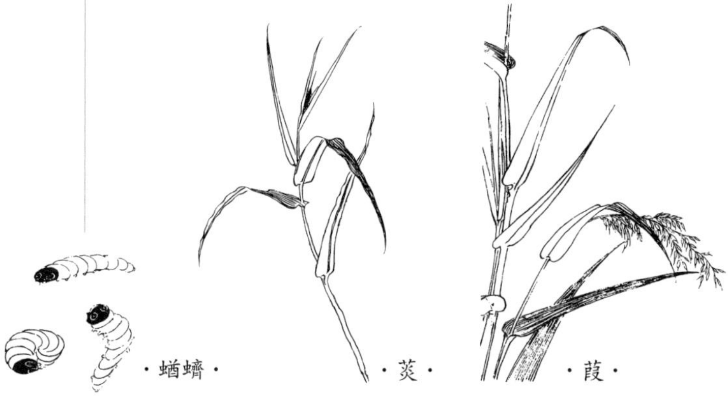

⑲ 夙退，早退、提前下班。

⑳ 河，黃河。洋洋，盛大的樣子。

㉑ 活活（音「括」），水流聲。

㉒ 施，設。罛，音「姑」，魚罟、魚網。濊濊（音「貨」），拋網入水的聲音。

㉓ 鱣，音「毡」，鯉魚。鮪，音「委」，鱘魚。發發，魚潑跳的聲音。

㉔ 葭，音「加」，菼，音「坦」，蘆葦荻草之類。揭揭，高舉挺立的樣子。

㉕ 庶姜，所有陪莊姜出嫁的齊國女子。齊為姜姓國。孽孽，盛妝。一說：紛紛。

㉖ 庶士，所有護送莊姜入衛的齊國臣子。有朅（音「妾」），朅朅，威武雄壯的樣子。

【新繹】

〈碩人〉是《詩經》中的名篇，有人說它像一幅美人圖，把古代美人刻劃得栩栩如生。古人以為身材修長高大，才是美好的，男性女性都一樣。所以在《詩經》中，碩人、美人、大人的意義，常常可以相通。本篇所寫的，是一位高大美麗的婦女，名叫莊姜。她是衛莊公的妻子，齊莊公的女兒，身分極其高貴，不僅人長得漂亮而已。可惜的是，她雖然美麗高貴，卻沒有得到衛莊公的疼愛。《左傳．隱公三年》就這樣說：「衛莊公娶於齊東宮得臣之妹，曰莊姜，美而無子，衛人所為賦〈碩人〉也。」〈毛詩序〉也這樣說：「〈碩人〉，閔莊姜也。莊公惑於嬖妾，使驕上僭，莊姜賢而不荅，終以無子，國人閔而憂之。」

衛國先後有兩位莊公，一名揚，公元前七五七年至七三五年在位；一名蒯聵，公元前四八〇年至四七八年在位。這裡指前者而言。莊姜美而無子，莊公惑於嬖妾，這種說法和承襲《齊詩》說的《易林》所言「夫婦相背，和氣弗處。陰陽俱否，莊姜無子」，可謂契若針芥。除了這種說法之外，劉向的《列女傳》，卻有另外一種說法。他以為此詩並非衛人同情莊姜之作，而是莊姜的傅母，勸誡莊姜不可操行衰惰之詞。

這兩種說法，清代以降的學者，一旦核對本文來讀，往往不肯接受。因為詩中所洋溢的稱美之情，和這些說法都有很大的差距。崔述的《讀風偶識》，就說詩中「毫不見有刺莊公之意」，「且玩詩詞，乃其初至時作」。王先謙的《詩三家義集疏》，引錄劉向、何楷之說，也以為此詩「但言莊姜族戚之貴，容儀之美，車服之備，媵從之盛，其為初嫁時甚明」。不過，王先謙把劉向《列女傳》的說法，和本篇附會在一起講，恐怕也非現代讀者所樂於見到的吧。

事實上，〈毛詩序〉和《列女傳》的說法，都各有所本，也都可以講得通，只是後人多喜據詩直尋本義，不肯採信而已。像朱熹的《詩集傳》，據《毛詩》之說，以為本篇鋪寫莊姜族類之貴、容貌之美，「以見其為正嫡小君，所宜親厚，而重歎莊公之昏惑也」，「而歎今之不然也」，我就以為說得頗切情理。「歎今之不然」，正表示詩中所寫，是撫今追昔，是追想往日初嫁時的情景，來對照今日寂寞時的哀傷。這和清代以來的學者所殷殷主張的「初至時作」，本來就沒有什麼牴觸。

此詩凡四章，每章七句，每句四言。第一章寫莊姜的親族之貴。一開頭就說莊姜身材修長高大，符合了當時美人的標準。「衣錦褧衣」，是說她穿著錦衣，外加罩衫，這是古代女子出嫁時、在途中所穿的衣服。「齊侯之子」以下五句，說明她身分的高貴、姻族的廣袤。用五種高貴的身分，來襯托她的與眾不同，這是文學表現技巧中一種濃密中見主題的方法，值得注意。「譚公維私」的「私」，泛指姊妹的夫婿，譯文中譯為妹婿，想當然耳，是為了配句協韻，並沒有充分的證據。

第二章寫莊姜的體貌之美。「手如柔荑」以下五句，用柔荑、凝脂、蝤蠐、瓠犀、螓蛾，來形容莊姜的雙手、肌膚、頸項、牙齒、額眉，比擬非常貼切，形象非常突出。這和第一章以「齊侯之子」以下五句來襯托莊姜的高貴，

・螓・　・蛾・

是同樣的表現手法。這前五句刻劃莊姜的美貌，已經極為細膩動人，可是下接「巧笑倩兮，美目盼兮」二句，更是神來之筆。有了這兩句，才使靜態的美貌化為動態的媚姿。鍾惺評點《詩經》裡就這樣說「巧笑」二句：「畫美人，不在形體，要得其性情。此章前五句，猶狀其形體之妙，後二句並其性情生動處寫出矣。」

第三章寫莊姜的車服之備。古代女子出嫁到遠方，中途可以休息更衣，以備婚禮。這裡說莊姜「說于農郊」，是說她尚未入城，先在郊外農莊休息更衣，表示她的身分不凡。等到莊姜即將入城時，則乘著高車駟馬，翟羽裝飾車茀，馬鑣前朱綃飛揚。衛國上下，都無限歡欣，紛紛傳告：「大夫夙退，無使君勞」。上句說請官員早早退下，不成問題，下句到底是說不要讓衛君過於疲累，或者是說不要使莊姜太過疲頓，則難以確定。

第四章寫莊姜的隨從之盛。七句之中，前六句連用六個疊字，鋪陳黃河風物，想見當時場面的壯大。黃河界於齊、衛之間，北流入海，莊姜出嫁時，必然渡河而來，所以詩中以黃河沿岸景物，做為描寫的背景。最後兩句，直寫莊姜的隨從。「庶姜」，泛指陪嫁的齊女，因為齊國姜姓，故稱「庶姜」。「庶士」，泛指衛護之士。這些人護送莊姜嫁到衛國來。因為此詩是追想當日莊姜初嫁時的情景，所以第三、四兩章，是使用倒敘的方式。

這首詩對於莊姜的美麗高貴，曲盡形容，刻劃細膩，不愧是《詩經》中的名篇。尤其是第二章「手如柔荑」等句，更為後人遞相傳誦。姚際恆《詩經通論》就這樣推許它說：「千古頌美人者，無出其右，是為絕唱。」

氓

一

氓之蚩蚩，❶
抱布貿絲。❷
匪來貿絲，❸
來即我謀。❹
送子涉淇，❺
至于頓丘。❻
匪我愆期，❼
子無良媒。❽
將子無怒，❾
秋以為期。

二

乘彼垝垣，❿
以望復關。⓫

【直譯】

浪子這樣笑嘻嘻，
抱著幣帛來換絲。
不是真的來換絲，
是來跟我談婚事。
送你涉過了淇水，
一直到頓丘那裡。
不是我拖延佳期，
你沒良媒來連繫。
希望你不要生氣，
秋天可以定佳期。

登上那殘缺高牆，
來遙望復關方向。

【注釋】

❶ 氓，浪子、沒有固定住所的人。蚩蚩，笑嘻嘻。一說：敦厚的樣子。
❷ 布，布匹。一說：幣帛。貿，買賣、交換。
❸ 匪，非、不是。
❹ 即，就、接近。謀，指下文的商量婚事。
❺ 子，你。對男子的美稱。淇，水名。已見前。
❻ 頓丘，地名，在今河北清豐縣。一說：丘一重即稱頓丘，不是專稱。
❼ 愆期，誤了婚期。愆，音「千」，錯過。
❽ 良媒，好媒人。古人婚姻，必經媒妁之言。

不見復關，
泣涕漣漣。⑫
既見復關，
載笑載言。⑬
爾卜爾筮，⑭
體無咎言。⑮
以爾車來，
以我賄遷。⑯

三

桑之未落，
其葉沃若。⑰
于嗟鳩兮，⑱
無食桑葚。⑲
于嗟女兮，
無與士耽。⑳
士之耽兮，
猶可說也。㉑

不能看見復關時，
流著眼淚淚汪汪。
已經看見復關時，
又是笑呀又是講。
你去占卜你算卦，
卦象並無不祥語。
帶著你的車子來，
把我嫁妝搬過去。

桑葉未落的時節，
它的葉兒多鮮潤。
唉呀斑鳩鳥兒喲，
不要吃掉那桑葚。
唉呀年輕姑娘喲，
別跟男人愛過分。
男人的愛過分喲，
還可以解得開呀。

⑨將，音「槍」，願、請。無，毋、不要。

⑩乘，登。垝，音「鬼」，殘缺。一說：危、高。垣，土牆。

⑪復關，重關。猶言重重關塞，指男子所在的方向。一說：地名。

⑫漣漣，淚流不止的樣子。

⑬載，則、又。

⑭爾，你。指氓。卜、筮，古人用龜甲和蓍草來占卦，判斷吉凶。

⑮體，卦體，指占卜所顯示的結果。咎言，不吉利的話。

⑯賄，財物。指嫁妝。

⑰沃若，沃然、有潤澤的樣子。

⑱于嗟，吁嗟，感嘆詞。鳩，斑鳩。

⑲無，毋、不要。下同。桑葚，桑樹的果實。相傳多吃會醉。

⑳士，對成年男子的尊稱。耽，通「酖」，嗜酒、迷醉。

㉑說，音義同「脫」，解脫。一說：解說。

女之耽兮，
不可說也。

四

桑之落矣，
其黃而隕。㉒
自我徂爾，㉓
三歲食貧。
淇水湯湯，㉔
漸車帷裳。㉕
女也不爽，㉖
士貳其行。㉗
士也罔極，㉘
二三其德。㉙

五

三歲為婦，
靡室勞矣。㉚

女人的愛過分喲，
就不能解得開呀。

桑葉如此凋落了，
它又枯黃又飄零。
自從我來跟隨你，
三年吃苦受寒貧。
淇水水勢浩蕩蕩，
濺濕車子的帷裳。
女人呀沒有差錯，
男人改變他原樣。
男人呀沒有準則，
三心兩意是本色。

三年以來做媳婦，
不以家事為苦呀。

㉒隕，音「允」，掉落。
㉓徂，往、就。是說出嫁。
㉔湯湯（音「傷」），形容水勢浩大。一說：水流聲。
㉕漸，音「尖」，浸濕。帷裳，婦女座車車廂兩旁的布幔。
㉖爽，差錯。
㉗貳，有二心。一說：通「忒」，偏差。行，音「杭」，該有的行為。
㉘罔極，沒有準則。
㉙三心兩意的意思。
㉚室勞，家室的勞苦工作。

·鳩·

夙興夜寐，
靡有朝矣。㉛
言既遂矣，㉜
至于暴矣。㉝
兄弟不知，
咥其笑矣。㉞
靜言思之，
躬自悼矣。㉟

六

及爾偕老，㊱
老使我怨。
淇則有岸，
隰則有泮。㊲
總角之宴，㊳
言笑晏晏。㊴
信誓旦旦，㊵
不思其反。㊶

早早起牀晚晚睡，
不是只有一日呀。
我已經順慣了呀，
你卻更加橫暴呀。
哥哥弟弟不知情，
嘻嘻那樣嘲笑呀。
靜靜地我思量它，
自己暗自悲悼呀。

跟你相伴到年老，
說到年老使我怨。
淇水總是有個岸，
隰地總是有個邊。
少小時候的歡樂，
談談笑笑多溫暖。
約定誓言極誠懇，
沒有想到它會變。

㉛ 有朝，又朝、朝朝。猶言日日如此。

㉜ 遂，安、順。

㉝ 暴，暴虐。

㉞ 咥，音「戲」，哈哈大笑。

㉟ 自悼，自傷自憐。

㊱ 偕老，一同生活到老死。這是往日的誓言。

㊲ 隰，音「息」，低濕的地方。泮，通「畔」，水岸。

㊳ 總角，古代兒童多將頭髮紮成左右兩髻，形如兩角，故以此借指童年。宴，歡樂。

㊴ 晏晏，和樂柔順的樣子。

㊵ 信誓，指上文「偕老」之言。旦旦，怛怛，誠懇的樣子。一說：明明白白。

㊶ 不思，沒有想到。反，變心。

反是不思，㊷
亦已焉哉！

違背誓言你不顧，
也就只好算完了！

㊷ 反是，違背這個誓言。

【新繹】

〈毛詩序〉說：「〈氓〉，刺時也。宣公之時，禮義消亡，淫風大行，男女無別，遂相奔誘，華落色衰，復相棄背；或乃因而自悔，喪其妃耦，故序其事以風焉，美反正，刺淫佚也。」這是說：在衛宣公的時代，男女淫奔成風，一旦容弛色衰，又復相遺棄，所以詩人藉一位棄婦追憶她戀愛、結婚以迄婚後被棄的經過情形，來說明她的悔悟之心。王先謙《詩三家義集疏》引用《易林》：「氓伯以婚，抱布自媒。棄禮急情，卒罹悔憂。」並且加按語說：「此《齊》說，《魯》、《韓》無異義。」可見無論是今古文學派，對於此詩的看法，都大抵相同。

全詩凡六章，每章十句，每句四字。第一章寫初戀的情形。這位浪子起先對她非常親切，常找藉口來親近她。「抱布貿絲」，不管是解釋為拿錢來買或抱著布帛來換絲線，都只是這位浪子的藉口而已。她對他的殷勤，動了心，開始與他往來。她曾涉過淇水，一直送他到南邊的頓丘那兒。可見詩中的「氓」，有人解作農夫，是有待商榷的說法。她雖然愛他，可是禮法不可不守，因此她不肯隨便答應婚事。她要的是明媒正娶。也因此，等到這位浪子對她有所誤會時，她就忙著解釋說，並不是自己拖延，而是沒有良媒來提親，又怕對方不高興，趕快安慰他說：「將子無怒，秋以為期。」愛情的苦惱與期盼，躍然紙上。

第二章寫待嫁的心情。這位女子想念情人，常常登上破墻高處，來遙望復關。復關，歷來解說不一，頗為紛歧，但是指浪子所在的方向，是不成問題的。當她不見復關時，就涕淚漣漣；等到看見復關時，就有說有笑。這充分寫出了她的懷念之深、相思之切。第一章說「匪我愆期，子無良媒」，是說她還有少女的矜持，這裡卻說她心心念念，都在他一人身上。「爾卜爾筮」以下四句，說明自己已經備好嫁妝，只等對方備車來娶。待嫁的迫切心情，不言而喻。

第三、四兩章，寫女子被棄後的悔悟之言，按照事情先後的順序，應該放在第六章之後。這兩章寫女子專情，男人變心，在寫作技巧上，頗見迴應之妙。第四章「桑之落矣」二句，呼應第三章開頭二句，有借景言情之功。「自我徂爾」二句，引起下文第五章「三歲為婦」等句，使婚前婚後的生活遭遇，成為鮮明的對照。「淇水湯湯」二句，遙承第一章的「送子涉淇」，遠應第六章的「淇則有岸」等句。淇水是衛國水名，〈鄘風〉的〈桑中〉篇有云：「期我乎桑中，要我乎上宮，送我乎淇之上矣。」蓋可看出淇水之上，正有桑林。因此，第三、四兩段所寫的「桑之未落」、「桑之落矣」，應是藉眼前所見的景物，來寫季節和情感的變化。這些景物，正好和棄婦的遭遇可以互相對照。

從第三章「于嗟女兮，無與士耽」等句，可以推測這位女子之嫁與浪子，似乎最後仍然沒有經過明媒正娶。〈毛詩序〉所說的「遂相奔誘」，恐怕就是指此而言。因此，第五章寫女子婚後生活艱苦，家務繁重，早起晚睡，難得休息，她的丈夫不但不能體諒她的辛苦，反而對她橫暴有加。這時候，她的兄弟竟然沒有表示同情，反而嘲笑她的原因，可能就是因此之故。古代婦女出嫁以後，沒有特別事故，是不能回娘家的，尤其是私奔和被棄的婦女，更無顏歸見家人，所以往往有怨難訴，只能暗自悲傷而已。這真是寫出了千古以來無數棄婦的共同悲哀。

第六章寫經此婚變，悔不當初，想起以前的山盟海誓，更覺無所依恃。「老使我怨」的「老」，有年老色衰之悲，一則說明上句「及爾偕老」的昔時盟誓已經變質，一則呼應第四章的「桑之落矣，其黃而隕」。「淇則有岸」二句，是說淇水隰地猶有涯岸，而自己心中的怨恨，則無盡期。借景喻情，非常貼切。「總角之宴」以下六句，是「及爾偕老，老使我怨」的進一步描寫，棄婦心中的悔恨和無奈，在這裡作了最直接的泣訴！

竹竿

一

籊籊竹竿，❶
以釣于淇。
豈不爾思？❷
遠莫致之。

二

泉源在左，❸
淇水在右。
女子有行，❹
遠兄弟父母。

三

淇水在右，
泉源在左。

【直譯】

細細長長的竹竿，
用來垂釣淇水邊。
難道不曾把你想？
路遠無從達心願。

泉水源頭在左方，
淇水水流在右方。
姑娘出嫁有遠行，
遠離兄弟和爹娘。

淇水水流在右方，
泉水源頭在左方。

【注釋】

❶ 籊籊（音「敵」或「替」），細長而尖的樣子。
❷ 爾思，「思爾」的倒文。想你。
❸ 泉源，百泉的源頭。百泉，在衛國西北，東南流入淇水。
❹ 有行，出嫁。

巧笑之瑳，❺
佩玉之儺。❻

四

淇水滺滺，❼
檜楫松舟。❽
駕言出遊，❾
以寫我憂。❿

嬌笑如此露玉齒，
佩玉這樣響叮噹。

淇水水流水悠悠，
檜木為槳松為舟。
駕著船兒出門遊，
藉以發洩我煩憂。

❺ 瑳，音「搓」，露齒而笑。
❻ 儺，音「挪」，形容婀娜多姿，身上佩玉叮噹作響。
❼ 滺滺，同「悠悠」。
❽ 檜楫，檜木做的船槳。松舟，松樹做的木船。
❾ 駕，駕舟、划船。
❿ 寫，排遣。已見〈邶風・泉水〉篇。

【新繹】

〈竹竿〉這首詩，〈毛詩序〉如此解題：「〈竹竿〉，衛女思歸也。適異國而不見答，思而能以禮者也。」意思是說，此乃衛女遠嫁異國、思歸而不得之作。王先謙《詩三家義集疏》也說：「古之小國，數十百里，雖云異國，不離淇水流域。前三章衛之淇水，末章則異國之淇水也。三家無異義。」可見今古文學派都認定這首詩是描寫衛女思歸的作品。

不過，「衛女思歸」的「衛女」，究竟是專指或泛稱，歷來卻有不同的說法。何楷《毛詩世本古義》和魏源《詩古微》等書，都認為此詩和〈邶風・泉水〉一篇，皆為〈載馳〉一詩作者許穆夫人所作；姚際恆《詩經通論》認為〈泉水〉一篇，是許穆夫人之作，此篇則疑為其媵唱和之作。方玉潤《詩經原始》對以上兩種說法，都不同意。他這樣說：

〈小序〉謂「衛女思歸」，〈大序〉（宏一按，指〈毛詩序〉首句以下各句）增以「不見答」。何氏楷則謂〈泉水〉及此篇皆許穆夫人作。姚氏際恆以其語多重複，非一人筆，疑為媵和夫人之詞。均未嘗細咏詩辭也。〈載馳〉、〈泉水〉與此篇，雖皆思衛之作，而一則遭亂以思歸，一則無端而念舊，詞意迥乎不同。此不惟非許夫人作，亦無所謂「不見答」意。蓋其局度雍容，音節圓暢，而造語之工，風致嫣然，自足以擅美一時，不必定求其人以實之也。

方玉潤的說法，頗有參考價值。因為此詩「女子有行，遠兄弟父母」、「駕言出遊，以寫我憂」等句，雖然和〈邶風〉的〈泉水〉一篇，「語多重複」，但細詠深究，果然詞意是不同的，而且據晚近學者如屈萬里老師的考證，〈國風〉已非民間歌謠的本來面目，它們可能經過他人的潤色，所以句子雷同的篇章，並不止這兩篇而已。也因此，我們以為「衛女思歸」的「衛女」，解為泛稱即可，不必求其確指。

此詩凡四章，每章四句，每句四言。第一章寫思歸而不得的心情。古代婦女，出嫁以後，是不能輕易回家或返國省親的，這在前面其他各篇已經屢次言及，茲不贅述。「豈不爾思？遠莫致之」，道路遙遠，無從歸去，這對於思歸不得的衛女來說，更是難上加難了。至於開頭「籊籊竹竿，以釣于淇」二句，有人以為是「以釣喻夫婦之相求」，有人以為是「衛女回憶幼時釣遊之樂」，朱熹《詩集傳》則以為「衛女嫁於諸侯，思歸寧而不可得，故作此詩，言思以竹竿釣于淇水而遠不可致也。」我以為朱熹的說法，是比較可取的。

第二、三兩章，應是衛女追憶出嫁時的情景。「泉源在左，淇水在右」二句，寫眼前的自然景觀。上文引過王先謙《詩三家義集疏》的話：「古之小國，數十百里，雖云異國，不離淇水流域。」這是說衛女所適之國，仍在淇水流域。泉源，是小水的源頭。據朱熹說：「泉源，即百泉也，在衛之西北，而東南流入淇，故曰在左；淇在衛之西南而東流，與泉源合，故曰在右。」胡承珙的《毛詩後箋》，說得更清楚。第二章的「女子有行」二句，寫衛女出嫁遠別，呼應第一章的「遠莫致之」；第三章的「巧笑之瑳」二句，寫衛女露齒而笑，舉止有節，這或許就是〈詩序〉中「思而能以禮者也」一句立論的依據。

第四章寫淇水悠悠，欲歸不得，衛女只有駕舟出遊，以寫煩憂而已。「檜楫松舟」，是說以檜木為槳，以松木為舟。因為有此一句，所以下文「駕言出遊」的「駕」，應是駕舟划船。有人仍然把「駕」解作「駕了車馬」，似乎不很貼切。這位思歸而不得的衛女，面對著出嫁時經過的淇水，眼望著松檜製成的舟楫，卻不能泛舟歸去，當時她的心情，正不知如何惆悵呢！

芄蘭

一

芄蘭之支，❶
童子佩觿。❷
雖則佩觿，
能不我知。❸
容兮遂兮，❹
垂帶悸兮。❺

二

芄蘭之葉，
童子佩韘。❻
雖則佩韘，
能不我甲。❼
容兮遂兮，
垂帶悸兮。

【直譯】

像芄蘭的枝上莢，
兒童戴著解結錐。
雖然戴著解結錐，
奈何不和我相配。
容刀呀，瑞玉呀，
垂下紳帶搖曳呀。

像芄蘭的枝上葉，
兒童戴著鉤弦玦。
雖然戴著鉤弦玦，
奈何不和我相狎。
容刀呀，瑞玉呀，
垂下紳帶搖曳呀。

【注釋】

❶芄蘭，藥草名。它的莢實像古人佩帶的角錐。支，同「枝」。

❷童子，古人十五歲以下稱童子。觿，音「西」，古代成年人的佩飾，用來解開衣結的錐子，俗稱「解結錐」。

❸能，乃、而。不我知，即不知我。知，匹、匹配、相知。

❹容，容刀。遂，瑞玉。這都是古代成年人所佩之物。

❺悸，衣帶下垂擺動的樣子。以上形容童子裝腔作勢，故作成人姿態。

❻韘，音「涉」，古人射箭時，套在右手大拇指上，用來鉤弦的扳指。這也是古代成年人的佩飾。

❼甲，通「狎」，親近。

【新繹】

〈毛詩序〉對〈芄蘭〉一詩，如此解題：「〈芄蘭〉，刺惠公也。驕而無禮，大夫刺之。」據鄭玄的《毛詩傳箋》說：「惠公以幼童即位，自謂有才能，而驕慢於大臣，但習威儀，不知為政以禮。」意思是說衛惠公年幼無知，喜歡裝腔作勢，雖然容儀儼然，可是卻沒有得到群臣的擁戴。因此，衛國的臣子寫了這首詩來諷刺他。據王先謙《詩三家義集疏》說，「三家無異義」。可見在漢代的時候，今古文學派對這首詩的題旨，並沒有不同的說法。

可是，從宋代以後，懷疑〈詩序〉的種種說法，就紛紛出現了。朱熹《詩序辨說》云：「此詩不可考，當闕。」又在《詩集傳》中這樣說：「此詩不知所謂，不敢強解。」顯然不以〈毛詩序〉、《鄭箋》為是了。到了清代，像姚際恆的《詩經通論》、方玉潤的《詩經原始》等書，都始終對〈詩序〉的說法，抱著懷疑的態度。方玉潤還進一步說明他所以不同意是「刺惠公」的理由：「惠公縱少而無禮，臣下刺君，不應直以童子呼之。此詩不過刺童子之好躐等而進，諸事驕慢無禮。」民國以來的學者，解釋這首詩，更勇於摒棄舊說。聞一多的《風詩類鈔》，以為這是一首情歌；高亨的《詩經今注》，以為「這是一個成年的女子嫁給一個約十二、三歲的兒童，因此作詩，表示不滿」。

這些說法，距離〈毛詩序〉已經很遠，假使說〈毛詩序〉不足信，這些後起的說法，恐怕也是以疑易疑，難免附會之譏。像朱熹、方玉潤等人的質疑，朱鶴齡的《詩經通義》就曾這樣批評說：

〈序〉以此詩屬惠公，不為無據。朱子謂不可考，當闕。亦疑〈序〉太過耳。《尚書》注云：國君十二以上，冠佩為成人。惠公即位之年（按，《左傳》杜預《注》云：時方十五、六），非童子也。然驕蹇自尊，德不稱服，則猶是童子而已。

至於近人的兒童早婚之說，陳子展的《詩經直解》也有這樣的批評：

近人有疑是詩為少女自傷嫁于幼童，旨在揭露此種惡俗者。倘據古諺「去家千里，莫食羅摩枸杞」，以芄蘭即羅摩，為壯陽藥物作解，雖屬臆說，則亦有趣。但詩言佩觿、佩韘、容遂、垂帶，顯為奴隸主貴族階級之佩飾容儀，並非泛言民間一般幼童所可有者，不知其何以為之說也！

因此，對於〈芄蘭〉一詩，筆者仍然採用舊說。

詩凡二章，每章六句，每句四言。第一章開頭，先以芄蘭的尖枝，來形容童子所佩戴的尖錐。芄蘭，亦名羅摩，是一種藥草。據牟庭《詩切》說，「此詩以芄蘭柔弱，雖有枝而不能自扶，喻人無才藝者，雖強為容飾，而不足觀美也。」觿，是古代貴族成年人的佩飾，它通常是用象骨製成的。芄蘭的尖枝，和觿的形狀

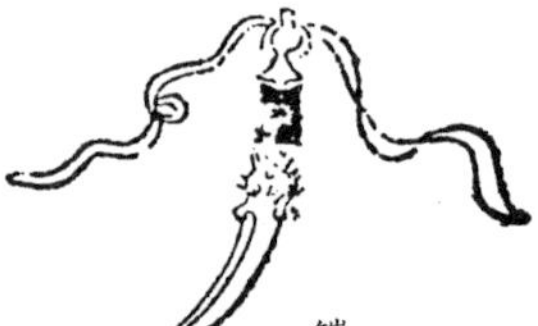

·觿·

·韘·

相似，因此，詩以芄蘭起興。芄蘭的柔弱，正如童子的年幼。詩人說衛惠公年少即位，不能禮賢群臣，而自以為是，因此君臣不能相知相得。「能不我知」的「知」，據《爾雅》的解釋，有「匹」的意思。「容兮遂兮，垂帶悸兮」二句，歷來說法甚為紛歧。「容兮遂兮」，有人以為是指走路時搖擺的樣子，這裡採用《鄭箋》和高本漢的說法，認為是一種行禮時所用的容刀和瑞玉，和「佩觿」、「垂帶」同樣是用來形容容儀可觀的樣子。「垂帶悸兮」一句，想見惠公人小帶長，紳帶長垂下墜，看起來固然佩飾累累，容儀儼然，但也不能不令人為他擔心。

第二章的句法意涵，和第一章大致相同，每句不過是稍易其一、二字而已。「芄蘭之葉」和「童子佩韘」的「葉」和「韘」，一則協韻，二則形狀相似。韘，是古代成年人射箭時，用來鈎弦的一種器具，通常用骨或玉製成，俗稱「扳指」。「能不我甲」的「甲」，是「狎」的同義字，有親近的意思。「能不我甲」和第一章的「能不我知」，都是諷刺衛惠公但習表面威儀，而不能和群臣相知相得。至於「容兮遂兮」最後兩句，則是複沓第一章，保存了《詩經．國風》樂歌和聲的痕跡。

清初田秉鐙《田間詩學》有云：「觿所以解結，以象智也。智不足，則虛佩觿矣。韘所以發矢，以象武也。武不足，則虛佩韘矣。」藉佩觿、佩韘析論衛惠公的年少無知，不智不武，寥寥數語，就點出詩人的立言之妙，洵為確論。

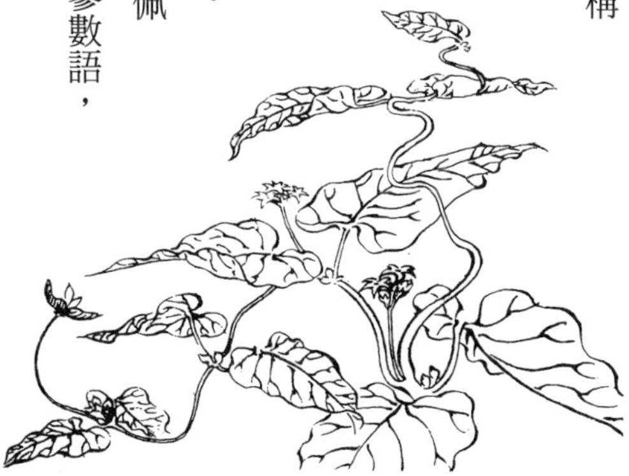

・芄蘭・

河廣

一

誰謂河廣？❶
一葦杭之。❷
誰謂宋遠？❸
跂予望之。❹

二

誰謂河廣？
曾不容刀。❺
誰謂宋遠？
曾不崇朝。❻

【直譯】

誰說黃河河面廣？
一根蘆葦渡過它。
誰說宋國路遙遠？
踮起腳我看到它。

誰說黃河河面廣？
竟然不能容下刀。
誰說宋國路遙遠？
竟然不用一清早。

【注釋】

❶ 河，黃河。
❷ 一葦，一根長蘆葦。一說：一葉扁舟。杭，通「航」，渡。
❸ 宋，指宋國都城。衛都朝歌在黃河之北，宋都睢陽在黃河之南，自衛至宋，必涉黃河。
❹ 跂，音「氣」，企、踮起腳跟。
❺ 曾，乃、竟。不容刀，形容河面極窄，連刀都容不下。一說：刀通「舠」，小船。
❻ 崇朝，終朝、整個早上。一說：從天明到早飯時間。

【新繹】

〈毛詩序〉對此詩如此解題：「〈河廣〉，宋襄公母歸于衛，思而不止，故作是詩也。」《鄭箋》

這樣解釋說：「宋桓公夫人，衛文公之妹，生襄公而出。襄公即位，夫人思宋，義不可往，故作詩以自止。」從以上的說明裡，我們知道，衛宣姜有個女兒嫁給宋桓公，她也就是衛戴公、文公、許穆夫人的姊妹。根據《鄭箋》的解釋，她在生下宋襄公後，就被宋桓公休棄了，所以回到了衛國。等到宋襄公即位，她的思子之情，與日俱增，因此寫了這首詩，來表達她迫切的懷念之情。

〈毛詩序〉、《鄭箋》的說法，後人質疑的很多。孔穎達的《毛詩正義》，雖然也認為這是宋桓公夫人思子之作，但是卻認為「此假有渡者之辭，非喻夫人之嚮宋渡河也。何者？此文公之時，衛已在河南，自衛適宋不渡河。」意思是說，衛文公之時，自衛國至宋國，已經不必渡過黃河，所以詩中的「一葦杭之」，自是擬想之辭。

宋代嚴粲的《詩緝》，則進一步說明此詩應成於宋襄公即位之前。他說：

> 《箋》謂宋襄即位，其母思之而作〈河廣〉之詩，《疏》因以為衛文公時，非也。衛都朝歌，在河北；宋都睢陽，在河南。自衛適宋，必涉河。衛自魯閔二年狄入衛之後，戴公始渡河而南。〈河廣〉之詩，……則是作於衛未遷之前矣，時宋桓猶在，襄公方為世子，衛戴、文俱未立也。

嚴氏的這種說法，後來討論的人很多。清代儒者如陳啟源、胡承珙等人，都各有左右袒。陳奐《詩毛氏傳疏》除了確定此詩作於宋襄公即位之前以外，還認為此係宋桓公夫人憂慮祖國覆亡、望宋渡河救衛而作。

此外，牟庭的《詩切》一書，對此也有兩段話可供參考：

魯僖公三十一年，衛成公遷于帝丘，而後宋、衛不隔河。當宋桓公時，衛都楚丘，尚在河內，與宋隔河。《孔疏》云：文公之時，衛已河南，自衛適宋，不渡河，非也。……余按，宋桓夫人之出，《左傳》無文。《說苑．立節篇》載：襄公為太子，讓立公子目夷，曰：臣之舅在衛，愛臣，若終，立則不可以往，絕迹於衛，是背母也。……據《左傳》：滎澤之敗，宋桓公逆諸河，宵濟；然則此詩為衛之遺民喜見宋桓公而作者，非宋桓夫人詩也。盧坡說。

盧坡，不知何人，待查。牟庭引用的這種說法，可謂已於舊說之外，別立新解。民國以來，說《詩》者往往出以己意，每說舊說無據，紛紛擾擾，這裡就不一一贅引了。倒是王先謙的《詩三家義集疏》，在同樣引述《說苑．立節篇》的話之後，這樣說：

以襄公「臣舅愛臣，立則不可以往」之言觀之，是夫人被出之後，母子常得相見矣。襄公即位，不能往宋見母，故夫人思之，設言〈河廣〉以起興，此詩庶幾可通耳。

我覺得還比較通融可取。另外，宋代王質《詩總聞》擺脫舊說，一空依傍，據詩直尋本義，說：

「此宋人而僑居衛地者也。欲歸必有嫌而不可歸。」這個說法，反而得到很多後代學者的贊同，由此亦可見舊說尚有待作進一步的闡釋。

這首詩分為兩章，每章四句，每句四言。第一章的前面兩句，極言黃河河面不廣，一葦即可「航」之。這是極度誇張的修飾，出乎主觀的感受，和第二章的「曾不容刀」，是一樣的表現手法。「一葦」，有人解作一根蘆葦，有人解作一束蘆葦。這裡取前說，是因為這些句子本來就是極度誇張的修飾。「容刀」的刀，歷來都解作小船，固然不錯，但取「刀」的本義來解說，似乎也頗有趣味。

第一、二兩章的前面兩句，是以「一葦杭之」、「曾不容刀」，來形容黃河之易渡；後面兩句，則以「跂予望之」、「曾不崇朝」，來說明宋國之不遠。前者指水路，後者指陸路。「跂予望之」，是說我只要踮腳跟，就能夠望見它；「曾不崇朝」，是說不用一個早上，我就能走到宋國的國境。「曾不崇朝」的「崇」，有人解作「終」，有人解作「重」。前者是說一個早上，後者是說一個整天。這裡取前者，道理同上。

伯兮

一

伯兮朅兮，❶
邦之桀兮。❷
伯也執殳，❸
為王前驅。❹

二

自伯之東，❺
首如飛蓬。❻
豈無膏沐，❼
誰適為容？❽

三

其雨其雨？❾
杲杲出日。❿

【直譯】

老大啊真英勇啊，
是國家的英雄啊。
老大呀手拿長杖，
去為國王打先鋒。

自從老大到東方，
頭髮就像飛蓬亂。
難道沒有潤髮油，
有誰喜歡來打扮？

要下雨了要下雨？
偏偏高高出太陽。

【注釋】

❶ 伯，老大。婦人稱其夫之詞。朅，音「妾」，英勇武壯。已見〈衛風·碩人〉篇。

❷ 桀，同「傑」，英傑。

❸ 殳，音「書」，一種長而無刃的兵器。

❹ 王，春秋時代諸侯在國，也可稱王。前驅，先鋒。

❺ 之，往。

❻ 飛蓬，比喻亂髮像是在秋風中飄舞的蓬草。

❼ 膏，脂、油。面膏之類。沐，洗頭水。古人以米汁洗髮。

❽ 適，悅。一說：專主。

❾ 其，將。

❿ 杲杲（音「稿」），日出光明的樣子。

願言思伯，⓫
甘心首疾。

四

焉得諼草？⓬
言樹之背。⓭
願言思伯，
使我心痗！⓮

每當想起我老大，
甘心頭昏腦發脹。

哪裡找到忘憂草？
我要種它在堂北。
每當想起我老大，
使我內心多傷悲！

⓫ 願，甘心。一說：念。
⓬ 諼，音「宣」。有人以為諼草即萱草（一名忘憂草）。
⓭ 樹，種。背，同「北」，北堂、後庭。
⓮ 痗，音「妹」，病。

·諼草·

【新繹】

〈毛詩序〉對於此詩這樣解題：「〈伯兮〉，刺時也。言君子行役，為王前驅，過時而不反焉。」意思是說，這是描寫婦人想念遠方征夫的作品。這位征夫，能夠「為王前驅」，諒非一般士卒，所以《毛傳》把詩中首句的「伯」，解為「州伯」，而《鄭箋》也把此詩定為：「衛宣公之時，蔡人、衛人、陳人從王伐鄭伯也。」

《毛傳》、《鄭箋》的解釋，據王先謙《詩三家義集疏》說，和今文學派的三家詩並無牴觸。王氏除了說「三家無異義」外，還加了這樣的一段按語：「伯以衛國大夫，入為王朝之中士，妻從夫在王國，故因行役之久而思之。」王氏的按語，係根據《禮記》的〈曲禮下〉篇「列國之大夫，入天子之國曰某士」諸語引申而來，自然不是託諸空言。不過，說「伯」是州伯或大夫，說「伯」為周王伐鄭，後代像毛奇齡、胡承珙、陳奐等人，都有不同的意見。陳子展的《詩經直解》也這樣說：「愚見，詩言王不必指實為周王。當時諸侯自王其國，在國內稱王，不僅吳、楚，小國亦有之。在周金文中，如徐王楚義彝、呂王作內姬彝、矢王尊之類便是。」後人的這些意見，雖然都有參考價值，但對於舊說，都只是有所質疑，而非全盤予以否定。

〈伯兮〉這首詩，凡四章，每章四句，每句四言。第一章寫「伯」之出征。伯，指婦人思念的對象。有人說伯即州伯，指入周勤王的衛國大夫；也有人說伯指兄弟的排行，意即「老大」。事實上，這兩種說法並不一定就互相牴觸，因為這位衛國大夫，在兄弟排行中也可以是老大。「伯兮朅兮」的「朅」，歷來多認為是「偈」的借字，形容英武健壯的樣子，可是也有人據《說文》以為「朅」當作「去」解，如此，則「伯兮朅兮」一句，也當譯為「老大啊出征去了」。我因為〈碩人〉篇末句「庶士有朅」的「朅」，《韓詩》讀作「桀」，同時作威武講，於意較合，因此這裡仍採舊說。

首章開頭兩句，形容「老大」的英武傑出，第三、四兩句則說明「老大」的地位顯著。古代的審美觀念以高大健壯為美，第一章正寫出出征丈夫的美好形象。他長得那樣高大，他是那樣傑出，他拿著丈二長杖，他領先走在軍隊前面，換句話說，他是多麼的漂亮又勇敢。

第一章越寫「老大」的形象之美，就越能襯托以下三章所寫的思念之深。第二章「自伯之東，首如飛蓬」兩句，寫良人遠征之後，婦人自己就無心打扮了，古人說：「女為悅己者容」，女子是為她喜歡的人來打扮的；這位婦人喜歡的人已經辭家遠行，久出未歸，所以她無心打扮，任由亂髮散如飛蓬。「豈無膏沐」以下二句，是說她並非沒有潤髮油來梳理頭髮，她只是無心修飾容儀而已。膏沐，可指面膏和髮油，因為這裡承接上文「首如飛蓬」，所以可作偏義複詞看，只指髮膏髮油而言。「誰適為容」的「適」，歷來說法頗多，馬瑞辰《毛詩傳箋通釋》訓「適」為「悅」，以為此句「即言誰悅為容」，筆者認為明確可取。方玉潤《詩經原始》對於這一章，有這樣的評語：「宛然閨閣中語，漢魏詩多襲此調。」我們看看魏朝徐幹〈室思〉的「自君之出矣，明鏡暗不治」等等例子，可證方氏此言不虛。

第三章和第四章都是承接第二章，寫思念的殷切和痛苦。第三章的「其雨其雨，杲杲出日」兩句，據朱熹《詩集傳》說：「冀其將雨，而杲然日出，以比望其君子之歸而不歸也。」事與願違，真是傷如之何！「願言思伯，甘心首疾」二句，歷來說法不一，有人把「甘心首疾」解作「痛心首疾」，意思是說心裡也苦、頭也發痛；有人則解釋為：即使想得頭昏腦脹也心甘情願。這裡取後者。

第四章「焉得諼草，言樹之背」二句，寫自己的相思之情，歷久而不忘，因此，在「願言思伯，使我心痗」之餘，多麼希望真有一種忘憂草，可以種在北堂之下，可以日日解我憂愁。北堂，為婦女所居，「言樹之背」，正說明思婦日日獨處北堂空閨之中，深為相思所苦。諼草，原為設想之詞，不是真有此草。後人以為諼草就是萱草，也就是金針菜，遂謂萱草有忘憂之用，實際上，這是有待商榷的說法。

至於後來有人以萱堂做為母親的代稱，說此詩是描寫母子深情的作品，恐怕都是附會而來，這裡也就不一一引述說明了。

有狐

一

有狐綏綏，❶
在彼淇梁。❷
心之憂矣，
之子無裳。❸

二

有狐綏綏，
在彼淇厲。❹
心之憂矣，
之子無帶。❺

三

有狐綏綏，
在彼淇側。

【直譯】

有隻狐狸慢慢走，
在那淇水的橋上。
內心如此憂慮呀，
這個人沒有衣裳。

有隻狐狸慢慢走，
在那淇水的沙瀨。
內心如此憂慮呀，
這個人沒有衣帶。

有隻狐狸慢慢走，
在那淇水的岸側。

【注釋】

❶綏綏，緩行的樣子。
❷梁，橋樑、石壩。
❸之子，這個人。裳，下衣。
❹厲，通「瀨」，水淺的地方。
❺帶，衣帶。

・狐・

心之憂矣，　內心如此憂慮呀，
之子無服。❻　這個人沒有衣服。

❻服，包括衣、裳、帶。

【新繹】

對於〈有狐〉這首詩，〈毛詩序〉如此解題：「〈有狐〉，刺時也。衛之男女失時，喪其妃耦焉。古者國有凶荒，則殺禮而多昏，會男女之無夫家者，所以育人民也。」「會男女之無夫家者」的「夫家」，據王先謙《詩三家義集疏》說，當作「室家」。王氏並且引用《韓詩外傳》卷三「昔者不出戶而知天下」的一段文字，來說明韓、魯、齊三家詩，對於此詩的講法，和〈毛詩序〉並無不同。

照〈毛詩序〉的說法，這是一首描寫曠男怨女相求相愛的詩。在「國有凶荒」的時候，超過適婚年齡或喪失配偶的男女，不用嚴格的禮教來規範他們，使他們有自由戀愛的機會，主要的用意，是「所以育人民也」。這種說法，在於探求詩的言外之意，並沒有說錯。可是，從東漢鄭玄作箋以後，本來沒有問題的詩，後人卻有了爭議。

《鄭箋》解釋「之子無裳」一句時，這樣說：「之子，是子也。時婦人喪其妃耦，寡而憂。是子無裳，無為作裳者，欲與為室家。」這是把詩中的「之子」，解釋為喪偶求愛的寡婦了。後來朱熹在《詩集傳》中也這樣推闡說：「國亂民散，喪其妃耦，有寡婦見鰥夫而欲嫁之，故託言有狐獨行，而憂其無裳也。」這樣的講法，和詩中呈現的女子求男的口吻，並無不合，只是囿限於「寡婦見鰥夫而欲嫁之」，在解釋時，必然有所偏失而不周全。

清代崔述、姚際恆、方玉潤等人，都以為此乃婦人憂念丈夫久役無衣之作。崔述、姚際恆認為〈毛詩序〉以「刺時」解此詩，「悉不可用」，而方玉潤的《詩經原始》更對〈詩序〉以迄朱熹所持的舊說，一概加以擯斥：

> 〈小序〉謂「刺時」，〈大序〉以為「衛之男女失時，喪其妃耦焉」，已非詩意。《集傳》竟以為「有寡婦見鰥夫而欲嫁之」，不知何以見其為寡婦，何以見其為鰥夫，更何以見其為「而欲嫁之」？
>
> 夫曰「之子」，則明明指其夫矣。曰「無裳」、「無帶」、「無服」，則明明憂其夫之「無裳」、「無帶」、「無服」矣。……
>
> 此必其夫久役在外，淹滯不歸，或有所戀而忘返，故婦人憂之。

我覺得方氏的質疑，有其道理，但同時也覺得方氏根據詩中「之子」二字，就說這是「明明指其夫矣」，同樣是武斷的說法。《詩經》中的「之子」一詞，出現很多次，既可以指男子，也可以指女子，並不是非指丈夫不可。因此，馬瑞辰的《毛詩傳箋通釋》，說此詩本兼男女而言，雖然前人仍有意見，我反復推求，卻覺得是比較可取的說法。

至於民國以來一些學者所立的新說，像聞一多說此乃女子述其情人褰裳涉淇來相會之詩；像唐莫堯等人說此乃「女向男求愛，雖其人貧無衣褲，但仍愛他」；像高亨說此乃「貧苦的婦人看到剝削者穿著華貴衣裳，在水邊逍遙散步，而自己的丈夫光著身子在田野勞動，滿懷憂憤，因此作詩」。諸如此類的說法，都是出於臆測的成分居多，這裡也就不多加引述了。

這首詩凡三章，每章四句，每句四字。每章的第一、三兩句，字句完全重複；第二、四兩句，也不過各易一字而已。所以在吟誦時，頗有往復流宕的節奏感。

狐狸，古人以為牠是妖媚的野獸。詩以此起興，說有狐狸在淇水岸旁踽踽而行。「綏綏」，有人解作「匹行貌」，有人解作「行緩貌」，也有人解作多毛的樣子。崔述《讀風偶識》說：「狐狸在淇梁，寒將至矣。」屈萬里老師也以為前二句「言淇水已淺而狐覓食，以明時序已寒也。」如此說來，在天寒的時節，多毛而善媚的狐狸，踽踽而行，經過淇水的石梁，經過淇水的淺瀨，經過淇水的岸側。牠的樣子，不禁使詩人動了憐惜之情。當然，這裡的狐狸，只是借喻，指的仍然是詩人理想的對象。「之子無裳」、「之子無帶」、「之子無服」，也不一定真的說是沒有服裳衣帶，絕對不至於像高亨所說的那樣：「光著身子」。在我想來，「無裳」、「無帶」、「無服」，說的只是沒有禦寒的衣服而已，這和上文所寫的天寒時節、狐狸多毛、淇水已淺，正好可以對照。

木瓜

一

投我以木瓜，❶
報之以瓊琚。❷
匪報也，❸
永以為好也。

二

投我以木桃，❹
報之以瓊瑤。❺
匪報也，
永以為好也。

三

投我以木李，❻
報之以瓊玖。❼

【直譯】

投贈給我用木瓜，
回報給他用瓊琚。
不是只為回報呀，
永遠表示友好呀。

投贈給我用木桃，
回報給他用瓊瑤。
不是只為回報呀，
永遠表示友好呀。

投贈給我用木李，
回報給他用瓊玖。

【注釋】

❶木瓜，植物名，果實甜美可食。
❷瓊，美玉。琚，一種佩玉。
❸匪，非、不是。
❹木桃，植物名。參閱下文「新繹」部分。
❺瑤，美玉。
❻木李，同注❹。
❼玖，像玉的黑石。

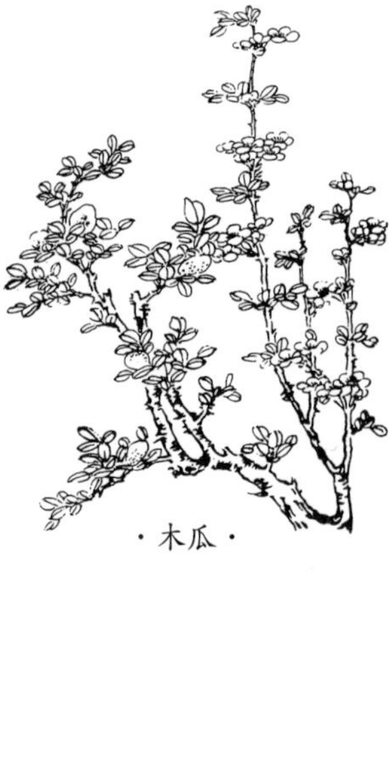

·木瓜·

匪報也，
永以為好也。

不是只為回報啊，
永遠表示友好呀。

【新繹】

〈毛詩序〉這樣解釋這首詩：「〈木瓜〉，美齊桓公也。衛國有狄人之敗，出處于漕。齊桓公救而封之，遺之車馬器服焉。衛人思之，欲厚報之，而作是詩也。」這是說：當衛國被狄人打敗、遷處漕邑的時候，齊桓公能夠出兵援救，使復其國，因此衛國人感恩圖報，寫了這首詩。〈毛詩序〉的這種說法，和今文學派的三家詩略有差異。據王先謙《詩三家義集疏》轉引賈誼《新書》的話說：

苞苴時有，筐篚時至，則群臣附。《詩》曰：「投我以木瓜，報之以瓊琚。匪報也，永以為好也。」上少投之，則下以軀償矣。弗敢謂報，願長以為好。古之蓄其下者，其報施如此。

賈誼是漢初經學大師，其學與荀子相接，其言自可採信。王先謙就這麼說：「當其時，惟有《魯詩》，若舊〈序〉以為美桓，賈子不能指為臣下報上之義，是其原本古訓，更無可疑。」

今古文學派對於此詩的解釋，雖然略有差異，但是，認為此乃描寫君臣上下之間的報施，則是一致的。這和後來學者附會以男女贈答之辭或朋友餽遺之事，並不相同。

附會朋友餽遺之事的，如崔述的《讀風偶識》和姚際恆的《詩經通論》；附會男女贈答之辭的，遠者如朱熹的《詩集傳》，近者如聞一多的《風詩類鈔》等等。這些「附會」，究竟是否即恢復〈國風〉的民間歌謠的原始面目，其實很難斷定。像崔述的《讀風偶識》，一方面批評舊〈序〉有如「漢庭鍛鍊之獄」，另一方面卻又批評朱熹「不用〈序〉說，但疑以為男女贈答之詞，尚未敢必其然」，然後進一步這樣說：

> 投桃報李，《詩》有之矣。木瓜、瓊琚，施於朋友餽遺之事，未嘗不可。非若子嗟子國、狡童狂且之屬，必蕩子與游女而後有此語也。即以尋常贈答視之，可也。

我們套用崔述的話，也可以這樣說：「木瓜、瓊琚，施於君臣上下之事，未嘗不可。」雖然舊〈序〉往往以史證詩，難免有斷章取義的地方，但也不可一概加以否定。陳子展《詩經直解》說得好：

> 凡諸臆說，徒召爭論，舉無當於詩義。則不如最初〈毛序〉所云，〈木瓜〉美齊桓救衛，使復其國，衛人思欲厚報之。蓋出采詩之義，國史之辭，尚為有據也。

我以為這種論學態度是可取的。除非有了確實的證據，否則光憑臆測，就想推翻舊說，只是「徒召爭論」而已，對於詩義的了解，並無好處。

這首詩共三章，每章四句；除了每章的第三句「匪報也」以外，其他各句都是五字句。而且，全篇的結構，和〈芣苢〉一詩頗為相似，句型都極為固定，字句變化也很少，因此誦讀起來，令人覺得迴環無窮，一唱而三嘆。清代學者於此，別有興會。像牛運震《詩志》說「匪報也」一句：「三字一逗，婉曲之極。分明是報，卻說匪報，妙！」像陳繼揆《讀風臆補》說：「詩有每章略易一二字，詠歎淫佚，使人於言外領取其神味，如〈芣苢〉、〈麟趾〉諸篇，尚有淺深層次之可尋，若此詩及〈叔于田〉、〈汾沮洳〉等篇，但反復引申，以盡其一唱三歎之致，後世惟張平子〈四愁詩〉得其遺志。」都說得很好。

詩中的詞語，都很淺近易懂，其實用不著多加講解。歷來解說的人，爭議的是「木瓜」、「木桃」、「木李」和「瓊琚」、「瓊瑤」、「瓊玖」這些名物的詮釋。有人以為這些名物，都是木瓜和玉石的泛稱，有人則以為各有所指，不可混為一談。以前者為例，《毛傳》解釋「木瓜」為「楙木」，指一種可食的瓜木。牟庭的《詩切》就這樣解釋說：

> 木、楙音近假借字。楙之種類極多，其實隋長，似瓜者曰木瓜，圓者曰木桃——《說文》曰：楙，冬桃，讀若髦。〈釋木〉作旄。冬桃即木桃也。——小者曰木李，皆以衛地產者為善。

而姚際恆的《詩經通論》則謂：「木桃、木李，乃因木瓜而順呼之。詩中如此類甚多，不可泥。其實桃李生于木，亦可謂之木桃、木李也。」種種解釋，不一而足，像這種地方，現代讀者恐怕就很難斷定誰優誰劣了。

王風

王風解題

「王」即「王城」的簡稱。王城係指周王朝直接統治的畿內都邑地區。周平王東遷雒邑（今河南洛陽西）以後，周室衰微，無法駕馭諸侯，地位等於列國，所以把這地區所採集的詩歌，稱為〈王風〉。

〈王風〉錄有〈黍離〉等十首詩，根據鄭玄《詩譜》的說法，〈黍離〉以迄〈中谷有蓷〉共五篇，都成於周平王之世，約當公元前七七〇～七二〇年；〈兔爰〉以迄〈大車〉共四篇，當成於周桓王之世，約當公元前七一九～六九七年。其中〈葛藟〉一篇，〈毛詩序〉云：「王族刺平王也」，故或疑當著成於周平王之世。實則王族之刺平王，亦可在平王死後，不必定在平王生前而後可。例如陸德明《經典釋文》、陳奐《詩毛氏傳疏》即定之於桓王之世。〈丘中有麻〉一篇，乃刺莊王之作，故著成年代當在公元前六九六～六八二年之間，可見都是周平王東遷以後產生的作品，其中不少亂離悲涼之音。

〈王風〉周平王以下，周靈王（孔子生年）以前的系譜，請參閱〈國風〉第一冊「國風解題」。

黍離

一

彼黍離離，❶
彼稷之苗。❷
行邁靡靡，❸
中心搖搖。❹
知我者，
謂我心憂；
不知我者，
謂我何求。
悠悠蒼天，
此何人哉！

二

彼黍離離，
彼稷之穗。

【直譯】

看那黍米多茂盛，
看那高粱長新苗。
路走遠了步遲遲，
內心裡晃晃搖搖。
了解我的人兒呀，
會說我內心煩憂；
不了解我的人呀，
會說我有啥要求。
高高青天大老爺，
這是怎樣的人呀！

看那黍米多茂盛，
看那高粱長新穗。

【注釋】

❶ 離離，茂盛披垂的樣子。
❷ 稷，高粱。
❸ 邁，遠行。靡靡，遲遲。
❹ 中心，心中。

·黍·

行邁靡靡，
中心如醉。
知我者，
謂我心憂；
不知我者，
謂我何求。
悠悠蒼天，
此何人哉！

三

彼黍離離，
彼稷之實。
行邁靡靡，
中心如噎。❺
知我者，
謂我心憂；
不知我者，
謂我何求。

路走遠了步遲遲，
內心裡有如酒醉。
了解我的人兒呀，
會說我內心煩憂；
不了解我的人呀，
會說我有啥要求。
高高青天大老爺，
這是怎樣的人呀！

看那黍米多茂盛，
看那高粱結了實。
路走遠了步遲遲，
內心裡有如梗噎。
了解我的人兒呀，
會說我內心煩憂；
不了解我的人呀，
會說我有啥要求。

❺ 噎，喉嚨梗住，透不出氣。

·粱·

悠悠蒼天，　　高高青天大老爺，
此何人哉！　　這是怎樣的人呀！

【新繹】

關於〈黍離〉這首詩，《毛詩》和三家詩的說法是不相同的。《毛詩》以為這是「閔宗周」之作。〈毛詩序〉是這樣說的：「〈黍離〉，閔宗周也。周大夫行役，至于宗周，過故宗廟宮室，盡為禾黍，閔周室之顛覆，彷徨不忍去，而作是詩也。」這是說周室東遷以後，大夫重經宗周舊都（鎬京），看到宗廟宮室成為廢墟，荒涼殘敗中，唯有小米高粱仍然遍地而已。因而徘徊不忍離去，感慨之餘，寫下了這篇作品。

三家詩的說法，和〈毛詩序〉不同。據王先謙《詩三家義集疏》所引，曹植〈令禽惡鳥論〉所說的：「昔尹吉甫信後妻之讒而殺孝子伯奇，其弟伯封求而不得，作〈黍離〉之詩。」繼承的是《韓詩》之說；而劉向《新序》的〈節士〉篇所引的：「衛宣公子壽，閔其兄伋之且見害，作憂思之詩。〈黍離〉之詩是也。」繼承的是《魯詩》之說。這兩種說法，雖然胡承珙《毛詩後箋》都曾經有所質疑，認為不能成立，但是王先謙卻只同意捨棄《魯詩》之說，而仍然以為《韓詩》之說，可以採信。

對於《韓詩》之說，胡承珙反對的理由是：「尹吉甫在宣王時，尚是西周，不應其詩列於東都。」而王先謙贊成的理由則是：

吉甫放逐，伯奇出亡，自是西周之事，年歲無考，存歿不知，蓋有傳其亡在王城者。及平王東遷，伯封過之，求兄不得，揣其已歿，憂而作詩，情事分明，此不足以難《韓》說也。

他並且下結論說：「此詩當以《韓》說為正。」此詩是否如王先謙所說，「當以《韓》說為正」，尚有待論定。但是，當我們比對《毛詩》和《韓詩》之說時，可以發現二者並不一定互相牴觸。只是《毛詩》所重者在「憂國」，而《韓詩》所重者在「憂家」而已。因此，近人有的主張此詩乃遊子抒寫憂憤之作，說的雖然比較籠統，但卻可包涵今古文學派的說法。陳子展《國風選譯》說：「前二說都可說得通，本來不妨兩存其說，但我是傾向於《毛詩》一說的。」我個人的看法，也正是如此。

這首詩是〈王風〉的第一篇，凡三章，每章十句。每一章的後面六句，完全相同；前面的四句之中，也不過總共換了六字而已。方玉潤《詩經原始》評此詩云：「三章只換六字，而一往情深，低徊無限。此專以描摹風神擅長，憑弔詩中絕唱也。唐人劉滄、許渾懷古諸詩，往往襲其音調。」頗能道出此詩在形式上的特色。

在所換的六字之中，由第一章的「苗」，換為第二章的「穗」，再換為第三章的「實」，是寫時間的推移。孔穎達的《毛詩正義》就這樣說：「詩人以黍秀時至，稷則尚苗，六月時也。未得還歸，遂至於稷之穗，七月時也。又至於稷之實，八月時也。是故三章歷道其所更見。」假使說這三字的變換，果然是「歷道其所更見」，那麼，三章之中，描寫詩人的內心，由「搖搖」而「如醉」而「如噎」，就是描寫憂傷的心情，一層深似一層，愈逼愈緊了。凌濛初的《孔門兩弟子言詩翼》有言：「詩家大抵愈傷愈含，愈刺愈隱，才見無限深情，不似後人動即一盤托出。」此詩的好處，正在於有隱含的深情。

南宋姜白石的〈揚州慢〉寫他路過「自胡馬窺江去後，廢池喬木，猶厭言兵」的揚州城，在〈小序〉中有這樣的句子：「夜雪初霽，薺麥彌望；入其城則四顧蕭條，寒水自碧，暮色漸起，戍角悲吟。予懷愴然，感慨今昔，因自度此曲。千巖老人以為有〈黍離〉之悲也。」每次我讀〈黍離〉一詩時，都不由想起姜白石的這些句子，心中也不由有一種莫名的「感慨今昔」的「愴然」之感。

君子于役

一

君子于役，❶
不知其期。
曷至哉？❷
雞棲于塒。❸
日之夕矣，
羊牛下來。❹
君子于役，
如之何勿思？

二

君子于役，
不日不月。❺
曷其有佸？❻
雞棲于桀。❼

【直譯】

我的良人在服役，
不知道他的歸期。
什麼時候回來呢？
雞兒棲息在窩裡。
太陽這樣向晚了，
羊兒牛兒下坡來。
我的良人在服役，
對他哪能不相憶？

我的良人在服役，
非是一天非一月。
什麼時候再相會？
雞兒棲息在柵橛。

【注釋】

❶君子，妻子對丈夫的敬稱。于，往。于役，去服徭役。
❷曷，何時。
❸塒，音「時」，雞窩。鑿墻為洞，供雞棲息。
❹放牧牛羊，多在山坡高處，所以說「下來」。
❺是說不可以日以月計算，表示為時已久。
❻有，又。佸，音「活」，會、會面。有佸，再見面。
❼桀，雞棲的木架。

日之夕矣，
羊牛下括。❽
君子于役，
苟無飢渴？❾

太陽這樣向晚了，
羊兒牛兒下欄了。
我的良人在服役，
是否不曾受渴飢？

❽ 括，音「擴」，至。下括，下來。
❾ 苟，尚、庶幾。表示希望的語氣。

【新繹】

對於此詩，〈毛詩序〉是這樣解題的：「〈君子于役〉，刺平王也。君子行役無期度，大夫思其危難以風焉。」這是說在周平王的時代，因為戰爭頻仍，徭役繁重，所以詩人為行役在外的君子，寫下這懷念的詩篇。尋繹序文的語氣，似乎把詩中的「君子」，解釋為社會上士的階層，泛指為王征戰的士大夫；作者則為其僚友。

這種解釋，今文學派是不同意的。王先謙《詩三家義集疏》就這樣說：

據詩文「雞棲」、「日夕」、「牛羊下來」，乃室家相思之情，無僚友託諷之誼。所稱「君子」，妻謂其夫，〈序〉說誤也。

這段話說得好。對於此篇，《毛詩》正是解作「僚友託諷之誼」，而三家詩則解釋為「室家相思之情」。宋代以來的說《詩》者，大抵都是同意後者。像朱熹的《詩集傳》，就是這樣說的：

大夫久役于外，其室家思而賦之曰：君子行役，不知其還反之期，且今亦何所至哉？雞則棲于塒矣，日則夕矣，牛羊則下來矣，是則畜產出入，尚有旦暮之節，而行役之君子乃無休息之時，使我如何而不思也哉！

不過，所謂「室家相思之情」的「室家」，「君子行役」的「君子」，究竟是什麼階級、身分，歷來也有不同的推測。像王質《詩總聞》就說：

當是在郊之民，以役適遠，而其妻子於日暮之時，約雞歸棲，呼牛羊來下，故興懷也。大率此時最難為別懷，婦人尤甚。

錢澄之（秉鐙）的《田間詩學》也說：

篇中感物興思，皆牛羊雞棲，為尋常耕牧之家所見，似非大夫妻也。

都以為詩中的「君子」，只是一般的平民，而非身居上位的貴族。這種種的推測，都是站在疑古的立場來立論的。事實如何，頗難論斷。我個人以為〈毛詩序〉的說法，也可以講得通，只是後者更容易被人接受而已。

這首詩共兩章，每章八句，除了第一章的第三句和末句之外，都是四字句。第一章寫君子遠役，未有歸期，令人思之不已；第二章寫思念之餘，憂其苟無飢渴。而這兩章，都從傍晚的景致來烘染寫成。方玉潤《詩經原始》於此評得好：「傍晚懷人，真情真境，描寫如畫。晉、唐人田家諸詩，恐無此真實自然。」姚際恆的《詩經通論》和王照圓的《詩說》也都有相似的意見。

這篇作品，以真情實境來寫日落懷人之情，非常成功，因此，後來受其影響的詩人很多。像潘岳〈寡婦賦〉的「時曖曖而向昏兮，日杳杳而西匿。雀群飛而赴楹兮，雞登棲而斂翼」等句，顯然就受到此篇的影響。清代許瑤光〈再讀詩經四十二首〉中，也有這麼一首七絕：

> 雞棲於桀下牛羊，飢渴縈懷對夕陽；
> 已啟唐人閨怨句，最難消遣是昏黃。

極能寫出此篇「覩物懷人如畫」的情境，也頗能說明此詩對後世詩人的影響。

君子陽陽

一

君子陽陽，❶

左執簧，❷

右招我由房。❸

其樂只且！❹

二

君子陶陶，❺

左執翿，❻

右招我由敖。❼

其樂只且！

【直譯】

君子意氣喜洋洋，

左手拿著笙簧吹，

右手招我房中隨。

那樣快樂又熱烈！

君子興致樂陶陶，

左手拿著羽扇搖，

右手招我共舞蹈。

那樣快樂又逍遙！

【注釋】

❶ 陽陽，揚揚、洋洋，得意的樣子。

❷ 左，左手。簧，樂器名，即笙。吹笙時須鼓動笙管下端的簧片，始能發聲。

❸ 右，右手。由，用、從。房，指房中之樂，不是廟堂之樂。一說：由房，笙樂名。招者，是說相招為遊戲。

❹ 只，《韓詩》作「旨」，美、樂之意。且，音「居」，語尾助詞。

❺ 陶陶，和樂的樣子。

❻ 翿，音「道」，一種用鳥羽編成的舞具，形狀像扇子。

❼ 敖，舞位。一說：由敖與由房都是笙樂名。

【新繹】

〈君子陽陽〉這首詩，〈毛詩序〉如此解題：「閔周也。君子遭亂，相招為祿仕，全身遠害而已。」鄭玄的《毛詩傳箋》說：「祿仕者，苟得祿而已，不求道行。」配合起來看，意思是說：君子生當周朝變亂之際，雖然出任得祿，但也僅求全身遠害而已，並不奢求適志行道。

這樣的說法，據王先謙《詩三家義集疏》說：「三家無異義」，可是，從宋代以後，卻有了種種不同的解釋。像朱熹的《詩集傳》，一方面以為「〈序〉說亦通」，一方面卻這樣以為：

此詩疑亦前篇（宏一按：指〈君子于役〉一篇）婦人所作，蓋其夫既歸，不以行役為勞，而安於貧賤以自樂，其家人又識其意而深歎美之，皆可謂賢矣。豈非先王之澤哉？

朱熹的這種解釋，後人固然有採用的，但也頗有些人加以駁斥。例如姚際恆的《詩經通論》，就將《朱傳》和〈毛詩序〉一併批駁。姚氏這樣說：

〈大序〉謂「君子遭亂，相招為祿仕」，此據「招」之一字為說，臆測也。《集傳》謂「疑亦前篇婦人所作」，此據「房」之一字為說，更鄙而稚。大抵樂必用詩，故作樂者亦作詩以摹寫之。然其人其事不可考矣。

姚際恆的質疑，很有道理！但朱熹的說法，本來也只是一種推測而已，他自己並未稱之為定論。除此之外，像牟庭《詩切》一書，以為此詩乃寫「思婦之夢」；像唐莫堯等《詩經譯注》以為這是描寫「情人相約出遊」的詩篇。這些說法，和〈毛詩序〉的解釋都已經有了距離。我們雖然也同意姚際恆「其人其事不可考」的說法，但仍然覺得漢儒的主張，只要今古文學派沒有異議，應該是比較可以採信的。

這首詩共兩章，每章四句。第一章寫君子藉音樂而得其樂，第二章寫君子藉舞蹈而得其樂。第一章「君子陽陽」的「陽陽」，和第二章「君子陶陶」的「陶陶」，據《韓詩》之說，都是描寫「君子之貌」，也就是洋洋自得、陶陶自樂的樣子。從何可見君子的「陽陽」、「陶陶」呢？作者分別以「左執簧」和「左執翿」的以下二句，來寫音樂、舞蹈的足以令人相感。

「左執簧」，是說左手拿著笙簧吹奏，「左執翿」，是說左手拿著羽扇跳舞。前者寫音樂，後者寫舞蹈，都不難解。難解的是「右招我由房」和「右招我由敖」這兩句。據《鄭箋》說：「君子祿仕在樂官，左手持笙，右手招我，欲使我從之於房中，俱在樂官也。我者，君子之友自謂也，時在位，有官職也。」又說「君子左手持羽，右手招我，欲使我從之於燕舞之位，亦俱在樂官也。」照這樣講，是把詩中的君子，解作自樂於仕為伶官的賢者了。陳奐的《詩毛氏傳疏》也說：「我，我僚友也。王燕用房中之樂，而君子位在樂官，故得相招，呼其僚友也。」周朝重視禮樂，在廟朝設有樂工和舞師，在寢室房中燕樂休息時，也同樣設有專職的樂工伶官，提供娛樂。胡承珙《毛詩後箋》說得更清楚：「房中，對廟朝言之。人君燕息時所作之樂，非廟朝之樂，故曰房中。」這是把「由房」的「房」，解作房中樂章的簡稱，說是以此相招為樂。由房，就像「由庚」、「由儀」一樣，都是笙樂的曲名。胡氏又說：「由敖」就是「用燕游之舞相招」，可知他們都以為此乃伶官自甘下位之詞。

另外，馬瑞辰的《毛詩傳箋通釋》卻解釋為：「由、遊，古同聲通用。由敖，猶遊遨也。由房與由遨亦當同義，皆謂相招為遊戲耳。……房與放古音亦相近，由房當讀為遊放。」這又是把「由房」和「由敖」解作「遨遊」的同義詞了。其他的解釋還有一些，可以看出在解說上的歧異。

最後，我抄錄牟庭《詩切》中的譯文，讓讀者看看此詩的另一種完整的解釋：

昨夢見君子，明白甚陽陽，
左手執者是笙簧，
卻以右手招我出閨房。
其樂如此那可忘！

昨夢見君子，望之遠遙遙，
左手執者是羽翿，
卻以右手招我出遊敖。
其樂如此須記牢！

揚之水

一

揚之水，❶
不流束薪。❷
彼其之子，❸
不與我戍申。❹
懷哉懷哉！
曷月予還歸哉？❺

二

揚之水，
不流束楚。❻
彼其之子，
不與我戍甫。❼
懷哉懷哉！
曷月予還歸哉？

【直譯】

激揚流動的河水，
流不動一捆乾薪。
他們其國的人兒，
不肯跟我防衛申。
懷念呀，懷念呀！
何月我才回家呀？

激揚流動的河水，
流不動一捆荊楚。
他們其國的人兒，
不肯跟我衛戍甫。
懷念呀，懷念呀！
何月我才回家呀？

【注釋】

❶揚，激揚、飛濺。一說：悠揚、流得緩慢。也有人以為當指地名。

❷束薪，成捆成束的薪柴。下文「束楚」、「束蒲」與此同義。

❸其，音「記」。見《鄭箋》。例以〈丘中有麻〉篇之「彼留之子」，當為國名或氏族之名。其他待考。

❹戍，守衛。申，古代國名，在今河南唐河縣南。申侯是平王之舅。

❺曷，何。還，同「旋」，返回。

❻楚，荊楚、荊條。

❼甫，古代國名，即「呂」國，在今河南南陽縣西。

三

揚之水，
不流束蒲。❽
彼其之子，
不與我戍許。❾
懷哉懷哉！
曷月予還歸哉？

激揚流動的河水，
流不走一捆香蒲。
他們其國的人兒，
不肯跟我保衛許。
懷念呀，懷念呀！
何月我才回家呀？

❽ 蒲，蒲柳，枝條可製箭幹。
❾ 許，古代國名，在今河南許昌市。

·蒲·

【新繹】

〈毛詩序〉對〈揚之水〉一詩如此解題：「〈揚之水〉，刺平王也。不撫其民，而遠屯戍于母家，周人怨思焉。」鄭玄《毛詩傳箋》於此有進一步的解釋：

> 怨平王恩澤不行於民，而久令屯戍不得歸，思其鄉里之處者。言周人者，時諸侯亦有使人戍焉。平王母家申國，在陳、鄭之南，迫近彊楚，王室微弱而數見侵伐，王是以戍之。

意思是說：周平王東遷洛陽以後，南方的楚國日益強大，常有併吞附近小國的野心。本詩中提到的「申」、「甫」、「許」等國，就是被侵犯的對象。因為周平王的母親，是申侯的女兒，平王和申國原有裙帶關係，加上申、甫、許這三個姜姓國，距離洛陽都不遠，和周朝唇齒相依，所以周平王徵遣東周境內的「彼其之子」，去幫助這三個國家衛戍防守。據胡承珙《毛詩後箋》說：「以畿甸之民而為諸侯戍守者，……固西周以前未有之事也。」我們可以想見，派去的這些衛士，心中必然有所不滿。因此，詩人藉這首詩來表達他們的心聲。

據王先謙《詩三家義集疏》說，「三家無異義」。那麼，〈毛詩序〉、《鄭箋》的說法，應該是可以接受的了。但是，從宋代以後，我們可以發現頗有一些學者，從不同的角度，對〈毛詩序〉的說法提出了質疑或補充的意見。像姚際恆的《詩經通論》就說：「申侯為平王母舅，甫、許則非，安得實指為平王，及謂戍母家乎？」像方玉潤的《詩經原始》也這樣說：「經文明明言戍申戍甫戍許，而〈序〉偏云戍于母家，致啟《集傳》忘讎逆理之論，是皆未嘗即當日形勢而一思之耳。」所謂「《集傳》忘讎逆理之論」，指的是朱熹在《詩集傳》中所說的「申侯與犬戎攻宗周而弒幽王」等等的一段話。朱熹以為申侯聯合犬戎滅了西周，殺了平王之父周幽王，這對平王來說，申侯應是殺父仇人，怎麼可以忘仇逆理，幫他防衛、同抗楚國呢？這些意見，都有參考的價值。但正如姚際恆所說的「然耶？否耶？吾不得而知之也」那樣，一切還有待商榷。因此，我們暫時仍以舊說為主。

不管這首詩的時代背景，歷來有多少不同的說法，但對於此詩是描寫戍卒思歸之作，卻是古今一致承認的。詩分三章，每章六句。重複的字句很多，只有每章的第二、四兩句，各易其一字而已。第二句由「不流束薪」而「不流束楚」而「不流束蒲」，第四句由「不與我戍申」而「不與我戍甫」而「不與我戍許」，除了換字以協韻以外，應該也寓有屯戍已久之意。

「揚之水」以下二句，藉激揚的流水流不去成束的薪楚蒲柳起興，來說明「彼其之子」的不肯與我共相衛戍。《詩經》中以「揚之水」名篇者，一共有三首，除本篇外，一篇在〈鄭風〉，一篇在〈唐風〉。〈鄭風〉的〈揚之水〉第二章這樣說：

揚之水，不流束薪。
終鮮兄弟，維予二人。
無信人之言，人實不信。

〈唐風〉的〈揚之水〉第三章也這樣說：

揚之水，白石粼粼。
我聞有命，不敢以告人。

都隱含著情誼相守之意。本篇應該也是藉此來說明「彼其之子」的不肯相從。

揚之水，究竟該指激揚的或緩慢的流水，或是專有的地名，很難斷定。有人因為第二句說「不流束薪」，所以主張作緩慢的流水，才能相應。但作激揚解，反襯它雖激揚，卻流不動束薪，也是文學作品常見的表現技巧，未必是錯。「彼其之子」，據《鄭箋》說，「其」音「記」或「己」，應是周代的一個國名或氏族名，被周平王派去防衛申、甫、許等地。可是「彼其之子」卻「獨處鄉里，不與我來守申」。有人以為這詩篇中所寫的，是「思其鄉里習狎之人」，有人以為這是「斥平王」，朱熹則以為這是「戍人指其室家而言也」。究竟是指「鄉里習狎之人」或「其室家」很難確定，實際上也不必確定。因為重點在「刺平王」。「懷哉懷哉」以下二句，是懷歸的戍子最直接的心聲。本來用不著多加解釋，不過，牟庭的《詩切》一書，對「懷哉」的「懷」字，別有一解，茲抄錄於下，以供讀者參考：

釋詁曰：「懷，至也。」方言曰：「懷，至也。」釋名曰：「懷，回也，本有去意，回來就己也。」

余按：懷、回古聲同，今俗語謂去而復來曰「回」，即古「懷」字之音也。

中谷有蓷

一

中谷有蓷，❶
暵其乾矣。❷
有女仳離，❸
嘅其嘆矣。❹
嘅其嘆矣，
遇人之艱難矣！

二

中谷有蓷，
暵其脩矣。❺
有女仳離，
條其歗矣。❻
條其歗矣，
遇人之不淑矣！❼

【直譯】

山谷中有益母草，
漸漸地它枯乾了。
有位女子被遺棄，
深深地她感嘆了。
深深地她感嘆呀，
嫁人這樣艱難呀！

山谷中有益母草，
漸漸地它曬焦了。
有位女子被遺棄，
長長地她悲號了。
長長地她悲號呀，
嫁人這樣不好呀！

【注釋】

❶ 中谷，谷中。蓷，音「推」，可治婦女病的一種藥草。今名益母草。
❷ 暵，音「旱」，乾燥。暵其，暵然。
❸ 仳，音「匹」，別、離、相棄。
❹ 嘅，感慨。嘅其，慨然。
❺ 脩，脯、肉乾。此取其「乾」義。
❻ 條其，條然、長長的樣子。歗，同「嘯」，蹙口吹氣成聲。
❼ 不淑，不善、不幸。

·蓷·

三

中谷有蓷，
暵其濕矣。❽
有女仳離，
啜其泣矣。❾
啜其泣矣，
何嗟及矣！❿

山谷中有益母草，
漸漸地它曬乾了。
有位女子被遺棄，
噎噎地她飲泣了。
噎噎地她飲泣呀，
哪裡後悔得及呀！

❽ 濕，音「棲」，通「隰」，曬乾。一說：將乾。
❾ 啜，音「輟」，哭泣的樣子。
❿ 「嗟何及矣」的倒裝句。

【新繹】

〈毛詩序〉如此解題：「〈中谷有蓷〉，閔周也。夫婦日以衰薄，凶年饑饉，室家相棄爾。」這是說明詩為夫婦仳離而作。東周時代，朝綱不振，禮教崩壞，所以在天災人禍的凶年饑荒之中，夫婦之間的情感，也日漸淡薄了，竟然有人不惜相棄而去。這種說法，據王先謙的《詩三家義集疏》說，三家詩並無異義，後來的學者，也大都採用，只是爭論此詩是否出於棄婦的自傷或詩人的同情而已。

像朱熹的《詩集傳》就說：「凶年饑饉，室家相棄，婦人覽物起興，而自述其悲歎之辭也。」又「悲恨之深，不止於嘆矣。淑，善也。古者謂死喪飢饉，皆曰不淑。」這是認為詩乃棄婦所自作。這一種看法，頗有些人極表讚賞，像清代張芝洲《葩詩一得》就說：「看朱子解不淑二字，是如何體貼詩情。」但也有人不表同意，像方玉潤的《詩經原始》就這樣說：

> 閨閣嫺吟咏，固自有人，而此云「有女」者，則非其自咏可知矣。杜詩此類甚多，何必定指為自作？

這是根據詩中「有女仳離」的「有」字，來推測此詩應為詩人的憐憫棄婦之作了。事實上，這裡的「有」字，是否一定要解釋為指示形容詞，恐怕也是會有爭議的。

除此之外，此詩的解釋，還有兩種與舊說不同的說法，值得我們注意。第一種說法，是姚際恆在《詩經通論》中所主張的：「此或閔嫠婦之詩，猶杜詩所謂『無食無兒一婦人』也。」方玉潤也贊同此說，認為此詩係詩人憐憫寡婦而作。這種說法，是不把「有女仳離」的「仳離」解釋為遭遺棄而分離，又把「艱難」解作「夫貧」，把「不淑」解作「夫死」，因而認為這是詩人同情寡婦之作。

第二種說法，是牟庭《詩切》裡所主張的。他把「有女仳離」的「仳離」，解釋為「醜面」，因而對此詩如此解說：

> 余按，蓷為臭穢之草，生於谷中下濕之處，自其所也，乃猶不安於下濕，而欲暵乾，喻醜陋之女，嫁於貧賤之男，自其宜也，乃猶不安其貧賤而欲去之。

簡言之，他是把此詩解釋為「詠醜婦棄其夫也」。這與憐憫棄婦或寡婦之說，大不相同。

這些說法，究竟何者為是，我們不能確定，但從字面直接的解釋和歷代多數學者的主張來看，舊說仍然是比較可取的。

這首詩共三章，每章六句。「中谷有蓷，暵其乾矣」二句，是詩人藉物以起興。蓷，就是益母草。這種草的屬性，歷來說法極有不同：有人說它是陸草，生於道旁原野，陽光越熱，它的顏色越美；也有人說它是水草，宜濕，生於海濱池澤。「暵其乾矣」的「暵」，音「旱」，三家詩作「灘」，是「水濡而乾」的意思。詩人藉此二句來形容「女子仳離」之後的慨然而嘆。第一章的「暵其乾矣」、第二章的「暵其脩矣」、第三章的「暵其濕矣」，和第一章的「嘅其嘆矣」、第二章的「條其歗矣」、第三章的「啜其泣矣」，都是為了層次的逐漸加深而變易其字的。在這不斷的泣號哀嘆之中，我們彷彿聽到了棄婦椎心的泣訴。謝枋得說得好：

> 此詩三章，言物之暵，一節急一節，女之怨恨者，一節急一節。始曰「遇人之艱難」，憐其窮苦也；中曰「遇人之不淑」，憐其遭兇禍也；終曰「何嗟及矣」，夫婦既已離別，雖怨嗟亦無及也。饑饉而相棄，有哀矜惻怛之意焉。

謝枋得的分析，對於我們閱讀此詩，有很大的幫助。

兔爰

一

有兔爰爰，❶
雉離于羅。❷
我生之初，❸
尚無為；❹
我生之後，
逢此百罹。❺
尚寐無吪！❻

二

有兔爰爰，
雉離于罦。❼
我生之初，
尚無造；❽
我生之後，

【直譯】

那兔子舒舒緩緩，
野雞卻陷入羅網。
我剛出生的時候，
希望沒有苦差幹；
在我出生了以後，
卻遇這種種災難。
但願長睡口不言！

那兔子舒緩自在，
野雞卻掉進網來。
我剛出生的時候，
希望不會有苦差；
在我出生了以後，

【注釋】

❶ 爰爰，舒緩、逍遙自在的樣子。
❷ 雉，音「至」，野雞。離，通「罹」，遭到。羅，羅網。
❸ 初，當初。一說：以前。古人出生前後，家人常祈保平安。
❹ 尚，表示希望的語氣。無為，沒有勞役差役。
❺ 百，形容其多。罹，憂患。
❻ 寐，睡。吪，音「俄」，動、說話。
❼ 罦，音「浮」，一種裝有機關、能自動捕獲鳥獸的網。
❽ 無造，同「無為」。

逢此百憂。
尚寐無覺！❾

三

有兔爰爰，
雉離于罿。❿
我生之初，
尚無庸；⓫
我生之後，
逢此百凶。
尚寐無聰！⓬

卻遇這百般禍災。
但願長睡不醒來！

那兔子舒舒緩緩，
野雞卻陷入羅網。
我剛出生的時候，
希望不會有憂煩；
在我出生了以後，
卻遇這百般凶險。
但願長睡聽不見！

❾ 覺，醒覺。
❿ 罿，音「童」，捕鳥網。
⓫ 無庸，無用，同「無為」、「無造」，皆指勞役之事。
⓬ 無聰，沒有聽聞。

【新繹】

〈兔爰〉是一首感事傷時的厭世之作。〈毛詩序〉是這樣解題的：「〈兔爰〉，閔周也。桓王失信，諸侯背叛，構怨連禍，王師傷敗，君子不樂其生焉。」〈毛詩序〉的說法，據王先謙《詩三家義集疏》說，三家詩並無異義。孔穎達的《毛詩正義》，甚至曾經引用《左傳》書中隱公三年和桓公五年有關周、鄭交惡的記載，來解釋詩文。

不過，這首詩是不是作於桓王之世，宋代以來，卻有不同的看法。朱熹《詩序辨說》以為此詩和桓王時事無關，他在《詩集傳》中還這樣說：「為此詩者，蓋猶及見西周之盛。」後來像姜炳璋、范家相、崔述等人，都從詩文中去推究，以為此詩當作於幽王、平王之際。崔述《讀風偶識》除了說朱子「蓋猶及見西周之盛」一語「可謂得其旨矣」之外，他還有這樣的話：

其人當生於宣王之末年，王室未騷，是以謂之無為。既而幽王昏暴，戎狄侵陵；平王播遷，室家飄蕩；是以謂之「逢此百罹」。

崔述的意見，雖然也是推測之詞，但晚近學者採取的人不少。像陳子展《詩經直解》就據此而假定「作者生及宣王中興，經過幽王喪亂，平王播遷，從鎬至洛以後所作」；像程俊英《詩經譯注》也據此而這樣推演：

這是一首反映沒落貴族厭世思想的詩。這個沒落貴族留戀西周宣王時代所謂盛世，那時雖有天災，但無人禍，貴族的地位和利益尚未動搖。東遷以後，有些貴族失去了土地和人民，階級地位起了變化，甚至還要服役。這就是詩人所謂「逢此百罹」的社會背景。

是不是一定要指沒落的貴族，現代學者又有不同的看法。有人就以為這應是為苦於勞役的平民而作。越到後來，歧解越多，難怪研究《詩經》的人，要感嘆「詩無達詁」了。

這首詩共三章，每章七句，也有人把每章的第三、四兩句合為一句的。每一章的開頭兩句，都是以兔子之脫走舒徐和野雞的陷入網套，來比喻小人之免禍和君子之罹患。也有人說，這裡的兔子比喻富豪權貴，雉則比喻百姓平民。更有人說，兔是比喻背叛的諸侯，而雉則比喻傷敗之王師。這些都是隨各人對詩句和背景的體會不同，而有了種種不同的解釋。

「我生之初，尚無為；我生之後，逢此百罹」的前兩句，自然和後兩句是相對而言的，但「我生之初」的「初」，究竟是指出生以前或成年以前，卻很難斷定；同樣的，「尚無為」一句該怎麼講，也令人煞費周章。據《鄭箋》說：「尚，庶幾也。言我幼稚之時，庶幾於無所為！謂軍役之事也。」而朱熹的《詩集傳》，則解「尚」作「猶」，並且如此解說詩意：「方我生之初，天下尚無事，及我生之後，而逢時之多難如此。」筆者的譯文，採用的是《鄭箋》的說法，因為我以為這裡的「尚」字，和末句「尚寐無吪」的「尚」字，意思應該是一致的。

「尚寐無吪」的「無吪」，和第二、三兩章的「無覺」、「無聰」，都是為了趁韻而易其字，意思上並無輕重的不同。「尚寐」句的解釋，以吳闓生的《詩義會通》最獲我心，他說：「追溯生初，無限低徊。安得山中千日酒，酩然直到太平時，即尚寐意。」〈詩序〉說此詩可見「君子不樂其生焉」，每章的後面五句，正是寫其不樂其生之事。生而不樂的無奈之悲，真是力透紙背啊！

葛藟

一

緜緜葛藟，❶
在河之滸。❷
終遠兄弟，❸
謂他人父；
謂他人父，
亦莫我顧！❹

二

緜緜葛藟，
在河之涘。❺
終遠兄弟，
謂他人母；
謂他人母，
亦莫我有！❻

【直譯】

連綿不斷的葛藤，
長在黃河的水濱。
既然遠離了兄弟，
稱呼別人為父親；
雖稱別人為父親，
也沒人對我垂憐！

連綿不斷的葛藤，
長在黃河的水濱。
既然遠離了兄弟，
稱呼他人為母親；
雖稱他人為母親，
也沒人跟我親近！

【注釋】

❶ 緜緜，連綿不斷的樣子。葛藟，一種蔓生植物。見〈周南．樛木〉篇。
❷ 滸，水邊。
❸ 終，既、已經。
❹「亦莫顧我」的倒裝句。下同。
❺ 涘，音「四」，水邊。
❻ 有，通「友」，親近、友愛。

·葛藟·

三

緜緜葛藟，在河之漘。❼
終遠兄弟，謂他人昆；❽
謂他人昆，亦莫我聞！

連綿不斷的葛藤，
長在黃河的水濱。
既然遠離了兄弟，
稱呼別人為老兄；
雖稱別人為老兄，
也沒人對我同情！

❼ 漘，音「純」，水邊。
❽ 昆，兄、兄長。古稱兄弟為昆仲。

【新繹】

〈葛藟〉這首詩，〈毛詩序〉如此解題：「〈葛藟〉，王族刺平王也。周室道衰，棄其九族焉。」這是說周平王（一說桓王）時，朝綱不振，王族中流亡他鄉者，不乏其人，因此詩人藉此以抒牢怨。根據《鄭箋》的解釋，「緜緜葛藟，在河之滸」二句，是比喻「王之同姓，得王之恩施，以生長其子孫」，又根據《左傳．文公七年》的記載：

〔宋〕昭公將去群公子，樂豫曰：「不可，公族，公室之枝葉也；若去之，則本根無所庇陰矣。葛藟猶能庇其本根，故君子以為比，況國君乎？……」

可知所取的，也是和《毛詩》一樣的說法。

這種說法，和「三家詩」的說法並無不同。承襲《齊詩》之說的《易林》，在好幾篇裡，都有這樣的句子：「葛藟蒙棘，華不得實。讒言亂政，使恩壅塞。」據王先謙在《詩三家義集疏》裡的解釋，「葛藟蒙棘」是比喻王族遭讒，「華不得實」是比喻恩施不終，「讒言亂政，使恩壅塞」是說公家窮乏，賙給無資，因此臣下無可如何，只好出此下策。可見取喻和《毛詩》、《左傳》是相同的。

朱熹的《詩集傳》，並沒有完全採取舊說，只認為這是一首流浪者的悲歌。他是這樣說的：

> 世衰民散，有去其鄉里家族而流離失所者，作此詩以自歎。言緜緜葛藟，則在河之滸矣。今乃終遠兄弟而謂他人為己父，己雖謂彼為父，而彼亦不我顧，則其窮也甚矣。

可見朱熹只把這流浪他鄉的人，當作一般人看待，並不限定是王族。朱熹的這種說法，影響後世很大。後來沿用他說法的人，不在少數。其中像方玉潤在《詩經原始》裡，一方面這樣說：

> 此詩不必深解，但依《集傳》謂「世衰民散，有去其鄉里家族而流離失所」之作，斯得之矣。若必謂「刺平王棄其九族」，則不惟「亦」字語氣不協，即詩意亦甚索然，反無謂也。

另一方面卻又這樣說：

故人一去鄉里，遠其兄弟，則舉目無親，誰可因依？雖欲謂他人之父以為父，而其父反愕然而不之顧；即欲謂他人之母以為母，而其母亦愬然而不我親；父母且不可以偽託，況昆弟乎？則更澹焉如無聞也。

民情如此，世道可知。誰則使之然哉？當必有任其咎者，即謂平王之棄其九族，而民因無九族之親者，亦奚不可？

由此可見一些解說《詩經》的人，對舊說既想擺脫又無法擺脫的心態。至於像牟庭《詩切》以為此詩乃贅子之詞，說：「葛藟生於山陸，而蔓延於水厓，喻人舍其家而贅於人家也。」可以說是詞多臆測了。

此詩凡三章，每章六句，每句四言，字句複沓的地方很多。每章的開頭兩句，都藉河邊葛藟的連綿不斷，來比喻族人親親之義；後面四句，則寫流浪他鄉以後，舉目無親、孤苦無依之感。詩雖然分為三章，卻只是一層意思。第一章寫父，第二章寫母，第三章寫兄，可見寫作的次序。有人評此詩云：「乞兒聲，孤兒淚，不忍卒讀。」誠然！

采葛

一

彼采葛兮，❶

一日不見，

如三月兮。

二

彼采蕭兮，❷

一日不見，

如三秋兮。

三

彼采艾兮，❸

一日不見，

如三歲兮。

【直譯】

那個採葛的人呀，

只要一天不見面，

就好像三月了呀。

那個採蕭的人呀，

只要一天不見面，

就好像三秋了呀。

那個採艾的人呀，

只要一天不見面，

就好像三年了呀。

【注釋】

❶ 彼，他、那個人。葛，一種纖維可以織布的植物。

❷ 蕭，一種古人常用作祭祀的植物。

❸ 艾，一種可作針灸治病的植物。

·蕭·

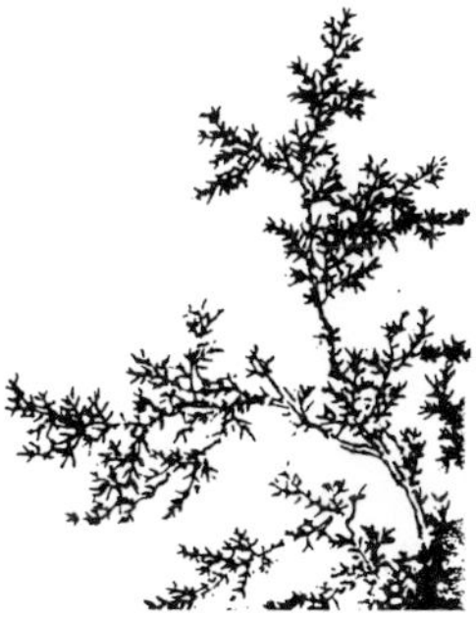

·艾·

【新繹】

〈采葛〉這首詩，據〈毛詩序〉的說法，是「懼讒也」。鄭玄的《毛詩傳箋》說得更清楚：「桓王之時，政事不明，臣無大小，使出者則為讒人所毀，故懼之。」這種說法，今文學派的三家詩，並無異義。馬瑞辰的《毛詩傳箋通釋》，還為這種說法找了一些例證：

《傳》、《箋》並以采葛、采蕭、采艾為懼讒者，託所采以自況。今案《楚辭．九歌》：「采三秀於山間，石磊兮葛蔓蔓」，五臣注：「芝藥仙草，采不可得，但見葛石耳，亦猶賢哲難逢，諂諛者眾也。」劉向〈九歎〉：「葛藟虆於桂樹兮，鴟鴞集於木蘭」，王逸注：「葛藟，惡草，乃緣於桂樹，以言小人進在顯位。」是葛為惡草，古人以喻讒佞。

劉向沿用的是《魯詩》之說，同樣以葛為惡草，來比喻讒佞，可見〈毛詩序〉等舊說，自有其依據，不必輕棄。

不過，從宋代開始，這種說法卻受到了懷疑。像朱熹《詩集傳》就這樣說：

采葛所以為絺綌，蓋淫奔者託以行也，故因以指其人，而言思念之深，未久而似久也。

這是把舊說中的亂世賢人憂讒畏譏之感，轉而解釋為男女淫奔之情了。

作：

朱熹的淫奔之說，後人質疑的不少。像清代黃中松在《詩疑辨證》裡，就說此篇應為懷友之

今玩經文，並未見有淫奔之意。竊意此朋友相慕之詩爾。常情，於素心之人朝夕共處，歡然自得，不覺其久。一旦別離，兩地相思，誠有未久而似久者，不必私情也。

其他像姚際恆、方玉潤等人，也都有相同的看法。除此之外，像牟庭的《詩切》，把這首詩解釋為「刺人娶妻而不出也」，今人周錫韓《詩經選》把它解釋為男女對答的情歌，都可以看出後人對於此詩解說的紛歧。

在很多解說〈采葛〉的書當中，我非常欣賞陳子展《詩經直解》裡的一段話：

〈采葛〉，只是極言相思迫切一種情緒之比喻詩，徒具概念，羌無故實。徒有抽象之形式，而無具體之內容。不知詩人與所思念之人有何關係，無從指實思念何人，緣何思念，又何以一日不見，相思至於如此之迫切。……民間歌手觸事起興，以日常之語言，簡單之旋律，歌頌民間一種偉大之友誼，一種高尚之情操。詩義自明，不煩詮釋。

這段話說得很好，不止可用於〈采葛〉一詩，也可以同時用之於《詩經》裡的很多篇章。不

過，在欣賞之餘，我仍然覺得舊說不可輕棄。因為年代久遠，風俗人情必有大不同於今日者，我們萬萬不可以今律古，輕侮古人。像〈采葛〉這首詩，把它解作男女相思之情也好，把它解作朋友相慕之詩也好，事實上，在詮釋時都不必認為這和「懼讒」之舊說，一定要有牴觸。因為男女之情、朋友之交，也難免會有「憂讒畏譏」的時候。即使完全採用舊說，認為這是一篇描寫小人當道、君子憂讒的作品，我仍然以為是可以講得通的，並沒有窒礙的地方。因此，裴溥言先生詳解此篇，一方面說是描寫男女相戀的感情，一方面又說一日三月、一日三秋、以至一日三歲的感覺，是產生於亂世的心態，所以她判斷這「可能是大動亂時代的產品」。我也以為這是一種頗為可取的說法。

大車

一

大車檻檻，❶
毳衣如菼。❷
豈不爾思？
畏子不敢。

二

大車啍啍，❸
毳衣如璊。❹
豈不爾思？
畏子不奔。❺

三

穀則異室，❻
死則同穴。❼

【直譯】

大車經過聲坎坎，
毛衣像嫩荻一般。
難道不曾把你想？
怕君子不敢違犯。

大車經過聲頓頓，
毛衣像紅玉一般。
難道不曾把你想？
怕君子不敢投奔。

生時雖是不同房，
死後卻願一個壙。

【注釋】

❶大車，牛車。檻檻，車行的聲音。
❷毳，音「脆」，獸的細毛。毳衣，毛布衣。一說：車上遮蔽風塵的氈子和帷帳。菼，音「坦」，初生的荻，淡青色。
❸啍啍（音「吞」），車行又重又慢的聲音。
❹璊，音「門」，赤紅色的玉。
❺奔，私下出走。
❻穀，生、活著。
❼穴，墓穴。同穴，合葬在一起。
❽予，我。不信，不誠實、不守信用。

謂予不信，❽
有如皦日！❾

要是說我不真心，
見證有這大太陽！

❾ 盟誓之詞。皦，同「皎」，白亮熾熱。指日為誓的意思。

【新繹】

〈大車〉這首詩，歷來的解釋頗有不同。〈毛詩序〉是這樣解題的：「〈大車〉，刺周大夫也。禮義陵遲，男女淫奔，故陳古以刺今大夫，不能聽男女之訟焉。」據《毛傳》、《鄭箋》等的解說，〈大車〉此詩是寫古代的大夫，能以刑政治其邑，嚴禮教之防，所以男女不敢淫奔；而詩人所處的時代，大夫們雖然一樣乘著大大的牛車，穿著厚厚的毛衣，卻「不能聽男女之訟」，解決男女情感的糾紛，遏止男女的淫奔。所以，〈毛詩序〉以為此詩蓋作者藉男女盟誓之詞，「陳古以刺今大夫」。

〈毛詩序〉的說法之外，漢代劉向《列女傳》的〈貞順〉篇，卻認為這是春秋時代息夫人殉夫所作的絕命詞。《列女傳》是這樣說的：

夫人者，息君之夫人也。楚伐息，破之，虜其君，使守門，將妻其夫人而納之於宮。楚王出遊，夫人遂出見息君，謂之曰：「人生要一死而已，何至自苦？妾無須臾而忘君也，終不以身更貳醮，生離於地上，何如死歸於地下哉？」乃作詩曰：「穀則異室，死則同穴。謂予不信，有如皦日。」息君止之，夫人不聽，遂自殺。息君亦自殺，同日俱死。

劉向是傳承《魯詩》之說的，這樣說來，今文學派中一定有人以為這是息夫人所作了。不過，古史中有關息夫人的記載，尚有歧異，而劉向《列女傳》等書之引述《詩經》，也重在政教風化的宣揚，都不一定足為證據。何況《列女傳》所引錄的，只是本詩的第三章而已，並非全首。因此，我們於此存而不廢可也。

從宋代以後，有關〈大車〉一詩的解釋，日益紛紜。朱熹《詩集傳》採〈毛詩序〉之說而稍變之：

> 周衰，大夫猶有能以刑政治其私邑者，故淫奔者畏而歌之如此。然其去二〈南〉之化則遠矣。此可以觀世變也。

其他如清代姚際恆《詩經通論》、方玉潤《詩經原始》等，以為這是「周人從軍，訊其室家之詩」；牟庭《詩切》以為這是「貞婦約與夫同死」之辭；又如現代高亨《詩經今注》以為這是夫妻被迫離異的誓言；程俊英《詩經譯注》以為這是描寫女子熱戀情人的詩。可以說是種種切切，不一而足。隨著每個人體會的不同，詩中的主人翁可以是男性，也可以是女性；可以是征夫，也可以是貞婦，我們從這裡可以看出《詩經》的多義性。

此詩凡三章，每章四句，每句四言。第一、二兩章字句多複沓，「檻檻」和「啍啍」都是形容大車行駛的聲音，「如菼」和「如璊」都是形容毳衣的顏色。毳衣，是厚毛織成的衣物，當是大車上的乘客所穿，也有人說是用氈子製成的車帷。要是按照〈毛詩序〉的解釋，這開頭的兩句，寫的是大夫出巡時的車服。就因為大夫能嚴禮教之防，因此熱戀中的男女，即使彼此愛得癡迷欲狂，也不能不顧及禮義而有所節制，也因此下文才接著說：「豈不爾思？畏子不敢。」爾，指的是愛慕的對象，子則指的是出巡的大夫。《鄭箋》就是這樣說的：「畏子大夫來聽訟，將罪我，故不敢也。子者，稱所尊敬之辭。」

第三章顯而易見，乃指日為誓的愛情宣言。在生前雖然不能朝夕相處，死後卻要埋在一起。這種熱烈的情感，堅決的意志，真的像周錫䪖所說的：「使人不禁聯想起後世許多動人的愛情故事：焦仲卿與劉蘭芝、梁山伯與祝英台，或者羅密歐與朱麗葉……。」或許息夫人真的寫過這樣的詩句，所以詩人引用來描述心中熾熱的情感；也或許詩中表現的情感，太熱烈感人了，所以後人把它附會到息夫人等等的身上去了。這種過於熱烈的情感，諒必不是古代統治者所樂於見到的，所以〈毛詩序〉才會說出「禮義陵遲，男女淫奔，故陳古以刺今大夫，不能聽男女之訟」那段話。

丘中有麻

一
丘中有麻，❶
彼留子嗟。❷
彼留子嗟，
將其來施施。❸

二
丘中有麥，
彼留子國。❹
彼留子國，
將其來食。❺

三
丘中有李，
彼留之子。

【直譯】

山丘之中有麻田，
那人姓劉名子嗟。
那人姓劉名子嗟，
希望他來從容些。

山丘之中有麥田，
那人姓劉名子國。
那人姓劉名子國，
希望他來多享受。

山丘之中有李樹，
那是劉氏的兒子。

【注釋】

❶ 丘，山丘土坡。麻，一種纖維可織麻布又可食用的植物。
❷ 留，古通「劉」，姓。子嗟，人名。一說：留，止、隱藏。
❸ 將，音「槍」，請、希望。已見〈衛風．氓〉篇。施施，慢慢、從容而來。
❹ 子國，人名。
❺ 食，吃、一起享用。

・麻・

彼留之子，
貽我佩玖。❻

那是劉氏的兒子，
送我佩帶的玉石。

❻ 貽，贈送。玖，黑色的玉石。已見〈衛風．木瓜〉篇。

【新繹】

〈丘中有麻〉這首詩，歷來的解說極為分歧。〈毛詩序〉是這樣解題的：「〈丘中有麻〉，思賢也。莊王不明，賢人放逐，國人思之，而作是詩也。」據王先謙《詩三家義集疏》說，三家詩並無異義，都認為這是一首思賢之作。陳子展《詩經直解》一書，則作更進一步的闡釋：

> 〈丘中有麻〉，指有麻及有麥、有李之丘野，彼劉子嗟與劉子國、劉氏之子，祖孫父子三世耕種於其間，其人可思可敬已。詩義不過如此。〈序〉說思賢可不謂誤。若謂莊王不明，賢人放逐，蓋出古史古義，今無可考，詩即是史。

就因為「莊王不明，賢人放逐」的說法，或出古史古義，後人無可稽考，因此，從宋朝以後，對於這首詩的解釋，就真的是眾說紛紜，莫衷一是了。朱熹在《詩序辨說》中，說此詩語意不莊，非望賢之意，蓋淫奔者之詞；又在《詩集傳》裡這樣說：

> 婦人望其所與私者而不來，故疑丘中有麻之處，復有與之私而留之者。今安得其施施然而

來乎？

這是把詩中的「留」字，解釋為動詞，意思是逗留或慰留，而非姓氏或地名。朱熹的說法，後來的經學家大不以為然的，不乏其人。像王夫之的《詩經稗疏》，就如此批評朱熹說：

《集傳》謂婦人望其所私，疑有麻之丘復有與之私而留之者。乃一日之中分望二男子，而留之者，非麥田，則李下。此三家村淫媼，何足當風俗之貞淫而采之為「風」乎？正使千秋後悶噦不已！

假使說朱熹的解說是臆測之詞，那麼，朱熹以後的說《詩》者，臆測的更多。像明代何楷的《詩經世本古義》，附會鄭桓公處於留，與檜君夫人叔妘私通之事，以為這是刺鄭桓公之作！像清代牟庭的《詩切》，以為這是描寫周之遺民弔祭忠臣；方玉潤的《詩經原始》，略取姚際恆之說，以為此乃「拾賢偕隱」之詩。民國以來的學者，更是言人人殊。像高亨的《詩經今注》，以為這是「一個沒落貴族因生活貧困，向有親友關係的貴族劉氏求助，得到一點小惠，因作此詩述其事。」像聞一多、程俊英等人，則認為這是一首描寫戀人幽會的情歌。在這方面，我是一向主張舊說不可輕棄的。尤其是在今古文學派的說法沒有歧異，而後來的說法又無法確立的時候。

這首詩共三章，每章四句。第一章的末句「將其來施施」，有的本子少一「施」字，假使沒錯的話，那麼此詩每一句都是四言。

第一章的首句「丘中有麻」的「麻」，和下文的「麥」、「李」，都是詩人寄託情懷的所在。採用舊說的說法，這是睹物而懷人，藉以描寫子嗟、子國等的恩德；假使採用「淫奔」之說的話，那麼這是設想幽會的場所。第二句的「彼留子嗟」，「留」字古通「劉」。馬瑞辰的《毛詩傳箋通釋》就說：留、劉古通用。薛尚功《鐘鼎款識》有劉公簠，阮元《積古齋鐘鼎款識》作留公簠，由此可證。也因此，譯文中，筆者把「留」逕譯為「劉」。「子嗟」和下文的「子國」，都是人名；前人以為子嗟是子國的兒子。思子嗟之賢而提及子國的原因，據孔穎達的注疏，道理是：「作者既思子嗟，又美其奕世有德，遂言及子國耳。」末句的「將其來施施」和次章末句「將其來食」的「將」字，都有表示希望的意思，「施」和「食」二字則歷來解釋紛歧，沒有大家都一致接受的說法。

·李·

第二、三兩章，基本上，是第一章的延續，這裡就不贅言了。

清代鄧翔《詩經繹參》云：「篇十二句耳，而疊稱留氏子，津津不置。張子野所云『心中事』、『意中人』者，適于此詩遇之。以複釋句為調者，凡八篇，茲篇與〈相鼠〉篇同格。二、三句分屬上下，詞同意別也。」析論得當，茲錄供讀者參考。

鄭風

鄭風解題

〈鄭風〉是鄭國的詩歌。

鄭國是周宣王二十二年，即公元前八〇六年，周宣王姬靜封給他的弟弟姬友的宗周畿內之地，都城在鄭（今陝西華縣北）。姬友即鄭桓公。周幽王末年，鄭桓公擔任王朝大司徒，從兼併虢、鄶（即檜）二國開始，另外奪取了鄢、補、歷、華等八個城邦，並把家屬和一些人民遷到那裡。後來犬戎侵略西周，殺了周幽王和鄭桓公。桓公的兒子鄭武公繼位，又遷都新鄭（今河南新鄭縣），所謂「右洛左濟，前華後河，食溱、洧焉」。疆土在今河南中部一帶。

〈鄭風〉收錄鄭地民歌〈緇衣〉等二十一篇。據鄭玄《詩譜》說，被鄭桓公兼併的鄶（檜）國，在周夷王、厲王之世，有詩〈羔裘〉等四篇，已另列〈檜風〉，不贅。鄭武公以後的詩篇，收入〈鄭風〉的，〈緇衣〉一篇，成於鄭武公之時；〈將仲子〉以迄〈女曰雞鳴〉共七篇，成於鄭莊公之世，時當周平王、桓王之世，約當公元前七七〇～七〇一年之間。〈有女同車〉以迄〈揚之水〉共十篇，成於鄭昭公之世，時當周莊王在位，約當公元前六九六年後數年內；〈出其東門〉、〈野有蔓草〉、〈溱洧〉等三篇，成於鄭厲公之世，時當周僖王在位，約當公元前七七〇～六七三年。現在參考歷代學者的意見，重加檢討，分別說明，見各篇「新繹」。其中有本事可考的，為〈清人〉一篇。根據〈詩序〉和《左傳．閔公二年》的記載，這是鄭公子素諷刺鄭文公和高克的詩。鄭文公約當周惠王、周襄王之時，易言之，已入春秋中葉。另外，〈緇衣〉、〈叔于田〉、〈大叔于田〉等詩，也有人以為是寫鄭武公及鄭莊公之事，若可採信，亦應歸為東周作品。因此，大多數的學者，都以為〈鄭風〉所錄，是東周乃至春秋中葉之間的詩篇。

〈鄭風〉產生的地區應在新鄭，樂調屬「新聲」，與〈衛風〉並稱，內容則多言情之作。它們的聲調特別柔美而細靡，因此有人稱之為「亡國之音」。

為了便於讀者核對參考，茲將鄭桓公以下（孔子生年以前）的世系臚列於後：

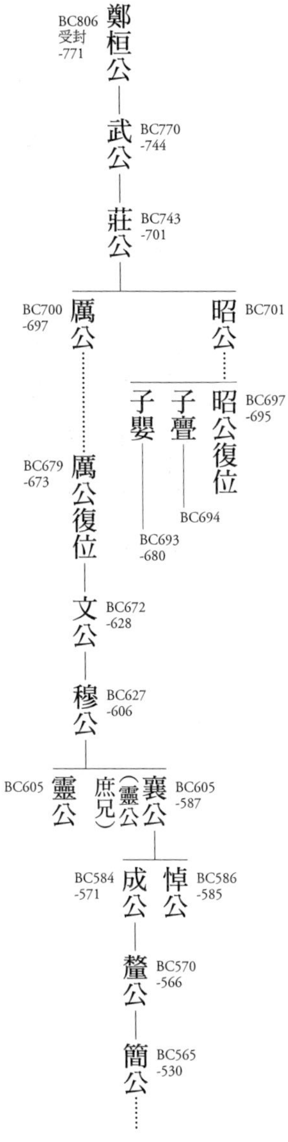

緇衣

一

緇衣之宜兮，❶
敝，予又改為兮。❷
適子之館兮，❸
還，予授子之粲兮。❹

二

緇衣之好兮，
敝，予又改造兮。❺
適子之館兮，
還，予授子之粲兮。

三

緇衣之蓆兮，❻
敝，予又改作兮。

【直譯】

黑色制服這樣合身呀，
破舊了我會再翻新呀。
快到你的辦公室去呀，
回來我會給你新衣呀。

黑色制服這樣美好呀，
破舊了我會再改造呀。
快到你的辦公室去呀，
回來我會給你新衣呀。

黑色制服這樣舒適呀，
破舊了我會再改製呀。

【注釋】

❶ 緇，音「姿」，黑色。緇衣，古代卿大夫到官署所穿的黑色制服。宜，合身。
❷ 敝，破舊。改為，修改製作。
❸ 適，往、到。館，官署、辦公室。
❹ 還，同「旋」，回來。粲，鮮明，指新衣。一說：通「餐」，備餐。
❺ 改造，即改為、改作。
❻ 蓆，通「席」，大、寬大。

適子之館兮，
還，予授子之粲兮。

快到你的辦公室去呀，
回來我會給你新衣呀。

【新繹】

〈毛詩序〉對〈鄭風〉首篇〈緇衣〉如此解題：「〈緇衣〉，美武公也。父子並為周司徒，善於其職，國人宜之，故美其德，以明有國善善之功焉。」意思是說鄭桓公、鄭武公父子二人，先後做過周朝司徒的官，因為克盡職守，所以詩人以此歌頌他們。鄭玄注《禮記‧緇衣篇》的「好賢如緇衣」一句時，曾經這樣說：

〈緇衣〉……《詩》篇名也。〈緇衣〉首章曰：「緇衣之宜兮，敝，予又改為兮。適子之館兮，還，予授子之粲兮。」言此衣緇衣者，賢者也，宜長為國君。其衣敝，我願改制授之以新衣。是其好賢，欲其貴之甚也。

據王先謙《詩三家義集疏》說：「鄭注《禮》時，治三家詩，知三家皆以此詩為美武公，無異說。」可見無論是古文學派或今文學派，起先都認為這是讚美鄭武公之作。

這種說法，雖然後人也有懷疑的，但多數重在討論稱美武公之說是否合乎史實。像朱熹的《詩序辨說》，雖說舊說未必有據，但仍姑存之；像陳啟源的《毛詩稽古編》也說：「案，鄭、衛二武皆賢諸侯，一相幽（王）無救於亡，一相平（王）無補於弱，不知當年相業何在。記載闊略，蔑由稽考。論世者不無憾焉。」對於這種論調，陳子展的《詩經直解》，有一段話批評得很好：「此真兩腳書櫥！竟不知自來史官記載，文人歌誦，或奉命秉筆，或諂諛阿匼。豈必皆有真偽是非美醜之可言哉？」歷來解說《詩經》的人，最容易犯的毛病，正是過於比附史實或懷疑舊說，很多動人的篇章，就如此輕易地被扭曲了。

這首詩凡三章，三章其實只是一意。重章疊句之中，有些字眼頗見靈巧。清人劉大櫆《詩經讀本》評語就說：「兩『予』字，兩『子』字，見親昵之極；一『敝』字，一『還』字，見轉接之妙。」牛運震《詩志》也說：「只是『改衣』、『適館』、『授粲』，本是一事，『還，予』劃開，便成兩事，寫來殷勤不盡。」緇衣，就是黑色的衣服。據《鄭箋》說：「緇衣者，居私朝之服也；天子之朝服，皮弁服也。」孔穎達的注疏也說：「卿士旦朝于王，服皮弁，不服緇衣。……退適治事之館，釋皮弁而服（緇衣），以聽其所朝之政也。」根據這些資料，我們知道緇衣事實上就是當時卿大夫「私朝」時所穿的衣服。所謂「私朝」，就是官署，也就是今天大家所說的辦公室。這篇作品，藉黑色朝服的美好，自己願意為它翻新改製，來稱讚主人翁的德業。每章的末句「還，予授子之粲兮」中的「粲」字，歷來都解為「餐」，指精美的食物；但也有人以為「粲」即「粲粲」，形容鮮明的樣子，指新衣而言。像聞一多的《風詩類鈔》就是這樣說的：「粲，新也，謂新衣。」我個人認為把「粲」解作新衣，是頗可取的說法，跟上文的每章開頭第一、二兩句，也可以互相呼應。

程俊英採聞一多等人之說，譯文非常流暢，試錄之如下，以供讀者參考：

一

黑色朝服多合樣，
破了我再做衣裳。
你去官署把事辦，
回來給你試新裝。

二

黑色朝服多美好，
破了我再縫一套。
你去官署把公幹，
回來給你穿新袍。

三

黑色朝服大又寬，
破了我再做一番。
你到官署去辦事，
回來給你新衣穿。

將仲子

一

將仲子兮，❶
無踰我里，❷
無折我樹杞。❸
豈敢愛之？
畏我父母。
仲可懷也，❹
父母之言，
亦可畏也。

二

將仲子兮，
無踰我牆，
無折我樹桑。❺
豈敢愛之？

【直譯】

請求二哥的你呀，
不要越過我里門，
不要採我種的杞。
怎麼會吝惜它們？
是怕我的父母親。
二哥值得記掛呀，
但是父母親的話，
也是值得害怕呀。

請求二哥的你呀，
不要越過我圍牆，
不要採我種的桑。
哪裡敢吝惜它們？

【注釋】

❶將，音「槍」，請，願。仲子，排行第二的人、二哥。
❷無，毋、不要。踰，跨越。里，古代五家為鄰，五鄰為里。
❸杞，音「起」，楊柳一類的樹名。與桑、檀都是古代民宅附近常見的樹木。
❹仲，即仲子。
❺桑，樹名。葉可養蠶，皮可製紙。

畏我諸兄。
仲可懷也，
諸兄之言，
亦可畏也。

三

將仲子兮，
無踰我園，
無折我樹檀。❻
豈敢愛之？
畏人之多言。
仲可懷也，
人之多言，
亦可畏也。

是怕我的眾兄長。
二哥值得記掛呀，
但是諸兄長的話，
也是值得害怕呀。

請求二哥的你呀，
不要越過我後園，
不要攀我種的檀。
難道是吝惜它們？
怕人家的多閒言。
二哥值得記掛呀，
但人家的多閒言，
也是值得害怕呀。

❻ 檀，樹名。皮可製紙，木可造車。

·杞·

【新繹】

現代人看〈將仲子〉這首詩，通常會認為這是一首描寫男女之情的作品。假使根據詩文以直尋本義，通常會同意這是描寫一位有所顧忌的女子，拒絕了情人熱烈的追求。不過，古代解說《詩經》的人，卻不是如此的看法。

〈毛詩序〉對於此詩是這樣說的：「〈將仲子〉，刺莊公也。不勝其母以害其弟；弟叔失道而公弗制，祭仲諫而公弗聽，小不忍以致大亂焉。」據王先謙《詩三家義集疏》說，三家詩對此並無異義。可見早期的說《詩》者，認為這是詩人感於君國之事，而託為男女之詞。詩中的我，自指鄭莊公而言，而「仲子」和「仲」則皆指進諫的祭仲。祭仲是鄭國位高權重的大臣，因為鄭莊公的弟弟段，恃母之寵，目無兄王，日漸驕橫，不斷擴張勢力，所以屢諫莊公剷除他。讀過《左傳》的「鄭伯克段于鄢」一段文字的人，應該記得這些史實。詩人對於鄭莊公兄弟失和的情形，諒必不以為然，所以藉此託諷。

這種說法，或許用的是「采詩」之義，但在宋代以前，卻無人提出異議。一直到宋代的鄭樵、朱熹等人，才對舊說有所質疑。朱熹在《詩序辨說》和《詩集傳》中，都引用鄭樵之言，說〈將仲子〉一篇乃「淫奔者之辭」。朱熹的說法，顯然是受到他認定鄭聲多淫的影響。假使說舊說牽附史實，朱熹的這種說法恐怕也難免穿鑿之譏。因此清儒像姚際恆才會在《詩經通論》中這樣說：

> 此雖屬淫，然女子為此婉轉之辭以謝男子，而以父母諸兄及人言為可畏，大有廉恥，又豈得為淫者哉？

方玉潤在《詩經原始》中也說：

女心既有所畏而不從，則不得謂之為奔，亦不得謂之為淫。……此詩難保非采自民間閭巷、鄙夫婦相愛慕之辭，然其義有合於聖賢守身大道，故太史錄之，以為涉世法。夫使人心無所畏，則富貴功名孰非可懷而可愛？惟能以理制其心，斯能以禮慎其守。故或非義之當前，心雖不能無所動，而惕以人言可畏，即父母兄弟有所不敢欺，則慾念頓消，而天理自在，是善於守身法也，而謂之為惡也得乎？

方氏這一段話，說得真好。不但對我們欣賞這一篇有幫助，即使對我們欣賞其他篇章，也一樣很有參考價值。明代孫鑛《批評詩經》善於評點詩文，他常把古代經典當作純文學作品看，這也是明代中葉以後的一種風氣。他對此詩就這樣說：「即是淫女詞，然作刺莊公解，固無不可。大凡詩多有三項意，如〈冉冉孤生竹〉，傳毅作也，其辭則女子語也，意所托，則君臣也。讀詩須兼此三種意，方盡詩人比興之旨。」旨哉斯言！

此詩凡三章，每章八句；重複的字句很多。字句重複、章節複沓，這種民歌常常使用的形式，可以使所要表達的情感，往往具有一唱三歎之妙。〈將仲子〉這一篇，就是一個明顯的例子。這首詩通過現實生活中的具體事物，利用複沓的形式、層遞的手法，使表現的情感顯得又真實又鮮活。由「踰里」而「踰牆」而「踰園」，由「折杞」而「折桑」而「折檀」，這都是層層推進的手法。馬瑞辰的《毛詩傳箋通釋》就這樣說：

古者桑樹于牆，檀樹于園。《孟子》「樹牆下以桑」，〈鶴鳴〉詩「樂彼之園，爰有樹檀」是也。

可見詩人寫不要「仲子」攀折的樹，是由遠而近，由外而內。相反的，寫女子的擔心，由「畏我父母」而「畏我諸兄」而「畏人之多言」，固然也用層遞手法，層層推進，但就親疏的關係來說，父母是最親近的，其次才是兄長，其次才是左右鄰舍的其他人家，因此它的寫作層次，是由親而疏，由近而遠。這種表現方式，同中有異，看似重複，卻又有變化，是一種值得學習的寫作技巧。

叔于田

一

叔于田，❶
巷無居人。
豈無居人？
不如叔也，
洵美且仁。❷

二

叔于狩，❸
巷無飲酒。❹
豈無飲酒？
不如叔也，
洵美且好。

【直譯】

大叔出門去打獵，
街巷不見有居民。
難道真的沒居民？
因為不如大叔呀，
他真漂亮又可親。

大叔出門去冬獵，
街巷不見人喝酒。
難道沒人在喝酒？
因為不如大叔呀，
他真漂亮又和好。

【注釋】

❶ 叔，舊說指共叔段。伯仲叔季是古人對兄弟排行的稱呼。于，往。田，打獵。
❷ 洵，音「旬」，實在。
❸ 狩，冬天打獵。
❹ 飲酒，指喝酒的人。

三

叔適野，❺
巷無服馬。❻
豈無服馬？
不如叔也，
洵美且武。

大叔出門到郊野，
街巷不見人乘馬。
難道沒人在乘馬？
因為不如大叔呀，
他真漂亮又英武。

❺ 適，義同「于」，往、到。野，郊外。指打獵的地方。
❻ 服馬，指乘馬的人。

【新繹】

〈叔于田〉和下一篇〈大叔于田〉，歷來說《詩》者常將二者相提並論，以為都與鄭莊公兄弟之爭的故事有關。〈毛詩序〉對〈叔于田〉是如此解題的：「〈叔于田〉，刺莊公也。叔處於京，繕甲治兵，以出于田，國人說而歸之。」據《春秋》三傳魯隱公元年的記載，鄭莊公從小得不到母愛，和弟弟共叔段之間，一直處於敵對的地位。共叔段在母親的寵愛呵護之下，不斷地擴充勢力，後來當上了「京城大叔」。京，在今河南省滎陽縣東南，是當時鄭國的大城之一，距離鄭國都城新鄭很近。「大叔」是當時鄭國人對共叔段的尊稱。大，音「太」。就因為共叔段不斷地擴充勢力，在京城時，又兼併了附近的邊城，繕甲兵，具卒乘，威脅到鄭莊公的王位，所以大臣祭仲、公子呂等人，都先後上奏鄭莊公，要「早為之所，無使滋蔓」，並且擔心共叔段「厚將得眾」。〈叔于田〉這首詩，據〈毛詩序〉的說法，就是描寫共叔段做京城大叔時，受到國人歌頌擁護的情形。寫共叔段的受到歌頌擁護，反過來說，也就是寫鄭莊公的無能或陰沉，因此〈詩序〉說是「刺莊公也」。

〈毛詩序〉的說法，據王先謙《詩三家義集疏》說，今文學派的三家詩並無異義。王先謙還加了這樣的一段按語：「武姜溺愛，莊公縱惡，寵異其號，謂之京城大叔。從叔於京者，類皆諛佞之徒，惟導以畋遊飲酒之事，而國人亦同聲貢媚，詩之所為作也。」對於這樣的說法，我個人覺得說理周融，是可以接受的。

不過，最遲從宋代開始，對〈詩序〉舊說就有了疑問，像朱熹在《詩序辨說》和《詩集傳》中，都以為此詩「恐其民間男女相悅之詞耳」。換句話說，以為這只是對青年男子（或獵人）的讚美之詩而已，不必附會鄭莊公兄弟之事。朱熹在《詩序辨說》中，所持的理由是：

> 或曰：段以國君貴弟受封大邑，有人民兵甲之眾，不得出居閭巷，下雜民伍。

這種理由恐怕不容易成立，因為把詩中的「巷無居人」等句看死了。後來清代的崔述在《讀風偶識》中，除了強調「段不能結京人之心，而況能得鄭國之人之愛且說乎？」「愛共叔者，何不述其都邑之雄富，車甲之強盛，而惟田獵之是言乎？」等等的意思之外，他還這樣說：

> 大抵《毛詩》專事附會。仲與叔皆男子之字，鄭國之人不啻數萬，其字仲與叔者，不知幾何也，乃稱叔，即以為共叔，稱仲即以為祭仲，情勢之合與否，皆不復問。然則鄭有共叔，

他人即不得復字叔，鄭有祭仲，他人即不得復字仲乎？

這類疑問，看似頗有道理，但仔細檢討，仍然大可商榷。方玉潤《詩經原始》就說：

〈小序〉以為「刺莊公」。《集傳》及諸家皆謂無刺莊公意。其實此詩的刺莊公無疑。叔之恃寵而驕，多行不義，誰則使之？莊公實使之也。詩人不必明斥公非，但極力摹寫叔之游獵無度，則其平日之遠君子而狎伍小人也可知。……不然，叔以國君介弟之親，京城大叔之貴，其所好者，不應在馳騁弋獵地也，其所交者，更不宜近飲酒服馬儔也。……

讀《詩》者慎勿泥其辭而昧其義焉可也。

方玉潤之言，可備一說。他說讀《詩經》的人，「慎勿泥其辭而昧其義」，尤其值得我們警惕。〈叔于田〉這首詩，凡三章，每章五句。每章的首句「叔于田」、「叔于狩」、「叔適野」，都是直接說明「叔」之出門，乃在狩獵。叔是古人伯仲叔季的排行表字之一，所以有人把它解作「老三」、「三哥」或「三爺」。這位叔爺「洵美且仁」、「洵美且好」、「洵美且武」，他又親切，又能喝酒，又能乘馬，因此，備受人們的擁護。譯文中所以稱之為「大叔」，正取此義。每章的第二句，「巷無居人」、「巷無飲酒」、「巷無服馬」，都是用來誇飾他的美好仁武的。這一句在篇中頗為陡峻警拔。有此一句，才使「叔于田」之事，顯得多麼引人注目。然後作者再設問疊用一次，來作巧妙的補充說明。朱熹《詩集傳》這樣解釋首章：「言叔出而田，則所居之巷，若無居人矣，非實無居人也，雖有而不如叔之美且仁，是以若無人耳。」朱熹對作者「故撰奇句而自解釋之」（吳闓生《詩義會通》卷一語）誇飾之筆，作了很好的說明。

蘇軾在山東密州任太守時，曾經出獵，寫了一首〈江城子〉：「老夫聊發少年狂。左牽黃，右擎蒼。錦帽貂裘，千騎卷平岡。為報傾城隨太守，親射虎，看孫郎。酒酣胸膽尚開張。鬢微霜，又何妨。持節雲中，何日遣馮唐。會挽雕弓如滿月，西北望，射天狼。」其中的「為報傾城隨太守」與「酒酣胸膽尚開張」等句，似可與〈叔于田〉此詩同參。

大叔于田

一

叔于田，
乘乘馬。❶
執轡如組，❷
兩驂如舞。❸
叔在藪，❹
火烈具舉。❺
襢裼暴虎，❻
獻于公所。❼
將叔無狃，❽
戒其傷女。❾

二

叔于田，
乘乘黃。❿

【直譯】

大叔出外去打獵，
駕著四馬大又高。
手握轡繩像織布，
兩驂齊驅像舞蹈。
大叔出獵在草澤，
火把成列都舉起。
赤膊空拳打老虎，
呈獻到公爺那裡。
希望大叔別大意，
提防牠會傷害你。

大叔出外去打獵，
駕御四馬毛色黃。

【注釋】

❶ 前「乘」字動詞，乘坐。後「乘」字，音「勝」，指駕車的四匹馬。

❷ 已見〈邶風．簡兮〉篇。執，手握著。轡，音「佩」，馬轡繩。組，織布。

❸ 驂，音「餐」，古代一車四馬，兩旁在外的馬叫驂。

❹ 藪，音「叟」，草木叢生的沼澤之地。

❺ 火烈，火把燃起。一說：火把成列，烈同「列」。具，俱、皆。是說高舉火把，以防群獸逃走。

❻ 襢裼，音「坦西」，脫衣露臂、打赤膊。暴，空手搏打。

❼ 是說進獻到國君所在的地方。

兩服上襄，⓫
兩驂雁行。⓬
叔在藪，
火烈具揚。
叔善射忌，⓭
又良御忌。
抑磬控忌，⓮
抑縱送忌。⓯

三

叔于田，
乘乘鴇。⓰
兩服齊首，⓱
兩驂如手。
叔在藪，
火烈具阜。⓲
叔馬慢忌，⓳
叔發罕忌。⓴

兩匹服馬皆上選，
兩旁驂馬像雁行。
大叔出獵到草澤，
火把成列都高揚。
大叔擅長射箭喲，
而且精於駕駛喲。
又會彎腰控矢喲，
又會縱馬奔馳喲。

大叔出外去打獵，
駕御四馬毛白黑。
兩匹服馬頭並頭，
兩旁驂馬像雙手。
大叔出獵到草澤，
火把成列都高照。
大叔駕馬慢了喲，
大叔發箭少了喲。

❽將，音「槍」，請、願。無，毋、不要。狃，音「紐」，習以為常。

❾戒，警惕、戒備。其，指虎。女，汝、你。

❿乘乘，同注❶。黃，一種黃毛的馬。

⓫服，一車四馬，中間夾轅的兩匹。上襄，上駟、上選。一說：前駕。

⓬雁行，是說兩旁的驂馬，像雁鳥並列而行。

⓭忌，語助詞。下同。

⓮抑，且。下同。磬、控，古雙聲詞。磬，縱馬馳騁。控，止馬不前。

⓯縱送，疊韻詞。縱，縱馬或放箭。送，追逐禽獸。

⓰鴇，音「保」，黑白雜毛的馬。

⓱齊首，齊頭並進。

⓲阜，盛、熾烈。

⓳馬慢，馬行漸慢。

⓴發罕，射箭漸少。

抑釋掤忌，㉑　又是打開箭筒喲，

抑鬯弓忌。㉒　又是裝進弓袋喲。

㉑ 釋掤，打開箭筒蓋。掤，音「兵」，箭筒的蓋子。

㉒ 鬯，音「唱」，弓囊、弓袋。此作動詞用，鬯弓是說把弓放進弓袋中，表示田獵完畢。

【新繹】

〈大叔于田〉和上一篇〈叔于田〉一樣，歷來都認為和「刺莊公」有關。〈毛詩序〉是這樣說的：「〈大叔于田〉，刺莊公也。叔多才而好勇，不義而得眾也。」顯然是把詩中的「叔」，解釋為鄭莊公的弟弟「京城大叔」共叔段了。後世流傳的刻本中，有的首句就作「大叔于田」。蘇轍的《潁濱先生詩集傳》中，就說此詩和上一篇「二詩皆曰叔于田，故此加大以別之。非謂段為大叔也，然不知者，又加大於首章，失之矣。」

根據舊說，這一篇雖然和〈叔于田〉一樣，都是「刺莊公」之作，都描寫了共叔段的不義而得眾，但落筆時，大抵上是從「得眾」二字來說的。上一篇〈叔于田〉，用誇張的手法，設問自解，表現了「叔」的美好仁武；而這一篇則從正面具體地描寫了「叔」出獵時的多才而好勇。

此詩凡三章，首章一開始就鋪寫「叔」的駕御技巧。「執轡如組，兩驂如舞」二句，是寫「叔」乘馬駕車時，動作無不中節合拍，姿態非常優美。「兩驂」是指四匹馬中兩旁的那兩匹，「如舞」是說那兩匹驂馬在奔馳時，步伐還是非常整齊，彷彿配合著音樂在舞蹈一般。「叔在藪」

以下二句，寫「叔」在草澤林野之中，高舉獵火，準備圍獵的情形。「襢裼暴虎，獻于公所」二句，則直寫「叔」的英勇。陳子展的《詩經直解》，雖然認為此詩「似是改寫之〈叔于田〉，或是二者同出于一母題之歌謠」，並且認為此二者所寫未必即為共叔段，但是，他說〈叔于田〉所寫者是「一人單獵」，而〈大叔于田〉所寫者是「率眾圍獵」，這些話實在頗有參考價值。因為「火烈具舉」一句，正寫從獵之人，高舉燎火，以便「叔」去打獵。「襢裼暴虎」是寫英勇的「叔」，赤手空拳去打老虎，而且把牠呈獻給國君。這就好像武松打了老虎，送給知縣衙門一樣。「將叔無狃，戒其傷女」二句，寫大家對「叔」的關愛，怕他被野獸所傷。越這樣寫，越能看出「叔」的無畏無懼。

第二章和第三章，仍然重在描寫「叔」駕御車馬、率眾圍獵的情形，不過，寫作的技巧卻是前後有序的。胡承珙的《毛詩後箋》，就以為第一章是寫「初獵之時，其火乍舉」，第二章是寫「正獵之際，其火方揚」，第三章是寫「獵畢將歸，持炬照路」。這種說法，對讀

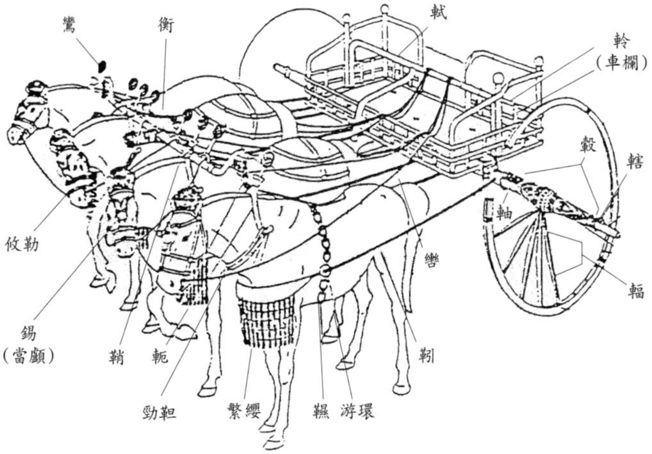

·周代駟馬車（採自孫機《胸帶式繫駕法到鞍套式繫駕法》）·

者來說，饒有趣味，正須細細品味。

在前人對《詩經》的解說裡，牟庭的《詩切》，說法是比較特殊的。他以為〈大叔于田〉這一篇，並非「刺莊公」，而是「刺濫駕君車也」。他的說法雖然有點怪異，喜歡與眾不同，但是，有些地方仍然值得我們參考。這裡試錄他解釋此詩首章的若干文字，供讀者採擇：

余按，〈王度記〉：諸侯駕四馬，大夫駕三，士駕二。此叔當大夫以下，而駕君車，詩刺其濫也。「執轡如組」，言轡多也；四馬六轡，故如組也。「兩驂如舞」，見其不當有兩驂也。兩服所固有者，故不言也。

清人

一

清人在彭，❶
駟介旁旁。❷
二矛重英，❸
河上乎翱翔。❹

二

清人在消，❺
駟介麃麃。❻
二矛重喬，❼
河上乎逍遙。

三

清人在軸，❽
駟介陶陶。❾

【直譯】

清邑軍人守彭地，
駟馬披甲多雄健。
兩枝長矛雙紅纓，
在黃河上啊流連。

清邑軍人守消地，
駟馬披甲多驕驍。
兩枝長矛雙雉羽，
在黃河上啊逍遙。

清邑軍人守軸地，
駟馬披甲多陶陶。

【注釋】

❶ 清，鄭國邑名，在今河南中牟縣西。彭，鄭國地名，在鄭、衛交界黃河邊上。
❷ 駟介，駟馬披上鐵甲。介，甲。旁旁，雄健的樣子。
❸ 二矛，酋矛和夷矛。插在戰車上的兩支長矛。重英，裝飾用的兩層紅纓。
❹ 河上，黃河之上。翱翔，借鳥的盤旋形容車馬的來往。
❺ 消，鄭國地名，在黃河邊上。
❻ 麃麃（音「標」），威武的樣子。
❼ 喬，「鷮」的借字，雉羽。
❽ 軸，鄭國地名，在黃河岸邊。
❾ 陶陶，馳驅的樣子。一說：逍遙自在的樣子。

左旋右抽，❿
中軍作好。⓫

車左轉車右抽刃，
中軍將領操作好。

❿ 左，車左，指御者。旋，回轉車子。右，車右。抽，拔刀刺殺。

⓫ 中軍，古代上、中、下三軍，以中軍將帥為主帥。作好，操作熟練。

【新繹】

〈清人〉這首詩，〈毛詩序〉如此解題：「〈清人〉，刺文公也。高克好利，而不顧其君；文公惡而欲遠之不能，使高克將兵，而禦狄于竟（境），陳其師旅，翱翔河上，久而不召，眾散而歸。高克奔陳。公子素惡高克進之不以禮，文公退之不以道，危國亡師之本，故作是詩也。」這是說鄭文公討厭大夫高克，可是對他又無可奈何。恰好狄人侵犯衛國，衛國在黃河之北，鄭國在黃河之南，鄭文公便藉此機會，派高克率領清邑的軍隊，到黃河邊境上去防守，一則使他遠離自己，一則使他困於戰事。後來，狄人退兵了，鄭文公還是遲遲不肯調回高克的部隊；因此高克的部隊，終日無所事事，逍遙作樂，導致軍心渙散，士氣低落，甚至有逃散歸家的。也因此，高克怕被責罰，不敢回朝，便逃到陳國去了。公子素以為高克好利而失禮，文公嫉才而害公，這些都是危國亡師的行為，所以就寫下這首詩，來諷刺鄭文公。

〈毛詩序〉的說法，和魯閔公二年的《春秋經》以及《左傳》等書的記載，是相契合的。《春秋經》說：「鄭棄其師」，《左傳》的記載則是：「鄭人惡高克，使帥師次于河上。久而弗召，師潰而歸，高克奔陳。鄭人為之賦〈清人〉。」可知〈清人〉一詩，確是諷刺鄭文公之作。另外，

《易林》的〈師之睽〉，〈豐之頤〉等，引述《齊詩》之說：「清人高子，久屯外野。逍遙不歸，思我慈母。慈母望子，遙思不已。久客外野，我心悲苦。」也可以和〈毛詩序〉的說法，互相印證。「久屯外野」、「遙思不已」，正是〈毛詩序〉的「久而不召，眾散而歸」的心情寫照。

對照以上所引的資料，可以明白今古文家對於這首詩，並無爭論，而且，從宋代以來，說《詩》者的異議也不多。唯一比較有爭議的，是作者究竟是何身分的問題。清代陳奐《詩毛氏傳疏》中有云：

> 案，魯閔公二年，鄭文公之十三年也。鄭、衛連境，其時狄人入衛，鄭能修方伯連率之職，救患恤同，此一役也，鄭可以霸。乃徒尋君臣之小忿，外為救衛之師，內遂逐臣之怨。《春秋》譏其棄師，不啻自棄其國矣。此詩為公子素所作。《漢書．古今人表》有公孫素，與鄭文公、高克列下上，當是一人。

焦循的《毛詩鄭氏箋補疏》則以為公子素即鄭文公之子公子士。除此之外，否定舊說的，極為少見。

這是一個值得深思的問題。這首詩的寫作背景，因為《左傳》中有明確的交代，所以後代的學者，對於〈毛詩序〉的說法，就較少疑義，也不再去探討詩中的描寫，和〈詩序〉的說法，究竟有沒有牴觸了。事實上，這首詩從表面上看來，是在鋪敘戰馬的強壯和武器的精美，要是按照晚近學者所謂據詩以直尋本義的說法，從字面上看，是怎麼看也看不出和諷刺鄭文公或高克有什麼關係的。所以，民國以來的說《詩》者，動輒主張捨棄舊說。認為據詩可以直尋本義，恐怕和一味迷信舊說的人，都是值得商榷的。

這首詩凡三章，每章四句，「清人」的「清」，歷來都以為是地名，在今河南省中牟縣境。根據王先謙《詩三家義集疏》所引及《易林》的「清人高子」等句來看，高克應該也是清邑之人，故率其同邑之眾，屯於外野。以下三章的首句，「清人在彭」、「清人在消」、「清人在軸」的「彭」、「消」、「軸」，也都是地名，都是隔著黃河和衛國相望的鄭國邊地。每章第二句的「駟介」，是寫披甲的駟馬，「旁旁」、「麃麃」、「陶陶」，是寫戰馬矯健自雄的樣子。「二矛重英」和「二矛重喬」，是寫武器裝飾的精美。「河上乎翱翔」和「河上乎逍遙」，是寫戰士在黃河岸上逍遙自在的樣子。不管是在彭或在消，他們都是如此逍遙安適。〈毛詩序〉所謂「刺文公」的「刺」，就是從這逍遙安適中體會出來的。

末章的「左旋右抽，中軍作好」二句，歷來歧解很多，我以為《鄭箋》所說的：「左，左人，謂御者。右，車右也。中軍，謂將也。高克之為將，久不得歸，日使其御者習旋車，車右抽刃，自居中央，為軍之容好而已。」是可取的說法。古代的兵車，主帥居中，自掌旗鼓；車左是御者；車右負責保護主帥。一般的兵車，則是御者居中，左右甲士各一人，一人持弓，一人持矛。〈清人〉此詩的末章，總結前面二章的描寫，極力鋪陳高克軍隊在黃河之上的軍容。就在鋪陳的同時，寄寓了諷刺的味道。這一點，是要讀者善體會之的。

羔裘

一

羔裘如濡，❶
洵直且侯。❷
彼其之子，❸
舍命不渝。❹

二

羔裘豹飾，❺
孔武有力。❻
彼其之子，
邦之司直。❼

三

羔裘晏兮，❽
三英粲兮。❾

【直譯】

羔羊皮襖像潤膏，
實在平直又美好。
他是其國的人兒，
布達命令不胡鬧。

羔羊皮襖豹為飾，
非常英武有力氣。
他是其國的人兒，
為邦國主持正義。

羔羊皮裘光鮮呀，
三道裝飾燦爛呀。

【注釋】

❶ 羔裘，羔羊皮襖。諸侯所穿的朝服。濡，溫潤光澤。
❷ 洵，誠、實在。侯，美。
❸ 已見〈王風‧揚之水〉篇。
❹ 舍命，傳令、布達命令。不渝，不改變、遵守常道。
❺ 豹飾，用豹皮做羔裘袖子邊緣的裝飾品。
❻ 孔，甚、很。
❼ 司直，官名，掌管勸諫君王的過失。
❽ 晏，鮮美。
❾ 三英，三列裘飾或豹飾。

彼其之子，
邦之彥兮。❿

他是其國的人兒，
是邦國的俊彥呀。

❿ 彥，俊彥之士。

【新繹】

《詩經》中以「羔裘」名篇的，共有三篇，一在〈鄭風〉，一在〈唐風〉，一在〈檜風〉。收在〈鄭風〉的這一篇，據〈毛詩序〉的解釋，是有藉古諷今的寓意：「〈羔裘〉，刺朝也。言古之君子，以風其朝焉。」意思是詩人藉陳古代正直的君子，來諷刺當時不稱其職的君臣。這種說法，據王先謙的《詩三家義集疏》說，「三家無異義」。可見今古文學派對於此詩，並無歧解。《鄭箋》還進一步這樣解釋道：「鄭自莊公而賢者陵遲，朝無忠正之臣，故刺之。」

不過，從詩的本文來看，這首詩的字裡行間，充滿著歌頌讚美之情，因此〈毛詩序〉說它是「刺朝」而非頌美，自然難免啟人疑問；同時，鄭玄所謂「鄭自莊公而賢者陵遲，朝無忠正之臣」的說法，也容易招致後人的批評。因此，從宋代開始，就有人對舊說有所質疑。像朱熹在《詩序辨說》中，就以為當時鄭國的大夫，如子皮、子產等人，即可說是「忠正之臣」，當之而無愧；在《詩集傳》中也說此詩「蓋美其大夫之辭，然不知其所指矣」。

朱熹的意見，後人表示贊同的不少。像姚際恆的《詩經通論》和方玉潤的《詩經原始》等書，都是主張頌美之說的。但同意諷刺之說的，也仍然不乏其人，像朱鶴齡在《詩經通義》中，就這樣說：

《詩》所稱「彼其之子」，如〈王風．揚之水〉、〈魏風．汾沮洳〉、〈唐風．椒聊〉、〈曹風．候人〉，皆刺。則此詩恐非美之。三章末二句，皆有責望之意，若曰「彼其之子」果能稱是服而無愧否乎？

根據〈國風〉中幾次用到「彼其之子」的句子，都含有責望、諷刺的意味，來推斷此詩應為諷刺而非頌美，不失為一種比較客觀的方法。另外，像陳啟源的《毛詩稽古編》，則從史實考證來駁斥朱熹的主張：

陳古刺今，《詩》之常也。《辨說》之譏〈羔裘〉敘，過矣。……至釋為美其大夫，而欲以子皮、子產當之；不知《詩》止于陳靈，鄭二子之去《詩》世已五六十年矣。襄二十九年魯人為季札歌〈鄭〉，〈羔裘〉詩久編入周樂。是年，子皮始當國，子產之為政，又在其後，魯何由先有其詩也？昭十六年鄭六卿餞韓宣子，子產賦〈鄭〉之〈羔裘〉，不應取人譽己之詩歌以誇客也。朱子說《詩》，無乃未論其世乎？

這些理由，看起來都相當充分，因此筆者對於本篇，是贊成採用舊說的。事實上，詩中於古代正直君子的正面肯定和讚美，反過來說，何嘗不就是對於當時不稱其位者的責望和諷刺？這種表現方法，本來就是顯而易見的。

這首詩凡三章，每章四句，每句四言。每章的第三句，都是「彼其之子」，這也是文章描寫的主要對象。每章的前兩句，都是描寫「彼其之子」的服飾之美和威力之盛；每章的最後一句，則是描寫「彼其之子」是完成使命、主持正義的邦國俊彥。「彼其之子」，正是詩人藉著古代那樣正直的君子，來諷刺當時雖在其位而不稱其服的君臣。當時在位的君臣，雖然也穿著光鮮美飾的「羔裘」，可是他們卻不是「舍命不渝」的「邦之司直」、「邦之彥兮」！

詩中「舍命不渝」一句，有人把它解釋為即使捨棄性命也不改變初衷，看似言之成理，但根據戴震《毛鄭詩考正》及王國維〈與友人論詩書中成語書〉等等的考證，「舍命」意同「敷命」、「布命」，在鐘鼎文中是常見的例子，所以本文採用了這種說法。這是要特別說明的。

在歷代說《詩》的著作中，牟庭的《詩切》一書，對此詩的解釋，是最「特別」的。他雖然也以「刺」來說〈羔裘〉，但他以為此詩蓋在「刺俗士得貴仕也」，茲錄其譯詩如下，供未見是書的讀者參考：

羔裘毛軟毳，自如卷屈撓，
今更很順直，且垂長大毛。
比如俗士性傋霿，即今聲價改前貌。
彼其是子遂成名，甚麼天命不變更。

羔裘自是小羊皮，卻將文豹為緣飾，
羊便甚威武，似有豹之力。

・羔裘豹飾・

比如庸材蒙貴勢，盛氣居然傲岸立，
彼其是子今何職，刺察一邦官司直。

其謂羔裘不值錢，晏溫自足禦風寒，
三英之飾，粲爛而可觀。
比如庸流得位不寒賤，爵祿光榮人所羨，
彼其是子誰敢慢，一邦稱之曰美彥。

遵大路

一

遵大路兮，❶
摻執子之袪兮！❷
無我惡兮，❸
不寁故也？❹

二

遵大路兮，
摻執子之手兮！
無我魗兮，❺
不寁好也？❻

【直譯】

沿著大馬路走呀，
拉著你的袖口呀！
不要嫌我醜惡呀，
不肯接近故舊啦？

沿著大馬路走呀，
捉住你的手兒呀！
不要嫌我醜惡呀，
不肯接近好友啦？

【注釋】

❶ 遵，循、沿著。
❷ 摻，音「閃」，拉、攬。執，捉住。袪，音「區」，袖口。
❸ 無，毋、勿。「無我惡」，即「無以我為惡」的省文。一說：「無惡我」的倒文。
❹ 寁，音「捷」，又音「攢」，接續。一說：快速。故，故舊。
❺ 魗，音義同「醜」，醜惡。
❻ 好，友好、歡好。

【新繹】

〈毛詩序〉對於此詩，是這樣解題的：「〈遵大路〉，思君子也。莊公失道，君子去之，國人思望焉。」這是從君臣之間的關係來立論的。說是鄭莊公執政失道，不能任用君子，因而君子紛紛離開了，也因此鄭國人民在挽留賢人之餘，不由得有無窮的思慕之情。

這種說法，據王先謙《詩三家義集疏》說，「三家無異義」，理當可取。但因宋玉〈登徒子好色賦〉中，曾經稱引「遵大路兮攬子祛」的詩句，所以朱熹的《詩序辨說》和《詩集傳》，都把它解作描寫男女之情的作品。朱熹的《詩集傳》，是這樣說的：

> 淫婦為人所棄，故於其去也，擥其袪而留之曰：「子無惡我而不留，故舊不可以遽絕也。」宋玉賦有「遵大路兮攬子袪」之句，亦男女相說之辭也。

這是從男女之間的情感，來解釋這篇作品。朱熹可能是受了「鄭聲淫」說法的影響，所以把為人所棄的女子，解釋為「淫婦」。

朱熹這種以男女之情來說詩的方法，固然很投合後來一些學者的胃口，但是，對明清學者來說，卻又有了另外一種不同的意見。晚明戴君恩《讀風臆評》就這樣說：

> 明是有情語耳。孟郊「欲別牽郎衣，即今到何處？不恨歸來遲，莫向臨邛去。」正此意也。注乃以為棄婦之詩，覺直遂無味矣。

黃中松的《詩疑辨證》更這樣說：

夫詞人之引用古詩，惟取古人之言以為藻采耳，與本詩之旨多不相涉，更甚於賦詩之斷章也。且宋玉之意，乃是男之悅女，朱子之說，又為女之留男，何用其說而反其意耶？

所以他對於〈遵大路〉的篇旨，這樣下結論說：

竊意此朋友有故而去，思有以留之，不關莊公事，亦不為淫婦之詞歟？

姚際恆的《詩經通論》，也有類似的看法。這又是從朋友故舊之間的情誼，來解釋作品了。以上的三種說法，或從君臣之道，或從男女之情，或從朋友之義來立論，雖然都可以自圓其說，但以何者為是，則迄無定論。魏源《詩序集義》說此詩乃「託男女之詞，為留賢之什」，其意義蓋在調和〈毛詩序〉、《朱傳》二家之說，也未嘗沒有他的道理。牛運震《詩志》就這樣說：「《魯詩》以為棄婦之詞，〈序〉說以為留賢，依本詩尋味之，俱有妙旨。如〈序〉說，意更深長。蓋故舊朋友之誼，托于夫婦以自見者多矣。」

不過，筆者一向以為除非有比較明確的證據，否則舊說不必輕棄。因此，方玉潤《詩經原始》所說的一大段話：

此詩當從〈序〉言為正。《集傳》謂「淫婦為人所棄」者固非，即姚氏以為「故舊道左言情」者亦未是。蓋道左而挽留賢士，且殷殷動以故舊朋好之心，則豈無故而云然哉？

呂氏祖謙曰：「武公之朝，蓋多君子矣。至於莊公，尚權謀，專武力，氣象一變，左右前後無非祭仲、高渠彌、祝聃之徒也。君子安得不去乎？『不寁故也』，『不寁好也』，詩人豈徒勉君子遲遲其行也，感於事而懷其舊者亦深矣。」此雖無所據，而揆時度勢，據理言情，深得古風人意旨所在。……

又，曹氏粹中曰：「申公、白生強起穆生曰：『獨不念先王之德歟？』即此詩欲留君子之意。而詩不言念先生，但曰『無我惡』者，詞婉而意愈深耳。」嗚呼！可以觀世道矣！

「此詩當從〈序〉言為正」，筆者以為是值得我們再三咀嚼的。

這首詩只有前後兩章，每章四句，而且每章的第二、三、四句，都不過是各易其一字而已。

因此，複沓的形式中，充滿了往復的情味。

「摻執子之袪兮」的「袪」字，有人解作衣袖，有人解作袖口，也有人（像牟庭）把它解釋為衣裾。這裡採用的，是王夫之《詩經稗疏》的說法。「不寁故也」的「寁」字，形容接續或快速的樣子。這裡採用的，是俞樾《群經平議》的說法。這個字和「無我魗兮」的「魗」（即「醜」）字，都是現代人比較少見罕用的。

女曰雞鳴

一

女曰雞鳴，
士曰昧旦。❶
「子興視夜，❷
明星有爛。❸
將翱將翔，❹
弋鳧與雁。」❺

二

「弋言加之，❻
與子宜之。❼
宜言飲酒，
與子偕老。
琴瑟在御，❽
莫不靜好。」

【直譯】

女的說公雞叫了，
男的說天未全亮。
「你起來看看夜色，
啟明星那樣燦爛。
且將遨遊且流連，
去射野鴨和大雁。」

「射箭就射中了牠，
和你一起烹煮牠。
烹煮了就來下酒，
和你一起到年老。
琴瑟常常在彈奏，
沒有一樣不和好。」

【注釋】

❶士，古代貴族的基層。昧旦，天色將明未明。昧，晦、暗。

❷興，起、起身、起床。

❸明星，指啟明星。天將亮時，出現東方。有爛，爛然。

❹將，且。翱、翔，遨遊流連。一說：鳧雁且將飛翔。

❺弋，繳射，用繩子繫著箭來射。鳧，雁類的水鳥。古人可作訂親或見面禮之用。

❻加，射中。

❼宜，肴、菜餚。此作動詞，有「烹煮享用」的意思。

❽御，用、彈奏。古人常用琴瑟合鳴比喻夫婦或兄弟之間的和好。

三
「知子之來之，
雜佩以贈之。❾
知子之順之，
雜佩以問之。
知子之好之，
雜佩以報之。」

「知你這樣關懷他，
用雜佩來贈送他。
知你這樣順從他，
用雜佩來慰問他。
知你這樣喜歡他，
用雜佩來報答他。」

❾雜佩，古人佩帶的飾物，有玉、石、珠、珩等等。可作信物。

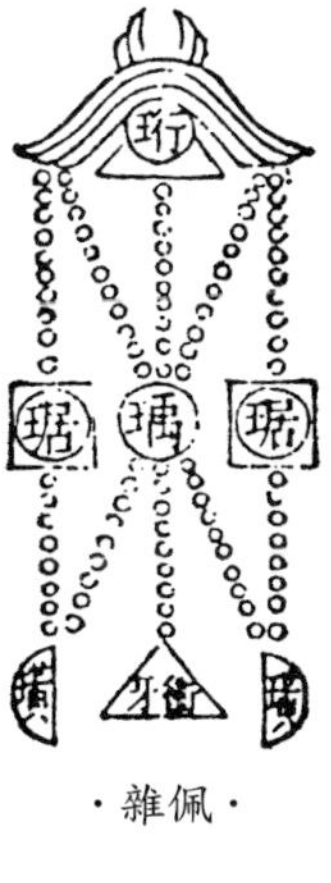

·雜佩·

【新繹】

如果不看古人的注釋解說，純就經文直尋本義，那麼這首詩，寫的是一對熱情男女的對話。第一章寫女方鼓勵男方趁早去射取鳧雁。鳧雁是古人見面或訂親時必備的禮物之一，所謂「委質」或「委禽」。所以第二章就此申述，直寫「與子偕老」，而且「琴瑟在御」，生活美好。第三章更進一步，寫對方所喜愛的，自己一定解佩相贈，永結同心。字裡行間，充滿歡樂活潑的氣息。可是，古人的注釋解說卻不盡然。它另有「古義」。

〈毛詩序〉對於此詩是這樣解題的：「〈女曰雞鳴〉，刺不說德也。陳古義以刺今不說德而好色也。」這是說古代有賢慧的夫婦，懂得治家待客之道，他們不但彼此恩愛，而且善待賢客。所以《鄭箋》解釋「不說（悅）德」的「德」時，這樣說：「德，謂士大夫賓客有德者。」意思是說古代有這樣賢淑的女子，知道丈夫能夠結交有德的賓客，不惜拿出身上佩帶的玉飾，來送給對方。陳繼揆《讀風臆補》就稱讚說：「何等識見，何等胸期！有婦如此，儼然良友明師，相期遠大，不欲以鉛華事君子矣。」這就是序文中所說的「陳古義」。所謂「刺今」，則是說現在的夫婦非同往昔，他們不悅賢德，只知耽於逸樂而已。

除了〈毛詩序〉的說法之外，承襲《齊詩》之說的《易林》，在〈豐之艮〉和〈漸之鼎〉中，也都有這樣的話：「雞鳴同興，思配无家。執佩持凫，莫使致之。」《易林》的這些話，據王先謙《詩三家義集疏》說：「《齊詩》說與《毛》不殊。《魯》、《韓》無異義。」意思是未成家者，藉委雁為質、贈佩結交，有思配偶之意。但龔橙的《詩本誼》，卻同樣據《易林》這些話而有不同的引申，以為此詩蓋謂「淫女思有家也」。後來頗有些學者，受了影響，紛紛純以男女相悅之詞，來解釋此詩，而把委禽、贈佩之事，當作了定情的東西和訂婚的手續。

〈毛詩序〉和《齊詩》之說是否相合，甚至說它們是否即為詩之本義，或者只是采詩之義，我們今日已難確知。這本來就是研究《詩經》的人，同感困惑的問題。不過，從朱熹對此詩的解說裡，或許可以提供我們一些參考。

朱熹在《詩集傳》中，稱此詩乃「詩人述賢夫婦相警戒之詞」。不但於首章中，說此賢夫婦「不留於宴昵之私」，而且於末章的解說中，還稱讚此一賢婦「不惟治其門內之職，又欲其君子親賢友善，結其驩心，而無所愛於服飾之玩也。」換句話說，《朱傳》的說法，還是和舊說大致相同，並無牴牾之處。雖然他在《詩序辨說》裡，以為詩中未見陳古刺今之意，但他的解說，仍然令人覺得說理周洽。

至於詩中的「女」、「士」，應該是何身分，陳子展的《詩經直解》，曾有這樣的推斷：「此一弋人，正如〈叔于田〉之獵人，明為當時社會之武士，屬于士之一階層。但視其家蓄琴瑟，並有玉石雜佩以贈人，則知其下決不儕于庶人矣。又視其雞鳴而起，弋鳧與雁，則知其上決不躋于大夫矣。」其下不儕于庶人，不成問題，其上不躋于大夫，則猶有商榷的餘地。蓋古代大夫以上，未嘗不「弋鳧與雁」也。

〈女曰雞鳴〉這首詩，凡三章，每章六句。全詩採用對話的形式，非常特別。不過，哪些話是「女」所說，哪些話是「士」所說，則歷來說法頗為紛歧。像王質的《詩總聞》說：「大率此詩婦人為主辭，故『子興視夜』以下，皆婦人之詞。」方玉潤的《詩經原始》也說：「觀其詞義，『子興視夜』以下，皆婦人之詞。首章勉夫以勤勞，次章宜家以和樂，三章則佐夫以親賢樂善而成其德。」贊同這種讀法的人很多，但也有人以為首章後面兩句「將翱將翔，弋鳧與雁」，應為「士」語。同樣的，第二章的最後兩句「琴瑟在御，莫不靜好」，也有人以為是「詩人擬想點綴之辭」，不似「女子口中語」。不同的讀法，來自讀者對經文不同的體會，只要不違背題旨就可以，倒不必固執己見。

此詩末章，姚際恆《詩經通論》說「有急管繁絃之意」，戴震《毛鄭詩考正》則謂「以韻讀之，『贈』當作『貽』。」這些都是寶貴的意見，值得我們參考。

‧鳧‧

有女同車

一

有女同車，❶

顏如舜華。❷

將翱將翔，❸

佩玉瓊琚。❹

彼美孟姜，❺

洵美且都。❻

二

有女同行，❼

顏如舜英。❽

將翱將翔，

佩玉將將。❾

彼美孟姜，

德音不忘。❿

【直譯】

有位女子同車駕，

容貌就像木槿花。

且將遨遊且流連，

佩帶美玉是瓊琚。

那美麗大姐姓姜，

實在美麗又賢淑。

有位姑娘同車行，

容貌就像木槿花。

且將遨遊且流連，

佩帶美玉響當當。

那美麗大姐姓姜，

美好聲名不能忘。

【注釋】

❶ 同車，一起駕車而行。古代禮制：男女不同車，新婚迎親時，才可以同車而行。

❷ 舜華，木槿花，今名牽牛花。華，同「花」。

❸ 已見上篇〈鄭風．女曰雞鳴〉。

❹ 已見〈衛風．木瓜〉篇。

❺ 孟姜，姜姓長女。已見〈鄘風．桑中〉篇。

❻ 都，嫻雅。

❼ 行，音「杭」，道路。

❽ 英，華、花。

❾ 將將，同「鏘鏘」，佩玉相擊的聲音。

❿ 德音，美好的聲譽。

【新繹】

〈毛詩序〉如此解題：「〈有女同車〉，刺忽也。鄭人刺忽之不昏于齊。太子忽嘗有功于齊，齊侯請妻之，齊女賢而不取（娶），卒以無大國之助，至於見逐，故國人刺之。」意思是說：鄭太子忽（就是鄭昭公），因為對齊國有功，所以齊侯願意把文姜許配給他，可是太子忽以為齊大非耦，不肯與大國通婚，因此婉謝了。齊國的文姜，是個賢慧的美女，太子忽辭退了這門親事，卻娶了陳國的女子，因而勢力非常薄弱，也因此後來被扶立他的鄭國大夫祭仲斥逐時，沒有大國可為奧援。這首詩就是詩人諷刺太子忽不婚于齊之作。

〈毛詩序〉的這種說法，據王先謙《詩三家義集疏》說：

> 案，昭公辭昏（婚）見逐，備見《左傳》。隱（公）八年，如陳，逆婦媯，詩所為作。三家無異義。

可見對於此詩，今古文學派的看法是一致的。

從宋代開始，對於此詩的解說，逐漸有了歧異。朱熹不採信舊說，在《詩集傳》中疑此為「淫奔之詩」，在《詩序辨說》中又這樣說：

> 忽之辭昏，未為不正而可刺。至其失國，則又特以勢孤援寡，不能自定，亦未有可刺之罪

也。

朱子認為鄭太子忽辭婚齊國和被權臣祭仲斥逐失位，都不是他個人有何過錯，這可說是在詩人的抒寫中求義理了。朱熹的這種「淫奔」之說，後人加以駁斥的不少，像方玉潤的《詩經原始》就說：

夫曰「同車」，則有御輪之禮；曰「佩玉」，則有矩步之節；曰「孟姜」，則本齊族之貴。淫奔而越國，有若是之威儀盛飾、昭彰耳目乎？前人駁之，固已甚詳。且曰「德音不忘」，是豈淫奔之謂？又不待辯而自明矣。

事實上，宋代的說《詩》者中，還是有人援用〈毛詩序〉舊說而加以引申的。像嚴粲在《詩緝》中就這樣說：

忽以弱見逐，國人追恨其不取齊女。言忽所取他國之女，行親迎之禮，而與之同車者，特取其色爾。此女色如木槿之華，朝生暮落，不足恃也。而今也，且翱且翔于此，佩其瓊琚之玉，徒有威嚴服飾之可觀，而無益于事也。曷若彼美好齊國之長女，信美而且閑雅？向來忽若取之，則有大國以為援，而不至于見逐矣。

嚴粲的解釋，說得圓融而周洽，所以後來有不少人的見解，都和他非常相近。像馬瑞辰的《毛詩傳箋通釋》就說：

有女同車，實陳親迎之禮，謂忽娶陳女也。下言「彼美孟姜」，乃慕齊女德美之詞，故言「彼美」以別之。下章倣此。

這是說此詩前後兩章，每章的前四句是一組，寫所娶陳女的容貌之美、服飾之盛；後二句是一組，寫齊女的美麗賢淑。在對照中，兼寓諷刺之意。

民國以來，有很多學者不採舊說，像屈萬里老師就以為「此蓋婚者美其新婦之詩」，而把「有女同車」和「彼美孟姜」所說的女子，都當成同一個人。裴溥言先生的意見也一樣，茲錄其譯文如下，以供讀者參考：

有位姑娘跟我同坐在車廂裡，
她的容貌像木槿花一樣美麗。
車兒飛奔，好像離開了大地，
她呀，佩帶著紅色的玉飾。
她就是有名的美人兒孟姜，
啊，她實在美麗又漂亮。

・舜・

有位姑娘跟我一路同行，
她有木槿花似的美容。
車兒疾馳，像飛在半空，
她呀，佩帶的寶玉鏘鏘有聲。
她就是有名的美人兒孟姜，
啊，她的聲譽永遠被人家讚賞！

校後補記：

以日本靜嘉堂文庫藏古抄本校對此篇時，忽憶起一事。

四十幾年前，我剛從臺大中文研究所博士班畢業，留校擔任副教授，並在國立編譯館與張亨、戴璉璋教授合編「國中國文」教科書，有某課詞語注釋，引《詩經．鄭風．有女同車》「顏如舜華」一語為證：「華」即「花」的古字。不意有人公開投書抨擊，說引證錯誤，「顏如舜華」應出〈女曰雞鳴〉篇。

戴先生一看，即笑曰：「此不知古書刻本體例，不覆可也。」古書刻本、抄本，篇名置於篇末者多矣，此與後來篇名必置於文前者，蓋有不同。

今因發現靜嘉堂文庫抄本遺漏前篇〈女曰雞鳴〉題目，又已細心補回，乃檢同朱熹《詩集傳》古刻本，附於文末，供讀者對照，聊發一粲，兼寓提醒之意。

出使主國之臣必以燕禮樂之助君
之歡 知子之順之雜佩以問之 問遺也箋云順
謂與已和順 知子之好之雜佩以報之 箋云
好謂與已同好
女曰雞鳴三章章六句
有女同車刺忽也鄭人刺忽之不昏
于齊大子忽嘗有功于齊齊侯請妻
之齊女賢而不取卒以無大國之助
至於見逐故國人刺之 忽鄭莊公世

女曰雞鳴三章章六句

有女同車顏如舜華叶芳無反將翱將翔佩玉瓊琚彼美孟姜洵美且都賦也舜木槿也樹如李其華朝生暮落孟字姜姓洵信都閑雅也○此疑亦淫奔之詩言所與同車之女其美如此而又嘆之曰彼美色之孟姜信美矣而又都也○有女同行叶户郎反顏如舜英叶於良反將翱將翔佩玉將將七羊反彼美孟姜德音不忘賦也英猶華也將將聲也德音不忘言其賢也

有女同車二章章六句

山有扶蘇

一

山有扶蘇，❶
隰有荷華。❷
不見子都，❸
乃見狂且。❹

二

山有橋松，❺
隰有游龍。❻
不見子充，❼
乃見狡童。❽

【直譯】

山上有扶疏樹木，
澤中有荷花開花。
不見子都美男子，
偏偏遇見狂夫哪。

山上有高大松樹，
澤中有盛開水葒。
不見子充好人兒，
偏偏遇見了狂童。

【注釋】

❶ 扶蘇，同「扶疏」，枝葉茂密的樹木。

❷ 隰，低濕的地方。已見〈邶風・簡兮〉篇。荷華，荷花。

❸ 子都，美男子的通稱。都有「美」、「雅」之義。

❹ 狂且，狂夫、狂童。且，「狙」的借字，獼猴。一說：語助詞。

❺ 橋，通「喬」，高大。

❻ 游龍，盛開的紅草。游，枝葉縱放。龍，今名紅蓼。

❼ 子充，同「子都」。充有「實」、「大」之義。

❽ 狡童，豎子、小傢伙。又喜愛又責備的語氣。

【新繹】

〈毛詩序〉認為〈山有扶蘇〉這首詩，和〈有女同車〉、〈蘀兮〉、〈狡童〉等篇一樣，都是「刺忽」之作。忽，就是鄭莊公的世子鄭昭公。〈有女同車〉諷刺昭公忽，不娶賢淑的齊女，而娶美貌的陳媯，以致貽誤大事；〈山有扶蘇〉這一篇，則是諷刺昭公忽的「所美非美然」，意思是說昭公忽所稱讚的，並不是值得稱讚的人。《鄭箋》就是這樣解釋的：「言忽所美之人，實非美人。」

〈毛詩序〉的說法，據王先謙《詩三家義集疏》說，三家詩並無異義。王氏並引《易林》的〈蠱之比〉：「視暗不明，雲蔽日光。不見子都，鄭人心傷。……」和徐幹《中論》的〈審大臣〉篇：「時俗之所不譽者，未必為非也；其所譽者，未必為是也。《詩》曰：『山有扶蘇，隰有荷華。不見子都，乃見狂且。』言所謂好者非好，醜者非醜。」以及趙岐《孟子章句》的「子都，古之姣好者也」，來說明「《齊》、《魯》、《毛》文義並同」。

這種「刺忽」的說法，從宋代以後，質疑的人很多。朱熹《詩集傳》說此乃「淫女戲其所私者」之辭，《詩序辨說》中也說應是「男女戲謔之詞」。因為以「狡童」來責斥昭公，顯然是不倫不類的比喻。清代崔述的《讀風偶識》，更進一步地說：

> 昭公為君，未聞有大失道之事。君弱臣強，權臣擅命，雖誠有之，然皆用自莊公之世；權重難移，非己之過。厲公欲去祭仲，遂為所逐。文公欲去高克而不能，乃使將兵於河上而不召。為昭公者，豈能一旦而易置之？此固不得以為昭公罪也。如果鄭人妄加毀刺，至目君為狡童，悖禮傷教，莫斯為甚。

崔述的結論是「淫奔與否，雖未可知，然決非刺忽，則斷然無可疑者」。崔氏的論證，於史有徵，看來頗似言之成理，但他忽略了詩人的創作，可以吟詠個人的情性；個人的好惡，並不一定要和史家所認定的時代共相完全一樣。因此，像崔述的這一類考證，也往往自有它的缺失。我們可以肯定這種求真務實的懷疑精神，但卻不必全盤接受他們的看法。

除了朱熹「男女戲謔之詞」的說法之外，還有人以為此乃「朋友相規之詞」，又有人說是「女子悔婚」或「巧妻恨嫁拙夫之歌謠」。比較特別的，是牟庭《詩切》中的說法。他以為〈山有扶蘇〉這首詩，是「刺小大官，皆無賢人也」。牟庭說《詩》，本來就是常常「標新立異」的，不獨此篇為然。

此詩凡兩章，每章四句，每句四言，而且句型多有重複。位置相等的句子，可以對照著來看。「山有扶蘇」和「山有橋松」合看，有人說「扶蘇」就是桑樹的別名，有人說「橋」是「喬」的通用字。「隰有荷華」和「隰有游龍」合看，有人把「游龍」解釋為舒展散布的蘢草；這種植物和荷花一樣，都是在夏秋之際開花。「不見子都」和「不見子充」合看，因為《孟子．告子篇》中有這樣的話：「至於子都，天下莫不知其姣也。不知子都之姣者，無目者也。」（有人以為子都就是鄭莊公時代的公孫閼，事見《左傳．隱公十一年》。）又因為《廣韻》說：「充，美也。」所以有人以為子都和子充都是指古代的美男子。「乃見狂且」和「乃見狡童」合看，有人以為「狂且」和「狡童」相當，所以把「且」解作

·游龍·

「但」或「狙」，不肯採用《毛傳》說它是語詞的說法。在紛歧的注解中，我以為屈萬里老師對「狡童」的解釋最為通達。他在《詩經釋義》裡，是這樣說的：「狡童，狡獪之童也。古者詈人率用豎子之語；豎子，猶童也。今罵人往往曰『小子』，猶有古意。」

我們今天罵人為「小子」，並不是說對方一定就是個小孩子。明白這個道理，也就可以知道：「狂且」、「狡童」皆是詈人之詞，我們大可不必拘泥字面來講解的。假使採用朱熹等人的說法，那麼，這些詈人之詞，其實還帶有笑罵的口氣。呂恢文的《詩經國風今譯》，就是這樣來翻譯此詩的：

山上有樹高又大，
池沼裡面開荷花。
不見子都美男子，
卻見狂傲小冤家。

高高松樹長山坡，
池沼裡面紅草多。
不見子充美男子，
卻見猾頭小傢伙。

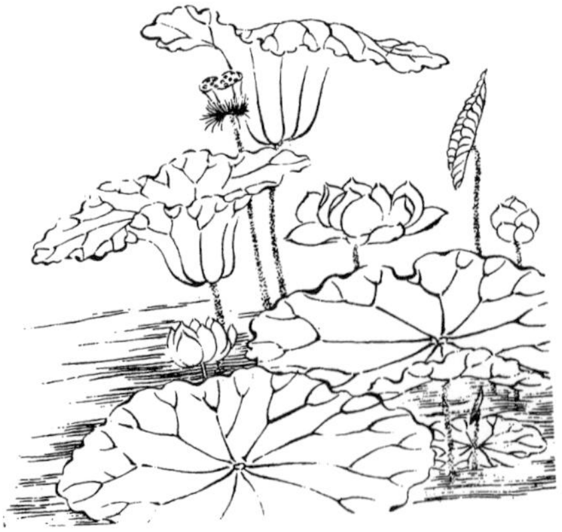

·荷·

蘀兮

一

蘀兮蘀兮，❶
風其吹女。
叔兮伯兮，
倡予和女。❷

二

蘀兮蘀兮，
風其漂女。❸
叔兮伯兮，
倡予要女。❹

【直譯】

枯葉啊，枯葉啊，
風是那樣吹著你。
叔啊伯啊一起來，
唱吧我來應和你。

枯葉啊，枯葉啊，
風是那樣飄起你。
叔啊伯啊一起來，
唱吧我來追隨你。

【注釋】

❶ 蘀，音「拓」，枯槁。
❷ 即「女倡予和」，你唱我和。倡，領唱。和，伴唱。
❸ 漂，同「飄」，吹動。
❹ 要，成、以聲相和。

【新繹】

〈毛詩序〉把〈蘀兮〉的前後幾篇，都看做是「刺忽」之作。這一篇是這樣說的：「〈蘀兮〉，刺忽也。君弱臣強，不倡而和也。」古人說：君倡臣和。君王倡導的事，臣子在下應和著，以成其事。這本來是天經地義的事情。但鄭昭公忽時，卻因君弱而臣強，臣子不待昭公率先倡導，就已經紛紛自作主張，彼此倡和起來了。

這充分反映了當時鄭國的時代背景和政治環境。公子忽（鄭昭公）、公子突（鄭厲公）、子亹、子嬰四人，本來都是鄭莊公的兒子。按禮，由世子忽繼承王位即是，但因為重臣祭仲弄權其間，使兄弟之間失和爭位，甚至導致昭公、厲公都曾出奔而後復位的鬧劇。這就是所謂「君弱臣強」。詩中「叔兮伯兮，倡予和女」二句，《鄭箋》就這樣解釋說：

> 叔、伯，群臣相謂也。群臣無其君而行，自以強弱相服。女倡矣，我則將和之。言此者，刺其自專也。叔、伯，兄弟之稱。

因為君臣如此失禮，所以詩人藉此加以諷刺。

這種看法，據王先謙《詩三家義集疏》說，三家詩並無異義。不過，從宋代以後，有關此詩的解說，卻越來越趨紛歧。陳子展《詩經直解》中，就曾評介了蘇轍、呂祖謙、嚴粲等等好幾家不同的說法：

> 《朱傳》云：「此淫女之詞。」今視語無媟褻，實不可解。何楷云：「女雖善淫，不應呼叔兮又呼伯兮，殆非人理，言之汙人齒頰矣！」（《詩經世本古義》）他如蘇《傳》、呂《記》、嚴

> 《緝》以為此憂懼之詞，大臣相約倡和，以謀國難之詩。真德秀、范家相以為此群臣結黨避禍之詩。《詩義折中》以為此望晉急鄭之詩。黃中松以為此詩人避禍逃難之詩。王闓運則謂此群公子諸大夫倡亂謀篡，互相結連響應之詩。一孔之見，紛呶不休。洵如盲人捫象，瞎子斷匾矣。

由此可見解說紛歧之一斑。也由此可見宋代以來的說《詩》者，因為不肯採信舊說，往往自稱據詩直尋本義，因此每以個人的體會，誤作詩篇的正解。這是令人不無遺憾的事。陳氏之言，值得大家警惕。

〈蘀兮〉這首詩，前後只有兩章，而且兩章八句之中，只變易二字而已，其他都是後章複沓前章的字句。《詩經．國風》中，不乏此類作品。我個人對於這一類作品，往往覺得興味無窮，一點也不覺得單調或重複。

「蘀兮」的「蘀」，歷來都根據舊說，解作枯乾將落的樹葉或木皮，筆者的譯文，就是採用這種說法。但也有人把它解作樹木的專名。像屈萬里老師就根據王夫之《詩經稗疏》引用《山海經》的記載，以為「蘀」是一種產於鄭、衛之間的「葵本而杏葉，黃花而莢實」的樹名，因而詩人才以之起興；像高亨在《詩經今注》中，就以〈豳風．七月〉和〈小雅．鶴鳴〉等篇為證，說明「蘀」是「欂」木的借字。我覺得對照「蘀兮蘀兮」和「叔兮伯兮」等句，這種說法也頗為可取。

「叔兮伯兮」的叔伯，歷來解作群臣的彼此稱呼，近代則多以為指兄弟的排行，意即老三和老大。它們究係何指，已難確考，但以風吹蘀葉，來起興唱和叔伯，則叔伯與蘀葉之間，應有一定程度的關聯。近人多謂此詩蓋寫男女合唱，充滿歡樂，但我總覺得此詩自有悲涼衰颯之氣，或即如前人所說的以木葉之將落，見人生之易老，亦未可知。

不管怎麼說，從「風其吹女」的「吹」到「風其漂女」的「漂」，是說葉子的由未落而已落；從「倡予和女」的「和」到「倡予要女」的「要」，是說歌曲的由唱和而終結。這變換的兩個字，都有層遞的作用，使我們在吟誦的時候，覺得增加了不少情味。

裴溥言先生曾語譯此詩如下：

乾樹葉喲枯草皮，
清風吹你就飛起。
老大哥喲三老弟，
領頭唱喲我和你。

樹葉乾喲草枯黃，
清風一吹飄蕩蕩。
老大哥喲三老弟
你開頭喲我接唱。

袁愈荌也曾如此語譯：

樹葉脫啊樹葉脫，
大風吹得起又落。
叔啊伯啊你快來，
你來唱歌我來和。

樹葉脫啊樹葉脫，
風起飄飄起又落。
叔啊伯啊你快來，
你來唱歌我拍和。

這些譯文都很瀏亮可誦，所以錄供讀者參考。

狡童

一

彼狡童兮，❶
不與我言兮。
維子之故，
使我不能餐兮。

二

彼狡童兮，
不與我食兮。❷
維子之故，
使我不能息兮。❸

【直譯】

那個狡滑小子呀，
不肯跟我交談呀。
就因為你的緣故，
使我不能進餐呀。

那個狡滑小子呀，
不肯跟我吃飯呀。
就因為你的緣故，
使我不能安眠呀。

【注釋】

❶ 狡童，已見上篇〈山有扶蘇〉。一說：對所愛青年的一種暱稱，猶如今言「小搗蛋」。

❷ 食，與上文「餐」字同義。聞一多解為象徵男女性交，似可不必。

❸ 息，休息、安睡。一說：喘氣。

【新繹】

〈毛詩序〉把〈狡童〉一詩和以上〈有女同車〉、〈山有扶蘇〉、〈蘀兮〉等篇，都看成是「刺忽」之作。〈毛詩序〉是這樣說的：「〈狡童〉，刺忽也。不能與賢人圖事，權臣擅命也。」意思是說鄭昭公忽不能任用賢臣，共商國事，因而大權旁落，被權臣祭仲牽制著。據王先謙《詩三家義集疏》說，三家詩對此說法並無異義。

不過，把這種說法拿來和詩的本文作一對照，恐怕會有很多讀者覺得二者之間並無一定的關聯。像朱熹在《朱子語類》中，就有這樣的話說：

> 經書都被人說壞了，前後相仍不覺。且如〈狡童〉詩，是〈序〉之妄。安得當時人民敢指其君為狡童？況忽之所為，可謂之愚，何狡之有？當是男女相怨之詩。

也因此，朱熹在《詩集傳》中，乾脆這樣說：「此亦淫女見絕而戲其人之詞。」顯然朱子受了「鄭聲淫」的影響，以為此詩應是男女之淫辭，而非政事之諷諭。

朱熹的看法，和舊說不同，他所提出來的疑問，說鄭國人民不可能直指其君為「狡童」，又據詩以直尋本義，以為詩中所寫，乃失戀女子的怨情。這種說法，似乎比較符合詩篇字面的解釋，也比較合乎後來一般人的口味。但是，這樣的解釋，是不是也有值得商榷的地方呢？

清朝康熙年間，就曾經有學者為了此詩爭辯過。根據毛奇齡〈白鷺洲主客說詩〉的記載，著名詩人施閏章在康熙初年講學於江西吉安城南白鷺洲時，因為正好主張《朱傳》淫女之說的學者楊洪才及其門徒路過當地，所以施閏章趕快利用這個機會，招邀寄居於江西撫州的毛奇齡前去會面，討論《詩經》有關淫詩的一些問題。毛奇齡一向是主張〈詩序〉舊說的，和楊洪才的觀點自然大相逕庭。他們辯論了三天，情況非常熱烈。辯論的結果，是毛奇齡佔了上風。毛奇齡在辯論時，說過這樣的故事：

> 高忠憲講學東林。有客問：「〈木瓜〉之詩並無男女字，而謂之淫奔，何也？」忠憲未能答。蕭山來風季曰：「即有男女字，亦非淫奔。」忠憲曰：「何以言之？」風季曰：「張衡〈四愁詩〉云：『美人贈我金錯刀，何以報之英瓊瑤。』張衡淫奔邪？」旁一人不平，遽曰：「『彼狡童兮』，稱為狡童，非淫奔乎？」曰：「亦非淫奔。」忠憲曰：「何以言之？」曰：「箕子〈麥秀歌〉云：『彼狡童兮，不與我好兮。』其所稱狡童者，受辛也，君也，君淫奔耶？」忠憲起揖曰：「如先生言。」又曰：「必如先生者，而可與言詩。」

這個故事非常有趣，對於我們欣賞《詩經》也很有參考價值。除此之外，毛奇齡還引用宋末儒者黎立武的話，來說明欣賞《詩經》時，應該「思無邪」。黎立武說他小時候讀箕子〈禾黍歌〉（即〈麥秀歌〉），淒然流淚；後來年紀漸長，讀了〈狡童〉一詩，而淫心生焉。他一出門，見了鄰居婦女，都覺得好像是在挑逗自己一般。因而他自我反省，為什麼同樣的「彼狡童兮，不與我好兮」的話，一則讀了而生忠心、一則讀了而生淫心呢？最後他體會出這樣的道理來：「豈其詩有二乎？解之者之故也。然則解詩當慎矣。從來君臣朋友間不相得，則託言以諷之。〈國風〉多此體，而逞臆解說，鍛成淫失，恐古經無邪之旨必不若是。」

這段話說得真好！雖然說立論的觀點，可能是從教化的立場來說的，但是我們不能否認，

「從來君臣朋友間不相得，則託言以諷之」，果然是有這樣的事實啊！張惠言〈詞選序〉有云：「《傳》曰：『意內而言外，謂之詞。』其緣情造耑，興於微言，以相感動。極命風謠里巷、男女哀樂，以道賢人君子幽約怨誹、不能自言之情，低徊要眇，以喻其致。」意見也差不多，都是說明文學作品的欣賞，不能光看字面的意思。民國以來的說《詩》者，犯了「逞臆解說」的人，正復不少，這一點值得大家注意。

〈狡童〉這首詩，分為兩章，每章四句。前後兩章之間，不過換了兩個字。乍看起來，雖然結構簡單，辭句樸素，但吟誦起來卻仍然令人回味無窮。大致說來，第一章是寫「食不甘味」，第二章是寫「寢不安席」，而所以如此，都是由於「狡童」之故。「狡童」的「狡」，《毛傳》解作「壯狡」，應有精壯雄武之義，也有人把它解釋為俊美的。假使我們認為「狡童」是詩人心中讚美的對象，這樣講自無問題。這裡釋為狡滑，是因為筆者認為「狡童」的「童」，並非指孩童而言，而是略等於今天的詈人之辭，所謂「小子」者是。把「狡童」譯為狡滑小子，或許更近於舊說的原意。「維子之故，使我不能餐兮」二句，據朱熹《詩集傳》說：「言悅己者眾，子雖見絕，未至於使我不能餐也」，意思是說，雖然你不肯跟我交往，但我朋友很多，我不會因為你傷心到吃不下、睡不著的地步。朱熹這種講法，非常奇怪。「維子之故」一句，指的應是「不與我言兮」、「不與我食兮」，換句話說，就是「不與我好兮」；而且就因為如此之故，所以才會「使我不能餐兮」、「使我不能息兮」，到了寢食難安的地步。或許，朱熹一直念念不忘「鄭聲淫」，因而在他的心目中，鄭國的女子便顯得比較輕浮了。

褰裳

一

子惠思我，❶
褰裳涉溱。❷
子不我思，❸
豈無他人？
狂童之狂也且！❹

二

子惠思我，
褰裳涉洧。❺
子不我思，
豈無他士？
狂童之狂也且！

【直譯】

假使你肯想念我，
撩起衣裳過溱河。
假使你不把我想，
難道沒有別人麼？
狂童的輕狂罷了！

假使你肯想念我，
撩起衣裳過洧河。
假使你不把我想，
難道沒有別人嗎？
狂童的輕狂罷了！

【注釋】

❶ 惠，愛。表示關愛的擬想之詞。一說：子惠，人名。

❷ 褰，音「千」，提起。裳，下衣、裙子。溱，音「真」，鄭國河水名。

❸ 「子不思我」的倒文。

❹ 也且，猶言「也哉」，語尾助詞。一說：且，男人性具。罵人的粗話。

❺ 洧，音「委」，鄭國河水名。

【新繹】

〈褰裳〉是〈鄭風〉中的名篇。幾十年前，初讀《詩經》，比較能夠理解的，就是〈褰裳〉和〈狡童〉、〈子衿〉這一類的詩篇。當時喜歡它的描述生動，情感真切，對於近人說它是描寫女子和情人的調謔之詞，也覺得所言極是，不知道還有其他的說法。後來讀的參考資料稍多，才知道解《詩》之難。前人說：「詩無達詁」，真是說得一點也不錯。

對於〈褰裳〉這首詩，〈毛詩序〉是如此解題的：「〈褰裳〉，思見正也。狂童恣行，國人思大國之正己也。」這段文字，說得空泛，一般讀者未必知道它的含義，所以鄭玄加以箋釋說：「狂童恣行，謂突與忽爭國，更出更入，而無大國正之。」突，即鄭厲公；忽，就是上文一再提到的鄭昭公。顯然鄭玄認為此詩與厲公、昭公之爭國有關。後來如孔穎達的《毛詩正義》、胡承珙的《毛詩後箋》，都是根據這種說法加以推衍的。胡承珙引用《春秋》經傳來說明詩中的「狂童」，乃指鄭厲公突而言。他是這樣說的：

《春秋》桓十五年：「鄭伯突出奔蔡」，《公羊》曰：「突何以名？奪正也。」

「鄭世子忽，復歸于鄭。」

《公羊》曰：「其稱世子何？復正也。」

夫突為奪正，忽為復正，與〈序〉云「思見正」者合。然則所謂「狂童」，非指突而何？

王先謙的《詩三家義集疏》也引用桓公十五年、十六年《左傳》的記載，來證實其說，而且還根據揚雄〈逐貧賦〉和《呂氏春秋．求人篇》高誘《注》等資料，來推論《魯詩》之說，應與《毛詩》的說法相合。

假使我們看《左傳．昭公十六年》的記載，說「鄭六卿餞宣子於郊」時，鄭國大夫子太叔賦了〈褰裳〉這首詩，韓宣子就明白他的想法；或者我們再看看《呂氏春秋》的〈求人篇〉，說「晉人欲攻鄭」時，派叔向來探虛實，鄭國子產賦了這首詩，叔向也就明白鄭國的意向。我們就可以了解，子太叔和子產都是藉賦〈褰裳〉一詩，以「子不我思，豈無他人」諸句，來暗示對方：假使你們晉國不顧念我們鄭國，難道我們就不能求援於他國嗎？雖然說，這兩件史實，或許只是外交場合上斷章取義，藉賦詩以明志，並非用詩的本義，但無論如何，當時的人對於此詩的了解，應該是有其共識的，否則雙方就不可能據詩以引申或賦詩以明志了。因此，我以為舊說並非無稽之談。

不過，像其他多數的詩篇一樣，從宋代以後，這首詩開始有了歧解。朱熹一方面在《詩序辨說》中，說《左傳》子太叔、韓宣子之言，只是斷章取義、借詩寓意而已，一方面又在《詩集傳》裡這樣說：

> 淫女語其所私者曰：「子惠然而思我，則將褰裳而涉溱以從子，子不我思，則豈無他人之可從，而必於子哉？」狂童之狂也且，亦謔之之辭。

可見他以為此詩與忽、突爭國無關，只不過是一首描寫鄭國民間男女相愛時打情罵俏的戀歌而已。

這種說法，跟本文對照起來，非常通洽契合，所以從宋代以後，獲得很多說《詩》者的贊同。雖然有人以為詩中的女子不必為「淫女」，有人以為「褰裳涉溱」一句不必解作女之從男，但大抵說來，朱熹這種據詩直尋本義、恢復民歌面目的主張，是很能投合一般讀者心理的。所以民國以來，推衍此說的人極多。我手邊的參考書中，就有不少這類的例子。例如蔣立甫的《詩經選注》，就是根據朱熹之說加以推衍的：

> 這是一位姑娘和他所愛的小伙子開玩笑的情詩。這個姑娘非常爽朗、潑辣，她要那個小伙子渡水過來同她相親，證實愛情忠貞，要是不來，追求她的小伙子有的是！這是大膽主動的追求與試探，意在要小伙子當機立斷、明確表態。另一方也可看出，她是多麼希望得到對方肯定的答覆呵！

解說非常生動活潑，應該會受到一般讀者的歡迎。只是，它和舊說之間，已經有了不小的差距，究竟哪一種說法才正確呢？或許陳子展《國風選譯》中的一段話，是值得我們參考的：

> 關於〈褰裳〉一詩，〈詩序〉是用貴族賦詩的意義，《集傳》是用民俗歌謠的意義，所以顯得兩者大相逕庭。其實兩者都說得通，不過《集傳》好像是用了詩的本義，直截了當，平易通俗，更容易為一般人接受罷了。

丰

一

子之丰兮，❶
俟我乎巷兮。❷
悔予不送兮！❸

二

子之昌兮，❹
俟我乎堂兮。❺
悔予不將兮！❻

三

衣錦褧衣，❼
裳錦褧裳。
叔兮伯兮，
駕予與行。❽

【直譯】

你這樣好儀容呀，
等候我在巷中呀。
後悔我沒相送呀！

你這樣好體魄呀，
等候我在堂中呀。
後悔我沒相從呀！

穿上錦衣加罩衣，
穿上錦裳加罩裳。
叔呀伯呀一起來，
駕車載我同前往。

【注釋】

❶丰，音「豐」，丰姿。容貌豐滿、美好的樣子。
❷俟，等候。巷，里巷。古代二十五家為一里，巷指里門之內。
❸予，我。送，行。此有隨君同行的意思。
❹昌，壯美。
❺堂，門堂。
❻將，行、送。參閱注❸。
❼已見〈衛風・碩人〉篇。這是古代婦女出嫁時的服裝。下同。
❽行，送。同注❸。

四

裳錦褧裳，
衣錦褧衣。
叔兮伯兮，
駕予與歸。❾

穿上錦裳加罩裳，
穿上錦衣加罩衣。
叔呀伯呀一起來，
駕車載我回家去。

❾ 歸，女子出嫁。

【新繹】

〈丰〉這首詩，歷來都認為是描寫女子出嫁的作品，〈毛詩序〉是如此解題的：「〈丰〉，刺亂也，昏姻之道缺，陽倡而陰不和，男行而女不隨。」婚姻之事，本來就是應該建立在兩情相悅的基礎上，假使任何一方不肯答應，那就是所謂落花有意、流水無情。一個巴掌不容易拍得響了。詩中寫女方對男方的迎娶，始則拒，後則悔，可以說是退進都失禮了，所以〈詩序〉才說這是「昏姻之道缺」。據鄭玄的《毛詩傳箋》說：「昏姻之道，謂嫁娶之禮。」換句話說，這首詩所要反映的，就是嫁娶失禮。

〈毛詩序〉的這種說法，據王先謙《詩三家義集疏》說，「三家無異義」。可是，詩中所描寫的情景，如何而可看出「昏姻之道缺」，嫁娶之禮敗，則歷來頗有不同的解釋。朱熹《詩序辨說》說此詩應為「淫奔之詩」，並於《詩集傳》中這樣說：

> 婦人所期之男子，已俟乎巷，而婦人以有異志不從，既而悔之，而作是詩也。婦人既悔其始之不送而失此人也，則曰我之服飾既盛備矣，豈無駕車以迎我而偕行者乎？

朱熹這種說法，果然是以「淫奔之詩」來解釋這篇作品的，而且把「昏姻之道缺」的責任，幾乎都歸結到待嫁的女子身上。雖然說，這可能是受了〈毛詩序〉的「陽倡而陰不和，男行而女不隨」二語的影響，但很明顯可以看出來，朱熹是把詩中的待嫁女子，看成進退失禮的淫女了。

朱熹的說法，引起後來如方玉潤、陳子展等人不少的譏彈。像陳子展的《詩經直解》就這樣批評說：

> 朱子《辨說》謂「此淫奔之詩」。倘問淫奔者可俟乎巷，而必俟乎堂耶？豈有錦衣錦裳，呼叔呼伯，駕車同奔，誇示于眾者乎？不知彼將何以置答也。

陳氏還引用了戴震對此詩的解說：

> 此《坊記》所謂親迎、婦猶有不至者也。蓋言俗之衰薄，昏姻而卒有變志，非男女之情，乃其父母之惑也，故託為女子自怨之詞以刺之。悔不送，以明己之不得自主，而意終欲隨之也。後二章望其復迎己以行。或曰、女子始有所為留者，非歟？曰、非也。凡後世昏姻變志，皆出于父母，不出于女子。詩言迎者之美，固所願嫁也，必無自主不嫁者也。此託為

女子之詞，正以見惑由父母爾。

戴東原把女子悔婚失禮的行為，歸咎於女方的父母。這和朱熹的說法是不同的。後來像胡承珙的《毛詩後箋》，把「悔予不送兮」的「送」，解作「致女」，即「以女授婿」之意；也都是和戴氏一樣，認為和「父母之惑」有關。

在清代的說《詩》者中，除了戴、胡等人的說法之外，還有其他種種不同的解釋。像姚際恆的《詩經通論》，說此乃「女子于歸自咏之詩」，表現的是待嫁女子的心理活動；像方玉潤的《詩經原始》，說此詩「非咏昏也」，乃「悔仕進不以禮」的賢人君子，「借昏女為辭，自悔從前不受禮聘之優，以致今日而有敦促之辱」；其中最特殊的是牟庭的《詩切》，他認為此詩前兩章為一首，寫詩人後悔往日的未曾相送，後兩章另成一首，乃答前者之言。紛紛紜紜，真是莫衷一是，令後人不知如何是好。

這首詩凡四章，前兩章一組，每章各三句；後兩章一組，每章各四句。前兩章先是稱讚對方的風采禮貌，其次是寫對方親迎的位置，最後才說明當時未曾相從的悔意。古代婚姻要經過納采、問名、納吉、納徵、請期、親迎等六個程序，所謂親迎，就是男方駕車到女方家裡，等在戶外，新娘父親領她走出房中，把她的手遞給新郎，新郎才牽著她的手，出門登車而去。這裡說「悔予不送兮」、「悔予不將兮」，將、送都有「從行」的意思，這些自然是後悔當初的未能及時從行了。

後面兩章是描寫嫁者之服，「衣錦褧衣，裳錦褧裳」二句，寫的就是古代女子出嫁時，裡面所穿的錦緞衣裳，和外面用以避塵土的罩衫。後面兩句，則是抒寫自己急於出嫁的心情，用以呼應上文。錢鍾書《管錐編》中，認為〈狡童〉、〈褰裳〉、〈丰〉、〈東門之墠〉諸首，可以合觀，他雖然不以舊〈序〉為然，但他於此卻仍舊引用《漢書．外戚傳》和〈孔雀東南飛〉為例，說明此即嫁時衣裳，並且說「衣錦褧衣，裳錦褧裳」、「駕予與行」、「駕予與歸」，即〈氓〉一詩中所描寫的「以爾車來，以我賄遷」。錢氏之言，當然很有參考價值。只是我們不免感到疑惑，為什麼同樣是無法確定的一些古代文獻資料，歷來的說《詩》者，有的就取以為證，有的卻斥之為妄呢？

　　牛運震《詩志》評此詩前二章前二句，說是「自豔自憐」，評後二章說是「顛倒叶韻，不必有意義，自然情深」，總結說是「此詩一意貫串，結構甚緊」。只談形式技巧，反而予人清新之感。

裳下體之服古者綉裳五色備前三幅後四幅以纁爲之刺綉於其上

·裳·

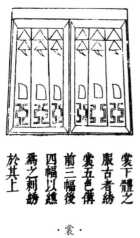

東門之墠

一

東門之墠，❶
茹藘在阪。❷
其室則邇，❸
其人甚遠。

二

東門之栗，❹
有踐家室。❺
豈不爾思？
子不我即！❻

【直譯】

城東門外的廣場，
茜草長在山坡上。
他的家就在附近，
他的人卻極遙遠。

城東門外的栗樹，
下有整齊的房屋。
難道不曾把你想？
你不肯對我眷顧！

【注釋】

❶東門，城的東門。墠，音「善」，掃除整潔的平地。一說：祭壇。
❷茹藘（音「慮」），一名茜草。可以用來做紅色的染料。阪，音「板」，坡、山坡。
❸邇，近。
❹栗，樹木名。果實可食。此指栗樹下。
❺有踐，踐踐、踐然，排列整齊的樣子。
❻即，就、親近。

·茹藘·

【新繹】

〈毛詩序〉對這一首詩是如此解題的：「〈東門之墠〉，

刺亂也。男女有不待禮而相奔者也。」朱熹的《詩集傳》在深表同意之餘，也這麼說：「門之旁有墠，墠之外有阪，阪之上有草，識其所與淫者之居也。室邇人遠者，思之而未得見之辭也。」顯然他們都把此詩看成淫奔之作。不過，詩中所寫，究竟是女奔男，或男求女，他們則都未嘗明言。因此歷來說《詩》者有了種種不同的推測。

在朱熹之前，鄭玄的《毛詩傳箋》和孔穎達的《毛詩正義》，以為詩中二章所寫，都是女欲奔男之辭。孔氏還這樣說：

> 婚姻之際，不可無禮，故貞女謂男子云：「我豈不於汝思為室家乎？但子不以禮就我，我無由從子。」貞女之行，非禮不動。今鄭國之女，何以不待禮而奔乎？故刺之。

這是說淫奔的鄭女，不待禮而動，並非貞女該有的行為，所以詩人藉此加以諷刺。

這種說法，明清以後，反對的不少。像鍾惺評點《詩經》即云：「〈秦風〉『所謂伊人』六句，意象縹緲極矣，此詩以『其室則邇』二句盡之。必欲坐以淫奔，究甚究甚？」像牛運震《詩志》概括全篇，評云：「意象高遠，蕭然出塵之概。」更強調是：「古調雅韻，不忍以淫詞誣之。」像姚際恆的《詩經通論》，也不以為這是淫詩，而且，他還把這首詩解釋為男求女之辭：

> 男子欲求此女，此女貞潔自守，不肯苟從，故男子有室邇人遠之嘆。下章「不我即」者，所以寫其人遠也。

姚際恆的說法，把書中的女子解釋為「貞潔自守，不肯苟從」的貞女，和前說是大不相同的。他把此詩解作男子求女之詞，更是前人罕見之論。

除了上述的說法之外，還有人以為這是一首描寫男女一唱一答的詩歌。像方玉潤的《詩經原始》，就這樣說：

此篇乍玩似淫詩，故自〈序〉、《傳》來，無不目為淫矣。然有謂女奔男者，亦有謂男求女者。就首章而觀，曰室邇人遠者，男求女之詞也；就次章而論，曰「子不我即」者，女望男之心也。

方玉潤認為第一章是「男求女之詞」，第二章是「女望男之心」，這和民國以來很多學者的意見是相契合的。不過，他們之間仍有一點不同，那就是民國以來的學者，多數以為此乃描寫男女贈答唱和的情歌，而方玉潤則以為這些只是字面上的意義，因為「古詩人多託男女情以寫君臣朋友義」，「詩中有懷想情，而無男女字，又安知非朋友自相思念乎？」所以他以為此詩所寫，不必限於男女之情。

以上的論述是從毛〈序〉朱《傳》的系統討論下來的。事實上，對於〈東門之墠〉這首詩，三家詩的看法，和《毛詩》的看法並不相同。王先謙的《詩三家義集疏》，在引用承襲《齊詩》之說的《易林》的：「東門之墠，茹藘在阪。禮義不行，與我心反。」數句之後，還特別加了以下的案語：「此《齊》說，言亂世禮義不行，與我心相違反也。《魯》、《韓》無異義。」又說：

「詩無奔意，蓋以世風淫亂，己獨持正，故〈序〉云刺耳。」可見三家詩以為此詩寫的是「此女以禮自守」，立意與《鄭箋》、《孔疏》並不相同，而與後來的姚際恆相近。

陳子展的《國風選譯》和《詩經直解》，先後都很稱許王先謙的看法，我個人則以為諸說雖然都有可取的地方，但反覆推求，仍然覺得〈毛詩序〉所言，自有它的道理，不必輕誣。〈毛詩序〉所謂「男女有不待禮而相奔者」，不是代代有之，隨處可見嗎？提倡禮教的人，有此感嘆，不亦宜乎？

詩凡兩章，每章四句。第一、二兩章開頭二句，寫的是「其室」的周圍環境。心中所縈念的人兒，他就住在城的東門外，那兒有平坦的廣場，有長著茜草的山坡，有高高的栗樹。「有踐家室」的「有踐」，有的解作「踐然」，說是排列整齊的樣子，有的解作「靜善」，有寧靜安詳的意思，也有把「踐」解釋為「淺」的。這裡取前者。第一章的末二句，寫室近人遠，是表示自己所想念的人，雖然住的地方很近，但感覺上卻距離非常遙遠；第二章的末兩句，寫自己多情，而怨對方對自己疏遠，因而咫尺天涯，無從相見。我覺得這樣講，非常通順，似乎用不著說第一章是「男歌」、第二章是「女歌」或什麼什麼的。

風雨

一

風雨淒淒，❶
雞鳴喈喈。
既見君子，
云胡不夷！❷

二

風雨瀟瀟，❸
雞鳴膠膠。❹
既見君子，
云胡不瘳！❺

三

風雨如晦，❻
雞鳴不已。

【直譯】

風風雨雨多淒清，
晨雞啼叫聲不停。
已經見到我良人，
說什麼心不平靜！

風風雨雨自飄搖，
晨雞啼叫聲不小。
已經見到我良人，
說什麼病不轉好！

風風雨雨天猶暗，
晨雞啼叫聲不斷。

【注釋】

❶ 喈喈（音「皆」），形容雞叫的聲音。已見〈周南．葛覃〉篇。
❷ 云胡，如何、說什麼。夷，喜、悅。
❸ 瀟瀟，形容風急雨驟。
❹ 膠膠，同「喈喈」。
❺ 瘳，音「抽」，病愈、病好了。
❻ 晦，昏、暗。

・雞・

既見君子，　　已經見到我良人，
云胡不喜！　　說什麼心不喜歡！

【新繹】

〈風雨〉是《詩經．國風》中的名篇。〈毛詩序〉是這樣解題的：「〈風雨〉，思君子也。亂世則思君子，不改其度焉。」意思是像《鄭箋》所說的那樣，藉風雨淒緊之際，晨雞猶守時而鳴，來比喻君子雖居亂世，不會改變其節操。

這種看法，據王先謙《詩三家義集疏》說，不但三家詩沒有異義，而且從漢魏以下，如《辨命論》、《廣弘明集》、《南史．袁粲傳》等等的引喻，也「皆與此詩正意合」，有君子思賢之意。

可是，從宋代朱熹開始，〈風雨〉這首詩又有了不同的解釋。朱熹《詩序辨說》中，以為此詩「輕挑狎暱，非思賢之意」，並且在《詩集傳》中這樣說：「風雨晦冥，蓋淫奔之時。君子，指所期之男子也。淫奔之女，言當此之時，見其所期之人而心悅也。」顯然把這篇作品看成女子喜見情人的狎暱之辭。宋代以後，喜歡就經文直尋詩旨的人，對於朱熹這種「只將原詩虛心熟讀，徐徐玩味」的主張，有不少人是表示贊同的。只不過有的人，把這篇作品講成是描寫夫婦久別重逢的驚喜之情而已。事實上，假使真的要據經文直尋本義，也無從確定詩中說話人的語氣，非出自女性不可。像牟庭的《詩切》、方玉潤的《詩經原始》等書，就以為此乃「懷友」之作。方玉潤是這樣說的：

> 夫風雨晦冥，獨處無聊，此時最易懷人。況故友良朋，一朝聚會，則尤可以促膝談心。雖有無限愁懷，鬱結莫解，亦皆化盡，如險初夷，如病初瘳，何樂如之！此詩人善於言情，又善於即景以抒懷，故為千秋絕調也。

方氏雖然不同意以風雨喻亂世的舊說，但是也不同意朱熹的說法。他們都不一定錯，我們也無法證明他們據詩直尋本義的做法一定不對，但是，〈毛詩序〉所說的「思君子也，亂世則思君子，不改其度焉」，《鄭箋》所說的「興者，喻君子雖居亂世，不變改其節度」，我們難道就能證明這些說法錯誤嗎？毛奇齡的〈白鷺洲主客說詩〉中，引用陳晦伯的《經典稽疑》，認為有很多資料，足可與經典舊說相參證，最後還這樣下結論：

> 此〈風雨〉之詩，蓋言君子有常，雖或處亂世，而仍不改其度也。如此事實，載之可感，言之可思。不謂淫說一行，而此等遂闃然。即造次不移、臨難不奪之故事，俱一旦歇絕，無可據已。嗟乎痛哉！

筆者雖無如此深切的感嘆，但對於必將此篇目為淫詩的人，仍然是有所疑問的。

此詩凡三章，每章四句，每句四言。「喈喈」、「膠膠」都是形容雞叫的聲音。姚際恆的《詩經通論》，以雄雞的三次鳴叫，來解釋這三章，頗見巧妙。他解說「風雨如晦」一句時，這樣說：「如晦，正寫其明也。惟其明，故曰如晦。惟其為如晦，則淒淒、瀟瀟，時尚晦可知。詩意之妙如此，無人領會可與語而心賞者，如何如何！」姚際恆的說法，自有它的道理，但舊注解「如」為「而」，把「如晦」解作風雨淒切、天色昏暗，和第一、二兩章的首句，配合起來看，都一樣是描寫風雨淒緊的樣子，只是程度不同、層次有別而已，似乎更能呼應前後的情境。因此，這裡我仍採舊說。

以前林庚析賞此詩時，對於「風雨如晦，雞鳴不已」二句，有一段話說得不錯，抄在下面，供讀者參考：

〈鄭風．風雨〉三章，意思全同，而我們獨喜歡這第三章。三章之中，後半只換去一字，前半各換去了一半，我們乃獨愛這前半。它是換而換得好了，字換了而意思依舊，這是詩意本同；字換了而喜愛不同，我們說這是表現的高下。然而表現與詩意又豈能分開？必定先有這意然後才能表現。然則三章都想說這意思而沒有說出來，獨這兩句說出來了。心裡既有這意思為什麼說不出來？既沒有說出來為什麼還以之為說？詩人自己也不明白。詩人所明白的，三章都說出來了；詩人所不明白的，只有到這兩句才明白。詩所以是比思想更明白的語言。

子衿

一

青青子衿，❶
悠悠我心。
縱我不往，
子寧不嗣音？❷

二

青青子佩，❸
悠悠我思。
縱我不往，
子寧不來？

三

挑兮達兮，❹
在城闕兮。❺

【直譯】

青青的是你衣襟，
悠悠的是我芳心。
縱使我不去看你，
你難道就不回音？

青青的是你玉佩，
悠悠的是我情懷。
縱使我不去看你，
你難道就不肯來？

走過來呀走過去，
在城上的樓闕啊。

【注釋】

❶ 青青，純綠色的形容。衿，音「今」，同「襟」，衣領。一說：通「紟」，衣帶。
❷ 寧，豈、難道。嗣音，回信、繼續連絡。
❸ 佩，玉佩。
❹ 挑，浮躁的樣子。達，音「踏」，放肆。挑達，往來相見。
❺ 城闕，城門上兩邊的觀樓。

一日不見，如三月兮。

只要一天不見面，就好像三個月啊。

【新繹】

〈毛詩序〉對此詩是這樣解題的：「〈子衿〉，刺學校廢也。亂世則學校不修焉。」這樣的解釋，主要的依據是詩中有「青青子衿」那一句。據《毛傳》說：「青衿，青領也，學子之所服。」因為把青衿解作學子所穿的服色，所以《鄭箋》進一步地解釋說：「學子而俱在學校之中，己留彼去，故隨而思之耳。」這樣說來，〈子衿〉所寫的，不外是師友的勸勉之辭了。

這種說法，據王先謙《詩三家義集疏》說，不但「三家無異義」，而且從漢魏以迄唐宋，也別無他解。陳子展的《詩經直解》，還以之求證於史：

〈子衿〉，蓋嚴師益友相責相勉之詩。學校廢，師友之道窮矣。〈序〉謂刺學校廢，推本而言，無害詩義。且可證之于史。《左傳》襄公三十一年，鄭人游鄉校，以論執政。然明曰：毀鄉校如何？子産曰：何為？是鄭之有學校舊矣。鄭經五世大亂，學校能無廢乎？此非史有明證乎？

可是，「刺學校廢」的這種說法，到了朱熹的時候，卻有了疑問。他在《詩集傳》中說：「此亦淫奔之詩」，又在《詩序辨說》中說：「辭意儇薄，施之學校，尤不相似。」他所以有如此的看法，主要是因為他把「挑兮達兮」一句，解釋為輕浮放縱的樣子。《詩集傳》就是這樣說的：「挑，輕儇跳躍之貌。達，放恣也。」

照朱熹這樣說，〈子衿〉這首詩，寫的應該是鄭國男女淫奔之辭，自然和「刺學校廢」的說法，似乎沒有關係了。民國以來的說《詩》者，信從朱熹之說的人不少，每每以為此詩係寫女子赴約時的焦急等待之情。事實上，這樣解釋的話，還是和「刺學校廢」有關係的。就因為學風敗壞，禮義不脩，所以才會發生男女淫奔之事啊！問題仍然在於讀者肯不肯採用舊說。

譬如說，有人根據《禮記》的〈深衣〉篇所說的話：「具父母，衣純以青。」說是古代父母在世的子女，所穿的深衣是鑲青邊的，來解釋青衿的意義，同時藉以否定《毛傳》解青衿為學子之服的說法。意思是青衿不止學子之服，一般年輕人也常穿它。這樣的推論，本身就不周全。打個比喻說，有人以杜鵑花城指臺大，你能說杜鵑花不只臺大才有，因而否定原來的指喻嗎？

因此，朱熹把此詩視為淫奔之作，我是可以接受的；鍾惺、姚際恆等人，把此詩視為思友之作，我也是可以接受的；但是，我仍然覺得舊說有其可取之處。方玉潤的《詩經原始》中，就有這樣的話說：

〈序〉謂「刺學校廢也」，唐宋元明諸儒，皆主其說。而《集傳》獨以為淫詩。迨至〈白鹿洞賦〉，又云「廣青衿之疑問」，仍用〈序〉說，是是非之心終難昧矣。……此蓋學校久廢不脩，學者散處四方，或去或留，不能復聚，如平日之盛，故其師傷之，而作是詩。

方氏的說法，大致是據舊說加以敷陳的，和《朱傳》當然大異其趣。以前我曾為文析論此詩，當時係以《朱傳》為依據，所以視此為女子等候情人時的情歌。現在看法稍有改變，以為此詩不妨依照舊說，蓋寫學校風氣的敗壞。

詩凡三章，每章四句。第一章和第二章都由對方身上的青衿、青佩，來引出對他深長的懷念。雖然只換一兩個字，意思也差不多，但讀來絲毫不嫌重複，也不覺單調，這種複沓的形式，本來就是《詩經》的一大特色。

「青青子衿」的「衿」，自指衣領而言，有人以為應是「紟」的借字，亦即繫玉的帶子。因為它是一個人身上服飾中最引人注目的東西，所以詩人第一章寫「紟」，第二章寫佩。「悠悠我心」，寫的是深遠的懷念之情。「子寧不嗣音」、「子寧不來」，是責問，也是真情的流露。「挑兮達兮，在城闕兮」二句，寫在城樓上來回走動的樣子，可以想見心情的焦急。而「一日不見，如三月兮」，則進一步說明了詩人的盼望之殷和想念之切。

揚之水

一

揚之水，❶
不流束楚。❷
終鮮兄弟，❸
維予與女。❹
無信人之言，
人實迋女。❺

二

揚之水，
不流束薪。
終鮮兄弟，
維予二人。
無信人之言，
不實不信。❻

【直譯】

激揚流動的河水，
流不走成束荊條。
始終少了個兄弟，
只有我和你相依。
不要信別人的話，
人家其實是騙你。

激揚流動的河水，
流不走成束乾薪。
始終少了個兄弟，
只有我們兩個人。
不要信別人的話，
別人實在不可信。

【注釋】

❶ 已見〈王風・揚之水〉篇。
❷ 同上。
❸ 鮮，音「險」，少。
❹ 維，通「惟」，只有。
❺ 迋，音「匡」，通「誑」，欺騙。
❻ 不信，不可信。

・楚・

【新繹】

《詩經．國風》中，以「揚之水」名篇的，凡三見。除本篇外，一見於〈王風〉，一見於〈唐風〉。〈王風〉中的〈揚之水〉，我們已經講過了，它所描寫的是戍卒思歸的心情，而〈鄭風〉中的這一篇，據〈毛詩序〉的說法，是鄭國詩人憐憫鄭昭公忽沒有忠臣良士之作：「〈揚之水〉，閔無臣也。君子閔忽之無忠臣良士，終以死亡，而作是詩也。」這是說詩人同情鄭國在公子忽、突兄弟爭國之時，因為昭公沒有忠臣良士，所以最後終於敗亡了。關於這一點，鄭玄的《毛詩傳箋》，說得更清楚：

激揚之水，喻忽政教亂促。不流束楚，言其政不行於臣下。鮮，寡也。忽兄弟爭國，親戚相疑，後竟寡於兄弟之恩，獨我與女有耳。作此詩者，同姓臣也。

這種說法，據王先謙《詩三家義集疏》，三家之說並無異義。可是，後來卻有人緊扣詩中「終鮮兄弟，維予與女」等句，認為與史實不符。根據《左傳．莊公十四年》的記載，我們知道鄭莊公的兒子，至少十人以上，換句話說，忽的兄弟不止二、三人而已。因此，有人就根據這些資料，認定此詩與忽（鄭昭公）無關。

其實，《鄭箋》已經說作詩者乃「同姓臣也」，並未確定即為忽之同胞兄弟，而且宋代嚴粲的《詩緝》，在引述忽之兄弟不在少數之後，也這樣說：「昭公兄弟甚眾，無與忽同心者，故言今兄弟雖多，終竟是少。謂要其終必不相助，雖多猶少也。」可見緊扣忽之兄弟實有多人的史實，並不足以否定舊〈序〉的說法。不過，宋代以後的說《詩》者，畢竟有不少人對舊說存疑，不肯採信，因此，王質的《詩總聞》，就稍變其說，認為此詩係泛寫兄弟為人離間而作；而朱熹在《詩序辨說》和《詩集傳》中，則認為此是淫女謂其所私者的要結之詞。朱熹的說法，固然對後世的影響很大，但後來抨擊他這種說法的，也不乏其人。像方玉潤、胡承珙等人皆是。或許孫鑛《批評詩經》說的不錯：「此不見男女相悅處。若從《鄭箋》作刺昭公兄弟爭國解，固亦是理順。」我反覆是篇，也覺得舊〈序〉之說，固是理順。即使它是出於「采詩之義」，也不見得就非原意。凌濛初《言詩翼》也說「或是君臣，或是友朋，要誓之詞耳。」

此詩共兩章，每章六句。兩章的開頭，都以「揚之水」起興。「揚之水，不流束楚」和「不流束薪」，歷來有二解，一是說激揚的流水，怎麼會流不動成捆的薪材？比喻政教不行於臣下；一是說薪材只要聚結成捆，激揚的流水也無法流得動它，比喻兄弟只要同心，就不必怕別人的離間。這兩種解釋，配合下文來看，都可以講得通。「終鮮兄弟」以下四句，兩章一意，都是黽勉同心，鼓勵對方要互相依恃的意思。

程俊英的《詩經譯注》，把這篇作品解釋為「夫將別妻，臨行對她囑咐的詩」，雖然和歷來的說法並不一樣，但她的譯文卻是值得我們參考的：

河水悠悠沒有勁，
哪能漂散一捆荊。

我家兄弟本很少，
只有你我結同心。
不要輕聽別人話，
人家騙你你別信。

河水悠悠流過來，
哪能漂散一捆柴。
我家兄弟本很少，
你我兩人最關懷。
不要輕信別人話，
人家挑撥你別睬。

出其東門

一

出其東門，❶
有女如雲。
雖則如雲，
匪我思存。❷
縞衣綦巾，❸
聊樂我員。❹

二

出其闉闍，❺
有女如荼。❻
雖則如荼，
匪我思且。❼
縞衣茹藘，❽
聊可與娛。❾

【直譯】

出了那東邊城門，
有姑娘多如雲彩。
雖然是多如雲彩，
沒有我想的人在。
白色衣裳綠佩巾，
聊可鼓舞我精神。

出了那城曲重門，
有姑娘多如白茅。
雖然是多如白茅，
沒有我想的人到。
白色衣裳紅茜巾，
聊可和她相親近。

【注釋】

❶ 如雲，形容眾多。
❷ 匪，非、不是。存，在。一說：銘記在心。
❸ 貧苦未婚女子的服飾。縞，音「稿」，白絹，取其白色而言。綦，音「其」，暗綠色。
❹ 聊，且。員，《韓詩》作「魂」，精神。一說：員同「云」，語助詞。
❺ 闉闍，音「因都」，城外曲城的重門。闉，曲城。闍，城臺。
❻ 荼，茅、蘆之類的白花穗。
❼ 思且，思存。且，通「徂」，《爾雅》：「徂，存。」
❽ 茹藘，茜草。已見〈東門之墠〉篇。
❾ 娛，樂。

【新繹】

〈毛詩序〉對於〈出其東門〉這首詩，如此解題：「〈出其東門〉，閔亂也。公子五爭，兵革不息，男女相棄，民人思保其室家焉。」這是說鄭國在公子突、忽、子亹、子儀等人五次爭國的期間，因為爭戰不止，所以世風日薄，男女相棄者往往而有。據《漢書．地理志》所引的《齊詩》之說：「（鄭）男女亟聚會，故其俗淫。鄭詩曰：『出其東門，有女如雲。』又曰：『溱與洧，方灌灌兮。士與女，方秉菅兮。』『恂盱且樂，惟士與女，伊其相謔。』此其風也。」「溱與洧」以下諸句，出自〈溱洧〉一篇。這裡所引的《齊詩》，雖然有些字句與《毛詩》略為不同，像「方灌灌兮」，《毛詩》作「方渙渙兮」等等，但藉此說明鄭國當時男女失禮的用意，卻是一致的。因此，假使有忠貞堅毅的君子，不為世俗所迷，不為美色所惑，詩人自然不免要加以稱美歌頌了。也因此，〈毛詩序〉說此詩是「民人思保其室家」的憫亂之作，未必是錯的。〈毛詩序〉的問題，不過是比較側重在時代背景的說明而已。

這首詩的題旨，不但今古文學派沒有什麼異議，就是朱熹等人的解說，我個人也覺得並無牴觸。朱熹的《詩集傳》這麼說：「人見淫奔之女，而作此詩。以為此女，雖美且眾，而非我思之所存，不如己之室家，雖貧且陋，而聊可以自樂也。是時淫風大行，而其間乃有如此之人，亦可謂能自好而不為習俗所移矣。」可見朱子的說法，仍然以為這是「惡淫奔者之詞」。他說的「是時淫風大行」，也應與鄭國當時的時代背景有關。

可是，由於宋元以下的說《詩》者，往往不肯採信舊說，因此仍然有人對舊說多所質疑。例如方玉潤的《詩經原始》就這樣批評：

〈序〉謂「閔亂也。公子五爭，兵革不息，男女相棄，民人思保其室家焉。」然詩方細咏太平遊覽，絕無干戈擾攘、男奔女竄氣象。〈序〉言無當於經，固已。《集傳》云：「人見淫奔之女，而作此詩。」是以「如雲」、「如荼」之女，盡屬淫奔，亦豈可哉？……

說詩中「絕無干戈擾攘、男奔女竄」的描寫，看似頗有道理，但仔細想想，就知道這是疑之太過。「將士陣前半死生，美人帳下猶歌舞」，這種情形，古今都曾經有過，證之於古今中外一些暴君亂國敗亡前夕的情形，也往往時局越趨紛亂，民間縱樂淫佚的風氣就越趨流行。所以，要反映鄭國公子前後五次爭國（方氏易「公子五爭」為「公子互爭」）期間的社會風氣，何必直接去描寫戰亂中「干戈擾攘、男奔女竄」的景象？也因此，方玉潤的疑問，並不足以否定舊說。同樣的道理，說「如雲」、「如荼」之女，不可能「盡屬淫奔」，這也有點固執以求、強詞奪理。「如雲」、「如荼」之女，不過是作者藉以說明東門之外的女子，既「美且眾」，用來對照自己的家室「縞衣綦巾」，既「貧且陋」而已。東門出游的女子，本來就不必「盡」屬淫奔的。否則，要這樣處處懷疑的話，這首詩中又從何可見穿「縞衣綦巾」的人，一定是詩人荊釵布裙的賢妻呢？

這首詩前後兩章，每章六句，每句四字。第一章「出其東門」的東門，據王先謙說，是鄭國都城的游人所集之地。賓客的往來，軍隊的屯聚，都要經過這裡。「有女如雲」，是寫出游東門的女子，多如雲集。第二章的「出其闉闍，有女如荼」，用字不同，用意卻一樣。「如雲」、「如荼」的眾多美女，出游於東門之上或東門之外。這些女子，眾則眾矣，美則美矣，但都不是自己想念的對象。第一章的「匪我思存」，和第二章的「匪我思且」，要說明的，正是這一點。「匪我思且」的「且」，有人解作語助詞，自是無誤，但對照「匪我思存」一句，前人把它解為「徂」，意即「在」、「存」，亦極可取。這和「聊樂我員」一樣。有人以為「員」同「云」，是語助詞，但也有人根據此句《韓詩》作「聊樂我魂」，而把「員」解作「魂」、「神」。我的譯文，採取的都是後者。

「縞衣綦巾」和「縞衣茹藘」，是說在白色的衣服上，配著淡綠、絳紅的大巾。這種服飾，在古代據說是寒素之家的裝扮。假使是的話，那麼它們是用來和前文的「有女如雲」、「有女如荼」作對照的。雲彩和茅花，不但往往渾然一片，而且形象頗美，這跟「縞衣綦巾」、「縞衣茹藘」的單薄、貧陋，在古人心目中，一定是個強烈的對比。

因此，詩人以此服飾來借指自己所懷念的人。辛棄疾的〈青玉案〉詞，寫「寶馬雕車香滿路」的元宵之夜，他在「眾裡尋它千百度」之餘，才發現自己所期待的美人，原來是在燈火闌珊的寂寞角落裡。情境與此詩似有相通處，願共讀者同參。

·荼·

野有蔓草

一

野有蔓草，❶
零露漙兮。❷
有美一人，
清揚婉兮。❸
邂逅相遇，❹
適我願兮。❺

二

野有蔓草，
零露瀼瀼。❻
有美一人，
婉如清揚。❼
邂逅相遇，
與子偕臧。❽

【直譯】

郊野有叢生蔓草，
掉落露珠團團喲。
有位美麗的人兒，
眉清目秀順眼喲。
慶幸不期而相遇，
實在稱我心願喲。

郊野有叢生蔓草，
滴落露珠一串串。
有位美麗的人兒，
順眼的眉清目朗。
慶幸不期而相遇，
跟你一起同歡暢。

【注釋】

❶ 蔓，引、延長、叢生。一說：一種葛類的草。
❷ 零、落。漙，音「團」，形容露珠團團。
❸ 清揚，眉清目秀。已見〈鄘風・君子偕老〉篇。
❹ 邂逅，音「謝後」，不期而遇。
❺ 適，合、如。
❻ 瀼瀼（音「攘」），形容露多。
❼ 婉如，婉然。
❽ 臧，善、美。一說：通「藏」。

【新繹】

〈毛詩序〉對於〈野有蔓草〉這首詩，如此解題：「〈野有蔓草〉，思遇時也。君之澤不下流，民窮於兵革，男女失時，思不期而會焉。」鄭玄的《毛詩傳箋》，以為「蔓草而有露」，當指仲春之月，又根據《周禮．地官．媒氏》的記載，以為此詩與古代禮制上所說的「仲春之月，令會男女之無夫家者」有關。古代的禮制，是允許未婚的成年男女，在仲春二月的時候，自由約會戀愛的。依照〈毛詩序〉的說法，似乎這是詩人感嘆當時戰爭頻繁，因而適齡的成年男女，無法按時相會的作品。

宋代的說《詩》者，大體上是根據這種說法來引申的。像歐陽修的《詩本義》這樣說：「男女婚娶失時，邂逅相遇於野草間」，像朱熹的《詩集傳》也這樣說：「男女相遇於野田草露之間，故賦其所在以起興。言野有蔓草，則零露漙矣；有美一人，則清揚婉矣；邂逅相遇，則得以適我願矣。」

比較起來，〈毛詩序〉、《鄭箋》說的是曠夫怨女的願望，所謂「思遇時也」，「思不期而會焉」，重點應在「思」字；而歐陽修、朱熹等人，則顯然把詩中的描寫，看作淫奔男女之辭，把詩中的男女關係，看成草野間野合的「露水夫妻」了。二者的差別在此。

以上的說法，都還與男女之詞有關，可是，據王先謙《詩三家義集疏》的引論，則三家詩的解釋，蓋有所不同。王先謙在引述《左傳》襄公二十七年、昭公十六年鄭人賦詩，和《說苑．尊賢篇》有關此詩的資料之後，這樣下結論說：

以鄭國之人賦本國之詩，享餞大禮，豈敢賦不正之詩，以取戾於大國執政？〈有女同車〉諸詩，宋人以為淫奔者，賴毛〈序〉正之，獨此詩為〈序〉說所累，久蒙不美，然即賦推詩，其非男女之詞決矣。……據此，《魯》、《韓》詩說皆以為思遇賢人，《齊詩》蓋同。自漢世為《毛詩》者，以為男女之詞，而詩之真失，猶幸《左傳》、《說苑》、《韓詩外傳》存大義於幾希，尚可推求而得之爾。

可見王先謙以為此詩乃思遇賢人而託諸男女而已，並非僅止於描寫男女之間的情感。方玉潤的《詩經原始》也這樣認為：「此詩必為朋友期會之詩無疑。士固有一見傾心，終身莫解，片言相投，生死不渝者，此類是也。又何必男女相逢始適願哉？」

事實上，王先謙、方玉潤的說法，和〈毛詩序〉所說的「思遇時也」是相近的。哪種說法才是正解，才合乎詩的本義，本來就很難確定。陳子展的《國風選譯》裡，採用魏源的說法，說詩中的「有美一人，清揚婉兮」，顯然是指漂亮的女子，而不適合於指君子、賢人或朋友。他這樣說：「就算他是賢人，也恐怕是董賢一流人物！」因此他以為「思遇賢人」之說，「當是後起之義，引申之義」。看來，道理似乎應該如此，但我還是認為像這些地方，不妨闕其疑。在眾多紛繁的解說中，牟庭《詩切》以為此詩係「夏姬酬子靈」之作，最是標新立異，也最令我感到困惑，不得其解。

詩凡二章，都是描寫不期而會的喜悅或願望。詩中的「邂逅」，歷來多作「不期而遇」解，但陳奐以為它的意思，和「解說（悅）」相同，即「說懌」、「相悅以解」之意。另外，「與子偕臧」的「臧」，近人如聞一多等人，也不採舊說，以為它是「藏」的借字。余冠英的《詩經選譯》，就是根據這些說法來譯注的。現在抄錄余冠英的譯詩於下，供讀者參考：

野地裡有草蔓延，
露水珠顆顆滾圓。
有一個漂亮人兒，
水汪汪一雙大眼。
歡樂地碰在一塊，
可真是合我心願。

野地裡有草蔓長，
露水珠肥肥胖胖。
有一個漂亮人兒，
大眼睛清水汪汪。
歡樂地碰在一塊，
我和你一起躲藏。

溱洧

一
溱與洧，❶
方渙渙兮。❷
士與女，
方秉蕑兮。❸
女曰：「觀乎？」
士曰：「既且。」❹
「且往觀乎？
洧之外，
洵訏且樂。」❺
維士與女，
伊其相謔，❻
贈之以勺藥。❼

【直譯】

看那溱水和洧水，
正冰融渙渙流喲。
看那男的和女的，
正手拿蘭花草喲。
女的說：「去看看吧？」
男的說：「已經看啦。」
「再去觀賞觀賞吧？
就在洧水的外面，
實在寬敞又好玩。」
看那男的和女的，
是那樣互相調笑，
送給對方用芍藥。

【注釋】

❶ 溱、洧，鄭國河川名。已見〈褰裳〉篇。
❷ 渙渙，是說春天冰融而水盛。
❸ 秉，持、拿。蕑，音「堅」，蘭草的一種。
❹ 既且，已觀。且，通「徂」，往。一說：語助詞。
❺ 訏，音「虛」，大、寬濶。
❻ 伊，維，發語詞。一說：伊是「醫」或「咿」的借字，調笑的意思。
❼ 勺藥，一種香草。又名「江蘺」，諧音「將離」，故古人常採以贈別。

二

溱與洧，
瀏其清矣。❽
士與女，
殷其盈矣。❾
女曰：「觀乎？」
士曰：「既且。」
「且往觀乎？
洧之外，
洵訏且樂。」
維士與女，
伊其將謔，❿
贈之以勺藥。

看那溱水和洧水，
水流那樣清澈喲。
看那男的和女的，
人群那樣堵塞喲。
女的說：「去看看吧？」
男的說：「已經看啦。」
「再去觀賞觀賞吧？
就在洧水的後面，
實在寬敞又好玩。」
看那男的和女的，
是那樣相互調笑，
送給對方用芍藥。

❽ 瀏，水清澈的樣子。瀏其，瀏然。
❾ 殷其，眾多的樣子。
❿ 將，相。一說：大。

·勺藥·

【新繹】

〈溱洧〉是《詩經》中的名篇。〈毛詩序〉是如此解題的：「〈溱洧〉，刺亂也。兵革不息，男女相棄，淫風大行，莫之能救焉。」這和上二篇〈出其東門〉、〈野有蔓草〉等詩一樣，都是從時代的背景來說明作者的用意所在。這種「刺亂」的說法，是否果然是作者原來的用意，已經無從確定。但是，不僅《毛詩》如此說，據王先謙《詩三家義集疏》的引錄，即使是三家詩中的《魯詩》和《齊詩》，也是這樣說的。《齊詩》之說，已見〈出其東門〉一篇，《魯詩》之說則如下：「鄭國淫辟，男女私會於溱洧之上，有洵訏之樂，勺藥之和。」

可見他們的說法和〈毛詩序〉一樣，都是藉此來諷刺鄭國的淫風大行。只有《韓詩》之說，似乎與此略有不同。據馬國翰所輯的《薛君韓詩章句》，對於此詩，說法如下：

> 詩人言溱與洧，方盛流洹洹然，謂三月桃花水下之時，士與女方盛流秉蕑兮。秉，執也。蕑，蘭也。當此盛流之時，眾姓與眾女，方執蘭而拂除。鄭國之俗，三月上巳之日，此兩水之上，招魂續魄，拂除不祥，故詩人願與說者俱往觀也。

這種解釋，是把這首詩和古代三月上巳（三國以後定為三月三日）的修禊風俗，合在一起看。相傳這一個節日，人們要到水邊去洗掉宿垢，「招魂續魄，拂除不祥」，不但古代如此，一直到後來，有不少地方也還是如此。我們從晉朝王羲之的〈蘭亭集序〉，或唐朝杜甫的〈麗人行〉，都可以看出來。不過，先秦時是否已有這種修禊的風俗，近來有些學者曾表示疑問。

陳子展的《國風選譯》，對於《韓詩》的這種說法，則頗為讚賞，認為：「幸賴有這一說存在，可以使我們進一步探索作詩的意義。不然，明明一種好風俗，明明一篇好詩歌，因為放在〈鄭風〉裡，被看作鄭聲，認為鄭聲淫，就會被埋沒掉了！」

陳子展的這種看法，自然有供參考的價值，可是，這是不是作者的本意，仍然無從確定。《韓詩》之說引文的最後一句：「故詩人願與說者俱往觀也」，句中的「說者」，指的是所悅之人。與所悅之人，在「三月三日天氣新」的時節，去郊外水邊，一邊祈福納祥，一邊談情說愛，事實上，並非不可能之事。因此，《毛詩》、《魯詩》、《齊詩》刺亂、刺淫的說法，未必是錯的，不應一筆抹殺。同樣的道理，朱熹《詩集傳》對於此詩的解說：

鄭國之俗，三月上巳之辰，采蘭水上，以祓除不祥。故其女問於士曰：「盍往觀乎？」士曰：「吾既往矣。」女復要之曰：「且往觀乎？蓋洧水之外，其地信寬大而可樂也。」於是士女相與戲謔，且以勺藥為贈，而結恩情之厚也。此詩淫奔者自敘之辭。

除了末句所謂「淫奔者自敘之辭」，被後來的學者多所批駁之外，其餘的話，應該也是不可一筆抹殺的。

此詩前後兩章，每章十二句。其中複沓的字句很多，頗能增加吟咏的情味，尤其是詩中夾敘問答，最為奇妙。張爾岐的《蒿菴閒話》，就以為這一類作品，一面敘述，一面點綴，「大類後世絃索曲子。」

至於詩中的「勺藥」，有人以為是指後世的紅芍藥，有人以為是指牡丹，也有人以為是指調味之物，即今日所謂的「作料」。最奇怪的是，有人因為視此詩為淫奔之作，求之過深，竟然說勺藥乃指墮胎行血之藥，可以說是戴著「有色眼鏡」來看事物了。

齊風

齊風解題

齊國原是周武王伐紂之後，賜給姜太公呂望的封地，起先國都在營丘（今山東昌樂縣東南），後來齊獻公時，才遷都到臨菑（今山東淄博市東北）。在春秋時代，由於齊桓公稱霸諸侯，疆土東至於海，西到黃河，南至泰山，北到無棣（今山東無棣），包括今山東中、北部，號稱大國。又由於工商發達，人口眾多，所謂「通工商之業，便漁鹽之利」，國力極為強盛。尤其是首都臨淄及周圍地區，一直是政治、經濟、文化的中心。〈齊風〉收錄的大都是這些地區的作品。

〈齊風〉共十一篇，根據鄭玄《詩譜》以及孔穎達《毛詩正義》的說法，〈雞鳴〉以迄〈東方未明〉共五篇俱成於齊哀公之世，時當周孝王在位，相當於公元前八七五～八六四年，其中〈著〉、〈東方之日〉、〈東方未明〉三篇，因未明舉諡號，因此也有人作屬下讀，歸為襄公時作；〈南山〉以迄〈猗嗟〉共六篇，俱成於齊襄公之時，周莊王在位期間，約當於公元前六九六～六八六年。

現在參考歷代學者的意見，重加檢討，分別說明，見各篇「新繹」。其中〈雞鳴〉等篇，是齊哀公時「思賢妃貞女」的警戒之詞。〈南山〉、〈敝笱〉等篇，是寫齊襄公和他胞妹文姜「淫亂」之事，〈猗嗟〉篇則寫齊襄公外甥的射藝。據此推知，〈齊風〉的產生年代，約在西周中晚到春秋初二百年之間。由於它深受東夷文化的影響，風格較之其他〈國風〉，較為明快愉悅。

為了便於讀者核對，茲據《史記》、《中國歷代各族紀年表》、《新編中國歷史大事年表》等，將〈齊風〉的系譜摘錄如下：

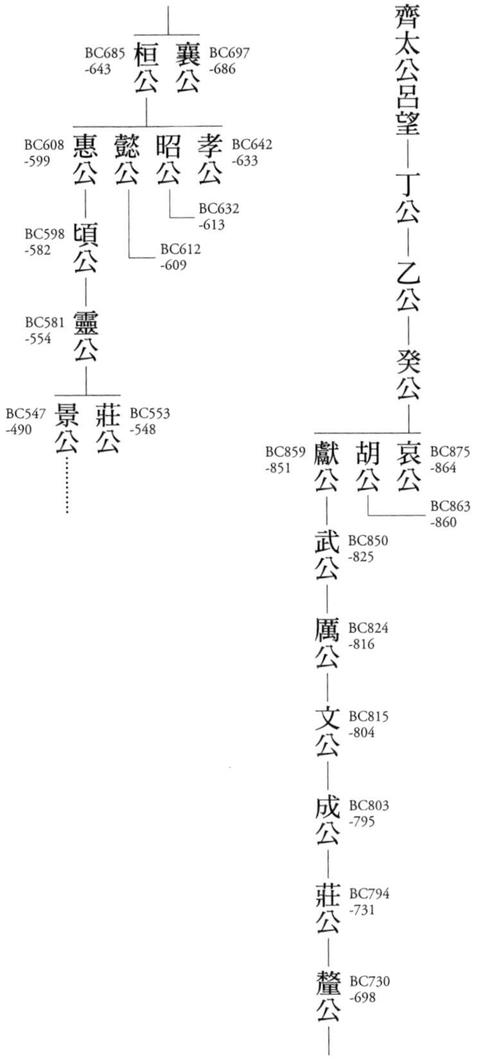

雞鳴

一

「雞既鳴矣，
朝既盈矣。」❶
「匪雞則鳴，❷
蒼蠅之聲。」

二

「東方明矣，
朝既昌矣。」❸
「匪東方則明，
月出之光。」

三

「蟲飛薨薨，❹
甘與子同夢。❺

【直譯】

「公雞已經啼鳴了，
朝會已經滿庭了。」
「不是公雞的啼鳴，
那是蒼蠅的聲音。」

「東邊天色放明了，
朝會已經舉行了。」
「不是東方的光亮，
那是月出的光芒。」

「蟲兒飛時聲嗡嗡，
甘心跟你同入夢。

【注釋】

❶朝，朝會。一說：朝陽、晨曦。
❷匪，非、不是。則，之、的。下同。
❸昌，是說朝會已經舉行。一說：朝日已昇，天色已明。
❹薨薨（音「轟」），蟲飛聲。已見〈周南．螽斯〉篇。
❺同夢，同眠、一起睡。
❻會，朝會。歸，散朝而歸。
❼無庶，庶無、希望不會。予，同「與」，給。一說：予子，吾子、你。

會且歸矣，❻　朝會即將解散了，
無庶予子憎。」❼　別教人對你憎厭。」

【新繹】

對於〈雞鳴〉這首詩，〈毛詩序〉是這樣解題的：「〈雞鳴〉，思賢妃也。哀公荒淫怠慢，故陳賢妃貞女夙夜警戒、相成之道焉。」齊哀公是太公呂望的玄孫，相傳他當政時，喜好田獵，荒淫無度，朝綱不振，因此詩人藉陳古代賢妃貞女夙夜警戒之詞，來諷刺他的失時晏起。這首詩和以下的四篇，據孔穎達的《毛詩正義》說，都是對哀公的諷刺之作。

照〈毛詩序〉的說法，這是陳述賢妃貞女對君王晏起失時的勸戒之詞，但據王先謙《詩三家義集疏》所引《易林》的「雞鳴失時，君騷相憂」等等的說法來看，似乎王先謙的引申，自有其道理：「『雞鳴失時』者，蓋齊君內嬖工讒，有如晉獻之驪姬，致其君有失時晏起之事，其相憂之而賦此詩。」

古、今文學派的說法，有人以為有些矛盾，但我們只要仔細對照，即可了解二者並無牴觸。三家詩所說的，是「當時」的齊君；〈毛詩序〉所說的，是思古代之賢妃。就因為當時的齊君，內嬖工讒，所以他才會失時晏起；就因為賢相忠臣要勸諫國君，所以才會「思賢妃」，陳述古代賢妃貞女的警戒相成之道。關於這一點，我以為朱熹的《詩集傳》，說得最周洽：

（此詩）言古之賢妃，御於君所，至於將旦之時，必告君曰：「雞既鳴矣，會朝之臣既已盈矣。」欲令君早起而視朝也。然其實非雞之鳴也，乃蒼蠅之聲也。蓋賢妃當夙興之時，心常恐晚，故聞其似者而以為真，非其心存警畏而不留於逸欲，何以能此？故詩人敘其事而美之也。

稱讚古代賢妃能夠警戒君王早起，也就是借古諷今，用來諷刺當時的內嬖工讒。所以〈毛詩序〉和三家詩的說法，實際上並無差異，只是立論的角度不同而已。

歷來解釋《詩經》的人，是越到後來，越趨向於平民化的。像〈雞鳴〉這首詩，到宋代朱熹為止，都還相信它是記敘古代賢妃告誡於君之詞，但到了清代的姚際恆，就以為作賢妃之詞固然可以，作大夫妻之詞亦無不可。民國以後，像袁愈荽、唐莫堯所著的《詩經全譯》，更進一步這樣說：「有人認為是一男一女的對話，其語氣和情調，頗和〈鄭風・女曰雞鳴〉相類似，不是什麼『夫人』、『君子』，而是一對勞動人民；不是什麼『卿大夫朝會於君』，而是勞動人民趕朝集，或稱朝市。」古學之所以陵夷，或許和這種風氣有關。

此詩共三章。第一章從聽覺上來下筆。夫人說：「雞啼了，快起來吧。參加朝會的人都到齊了。」丈夫卻貪睡，不肯起來，只略翻翻身，說：「那不是雞啼，是蒼蠅在飛的聲音。」第二章從視覺上來寫。「東方則明」的時間，應該比雞鳴的時間晚些，所以這也可以說是在寫時間的推移。前兩章是夫婦的對話，一問一答；第三章卻全是夫人告誡丈夫的話語，說得婉轉有理，不愧是賢慧的女性。也有人把第三章解釋為：前兩句是丈夫說的，他還想貪睡不起；後兩句是夫人所說的，她仍然催促他早起。一樣講得通。

另外，有人把「朝既盈矣」、「朝既昌矣」的「盈」、「昌」，都解釋為旭日的光芒，這樣講也很好。因為第三章有「會且歸矣」這句話，「會」字配合上文來看，應該是和「朝」相承接的，所以「盈」、「昌」用來指朝會的人已經到齊，或用來指朝日已經東昇，都講得通。而且，「昌」有「始」的意思，所以又可引申為朝會已經開始舉行。由此可見，詩中的男主角，是不能只作一般平民看待的。

這首詩通篇對話體，語言活潑自然，有人特別欣賞篇中若干遣詞用字的技巧。例如牛運震《詩志》評此詩末章云：「直訴自然，情急語摯」，並且說：「一甘字，寫盡夢中美境。」陳繼揆《讀風臆補》也特別欣賞這一章，說：「玩篇中既字、矣字，真有目甫交睫，忽然驚覺光景。」至於全篇都讚賞的，則推戴君恩。

戴君恩《讀風臆評》既於篇前評曰：每章開頭都「突然而起，突然而翻，真是奇筆。」又於篇後評云：「雞鳴之與蠅聲，日出之與月光，豈不昭然易辨？臣工朝會，何至俟而且歸，即三告語言，亦不必有之事。直是詩人好奇，設出此段光景，以描寫賢妃不敢即安之意耳。然非有絕人之筆，絕人之膽，必不能作。」評得真好！

齊國是東夷故土，很多人帶有東夷血統，據說東夷族人「喜酒歌舞」，比較開朗樂觀，女性的地位也比較高。從這首詩中，我們就可以感受到這種歡愉活潑的情調。

還

一

子之還兮，❶
遭我乎猱之間兮。❷
並驅從兩肩兮，❸
揖我謂我儇兮。❹

二

子之茂兮，❺
遭我乎猱之道兮。
並驅從兩牡兮，❻
揖我謂我好兮。

三

子之昌兮，❼
遭我乎猱之陽兮。❽

【直譯】

你這樣的矯健呀，
遇見我在猱山間呀。
並駕追趕兩隻大豬呀，
對我作揖說我好技術呀。

你這樣的漂亮啊，
遇見我在猱山上呀。
並駕追趕兩隻雄獸呀，
對我作揖說我好身手呀。

你這樣的雄健呀，
遇見我在猱山南呀。

【注釋】

❶ 還，音「旋」，行動敏捷。
❷ 遭，遇。猱，音「撓」，山名，在今山東淄博市臨淄南。
❸ 並驅，並駕齊驅。從，追逐。肩，「豜」的借字，三歲的大豬。
❹ 儇，音「宣」，美好。指身手俐落。
❺ 茂，俊、美。指技藝高超。
❻ 牡，雄獸。已見〈邶風．匏有苦葉〉篇。
❼ 昌，盛、雄壯。
❽ 陽，山南。

並驅從兩狼兮，
揖我謂我臧兮。❾

並駕追趕兩隻野狼呀，
對我作揖說我不尋常呀。

❾臧，善、好。已見〈邶風・雄雉〉篇。

【新繹】

〈毛詩序〉對於這首詩，如此解題：「〈還〉，刺荒也。哀公好田獵，從禽獸而無厭。國人化之，遂成風俗。習於田獵，謂之賢；閑於馳逐，謂之好焉。」意思是說，齊哀公愛好田獵，國人相習成俗。詩人憂之，因而寫了這篇作品，來諷刺齊哀公的荒淫無度。

〈毛詩序〉的這種說法，據王先謙的《詩三家義集疏》說，三家詩於此，並無異義。一直到宋代的朱熹，他在《詩集傳》中，都還是這樣說：

> 獵者交錯於道路，且以便捷輕利相稱譽如此，而不自知其非也。則其俗之不美可見，而其來亦必有所自矣。

顯然是引申〈毛詩序〉的「國人化之，遂成風俗」而來。〈毛詩序〉所謂「刺荒」的「荒」，鄭玄解作「政事廢亂」；所謂「習於田獵謂之賢」的「賢」，馬瑞辰《毛詩傳箋通釋》解釋為：「賢，當為儇字，音近之譌，〈序〉本經文以立訓，賢即首章儇字，猶下句『閑於馳逐謂之好』，即釋二章好字也。」這些說法，都可以互相參證。

不過，到了清代以後，卻有不少的學者，對舊說的所謂刺哀公，表示懷疑。像姚際恆的《詩經通論》，就這樣說：

〈序〉謂刺哀公，無據。按，田獵亦男子所有事，〈豳風〉之「于貉」、「為裘」，〈秦風〉之「奉時辰牡」，安在其為「荒」哉！且此無「君」、「公」字，乃民庶耳，則尤不當刺。第詩之贈答處，若有矜誇之意，以為見齊俗之尚功利則可，若必曰「不自知其非」，曰「其俗不美」，無乃矮人觀場之見乎也？

方玉潤的《詩經原始》，也有相同的意見。這些說法，固然值得我們參考，但我們要知道，這些說法都尚不足以否定舊說。或許，陳子展《詩經直解》所說的，是比較客觀的：

〈還〉篇，當是獵人之歌。此用粗獷愉快之調子，歌咏二人之出獵活動，表現一種壯健美好之勞動生活。詩義自明。國人出獵勞動，當美；國君好獵荒樂，當刺。以美為刺，〈序〉說蓋用采詩之義。

此詩凡三章，每章四句，字句參差，四六七言都有，形式非常特別，意象極生動。猺，《齊詩》作「嶩」，在山東臨淄南邊，是古代齊國的一座山名。詩人歌詠的獵人，就相逢在此。「遭我乎猺之間兮」的「間」字，到了第二章變成了「道」字，到了第三章變成了「陽」字，一字之易，就使全詩充滿了動態的美感。方玉潤稱許本篇用筆之妙，特別引用章潢的話說：

「子之還兮」，己譽人也；「謂我儇兮」，人譽己也。「並驅」，則人己皆與有能也。

寥寥數語，頗中肯綮，值得我們細細品嘗。至於有人把「子之還兮」的「還」，「子之茂兮」的「茂」，「子之昌兮」的「昌」，都解作地名，應該是出於附會，所以本文中概不採取。

受到東夷文化的影響，齊人本來就是尚武善射的。《說文解字》說：「夷，東方之人也。从大从弓。」夷字與弓有關，齊國的「齊」字，甲骨文與金文中皆作「」，象三枚箭矢之形，皆可徵見齊人尚武善射的習俗。不只這首詩，下面的〈盧令〉、〈猗嗟〉等篇，也都是很好的例證。

著

一

俟我於著乎而，❶
充耳以素乎而，❷
尚之以瓊華乎而！❸

二

俟我於庭乎而，❹
充耳以青乎而，❺
尚之以瓊瑩乎而！❻

三

俟我於堂乎而，❼
充耳以黃乎而，❽
尚之以瓊英乎而！❾

【直譯】

等我在門屏之間嗨喲，
充耳用白的絲線嗨喲，
還加上紅玉耀眼嗨喲！

等我在庭院中間嗨喲，
充耳用青的絲線嗨喲，
還加上紅玉晶瑩嗨喲！

等我在廳堂前面嗨喲，
充耳用黃的絲線嗨喲，
還加上紅玉燦爛嗨喲！

【注釋】

❶ 俟，等候。著，古代大戶人家，大門內立有屏風，門屏之間就叫著。乎而，語末助詞。
❷ 充耳，用以塞耳的玉瑱。已見〈衛風．淇奧〉篇。素，白色的絲線。
❸ 尚，加、增飾。瓊華，紅色光芒的玉石。
❹ 庭，大門之內屏風和寢門之外正房之間的平地。即今所謂庭院。
❺ 青，是說懸掛在冠旁的充耳所用的絲線是青色的。
❻ 參閱注❸。
❼ 堂，中堂、正房。
❽ 黃，黃色的絲線。
❾ 參閱注❸。

【新繹】

〈毛詩序〉對於〈著〉這首詩，如此解題：「〈著〉，刺時也。時不親迎也。」鄭玄的《毛詩傳箋》於此補充說：「時不親迎，故陳親迎之禮以刺之。」鄭玄的「故陳親迎之禮以刺之」這句話，非常重要，值得讀者注意。他的意思是：詩篇中所寫的，正是親迎之禮。歷來很多學者以為此詩寫「不親迎」，只俟乎著、庭、堂，顯然是求之過深了。據孔穎達《毛詩正義》的說法，此詩所謂「刺時」，乃刺哀公之作。可見哀公之世，親迎之禮廢而不用，所以詩人藉此陳古義以刺當時。

〈毛詩序〉的這種說法，不但三家詩沒有異義，即使是宋儒，也多採信。例如朱熹的《詩集傳》，就曾引用呂祖謙的話說：

昏禮：壻往婦家親迎，既奠雁、御輪而先歸，俟於門外。婦至，則揖以入。時齊俗不親迎，故女至壻門，始見其俟己也。

親迎是古代婚禮的最後一個儀節，有其一定的規制。呂祖謙的說法，秉承舊說而來，自有其道理。雖然後來如姚際恆等人，懷疑呂氏「女至壻門，始見其俟己」的說法，以為：「安見此著與庭、堂為壻家而非女家乎？」但方玉潤的《詩經原始》解釋得好：

著、庭、堂，女家固有，但觀其三俟我於著，於庭，於堂，以次而漸進，至於內室，則其為壻家之著、庭、堂，非女家之著、庭、堂可知矣。……禮貴親迎而齊俗反之，故可刺。

姚際恆的《詩經通論》，還以為詩中所寫，正是親迎之事，因而對於舊說「刺不親迎」的話，表示異議。他這樣說：「此本言親迎，必欲反之以為刺，何居？」他問得好，但他又批評《毛傳》以及《朱傳》諸家的說法，就容有過當之處了：

華、瑩、英，取協韻以贊其玉之色澤也。《毛傳》分瓊華、瓊瑩、瓊英為三種物，已自可笑，而又以瓊華為石，瓊瑩、瓊英為石似玉；又以分君、卿大夫、士，尤謬。《集傳》本之，皆以三者為石似玉，亦不可解。

姚氏的讀書方法，自有可取之處，但勇於自是，輕於侮昔，也未必就是正確的治學態度。

此詩凡三章，每章以六、七言相次成句。有人以為三章分詠士、卿大夫和人君的親迎之禮；也有人以為這三章分別描寫夏、殷、周的親迎之禮。這些說法，應該都有商榷的必要。這三章所寫的，蓋從新娘的眼中，描寫來到夫家，渴望見到夫婿的過程。

明代孫鑛有一段評語形容新娘此時的心情，極為精彩：

婦渴欲見婿，至門屏間望見服飾之美，知其為婿而喜，又進而庭而堂，到處細認一遍。乍見時情況，果是如此。真寫得入神。

據高亨的《詩經今注》說，古代富貴者的宅院，大門內有屏風。大門、屏風之間叫「著」；屏風和正房之間的平地，叫「庭」；正房中間寬敞者，叫「堂」。這首詩每一章的首句，正寫新娘來到夫家闉門的歷程。第一章寫剛到闉門之時，第二章寫寢門揖入之時，第三章升自西階之時。

每章的第二句，都是從新娘的眼中，寫新郎的充耳之美。充耳，是古代貴族男子掛在冠帽兩旁，也正好垂在耳邊的一種裝飾品。掛在冠上的絲線，叫做「紞」，紞上掛著一個綿球，叫做「纊」，纊下掛著玉，叫做「瑱」。「瑱」也就是本詩中每章第三句所寫的「瓊」。瓊，是紅色的玉。「華」、「瑩」、「英」三者，有人以為都是指玉的光彩，與上文「素」、「青」、「黃」色的紞纊，相映成趣；但也有人以為「瑩」乃「榮」的假借，與「華」、「英」都是指花而言，意思是指用玉雕刻而成的花飾。不管是哪一種解釋，都可以想見新郎應非平民。

至於每句句末的「乎而」，是語助之詞，句法非常奇峭。有人說這是齊國人特有的腔調。陳子展《詩經直解》說：「每句半著虛字，餘音搖曳，別具神態，有一種優游不迫之美。……前人論文有所謂『齊氣』、『舒緩之體』，殆指此種詩而言乎？」此說很有見地。齊人尚武，深受東夷文化的影響，不分男女，個性較為活潑開朗。他們對愛情、婚姻的觀念，也不一定受到漢族傳統文化的限制，不是嗎？

最後，抄錄呂恢文《詩經國風今譯》中對此詩的譯文於下，供讀者比對參考：

你等待著我在屏外喲，
耳墜的絲線雪樣白喲，
加上兩顆美玉放光彩喲！

你等待著我在庭院喲，
耳墜的絲線青又青喲，
加上兩顆美玉多晶瑩喲！

你等待著我在廳堂喲，
耳墜的絲線色金黃喲，
加上兩顆美玉明亮亮喲！

東方之日

一

東方之日兮，
彼姝者子，❶
在我室兮。
在我室兮，
履我即兮。❷

二

東方之月兮，
彼姝者子，
在我闥兮。❸
在我闥兮，
履我發兮。❹

【直譯】

像東方的太陽呀，
那位美麗的姑娘，
就在我的臥房呀。
就在我的臥房呀，
跟隨我在身旁呀。

像東方的月亮呀，
那位美麗的姑娘，
就在我的門口呀。
就在我的門口呀，
跟隨我一道走呀。

【注釋】

❶ 姝，音「殊」，美麗。子，女子。
❷ 履，躡、跟從。即，就、親近。一說：「膝」的借字，促膝。
❸ 闥，音「踏」，房門。
❹ 發，通「跋」，行。

【新繹】

對於〈東方之日〉這首詩，〈毛詩序〉如此解題：「〈東方之日〉，刺衰也。君臣失道，男女淫奔，不能以禮化也。」這是說社會上所以發生男女淫奔的現象，主要的原因，是君不君、臣不臣，在上位者不能以禮化民的緣故。據王先謙《詩三家義集疏》說，三家詩於此無異義。鄭玄的《毛詩傳箋》也這樣說：「日在東方，其明未融。興者，喻君不明。」喻君不明，也就是所謂「君臣失道」的意思。

〈毛詩序〉的這種「刺衰」之說，到了宋朝，卻引起學者的質疑。朱熹《詩序辨說》中說：「此男女淫奔者所自作，非有刺也。其曰君臣失道者，尤無所謂。」另外，在《詩集傳》中也說：「此女躡我之跡而相就也」、「躡我而行去也」。朱熹的意思非常明白，他以為這是「男女淫奔者所自作」，詩是用男子的口氣，寫女子追求他的情形。

照詩的本文看，朱熹的說法，是很容易被人接受的。民國以來的學者，就有不少人採用他的說法，而且還進一步以為：這是描寫「男女居室之樂」（如金啟華《詩經全譯》），或「新婚夫婦同室歡娛的詩」（如楊合鳴、李中華《詩經主題辨析》）。

朱熹以下的這種說法，事實上，和〈毛詩序〉的「刺衰」之說，是沒有什麼必然牴觸的地方。陳子展《國風選譯》裡說得好：「按〈詩序〉的意思說，男女淫奔，由於君臣失道。就是說，統治階級的國君貴族荒淫無道，一般人民中的男女，也就跟著學樣胡調起來。這是正本探源之論，還算近情近理。」《鄭箋》解釋此詩時，其實也是這樣說的：「在我室者以禮來，我則就之與之去也。言今者之子，不以禮來也。」

可見鄭玄也以為這是「男女淫奔者所自作」，只是女子來奔時，男女懂得以禮自制而已。朱熹等人所重的，是作詩之義，毛、鄭等舊說所重的，是採詩之義。二者之差異，端在於此。

另外，陳子展的《國風選譯》和《詩經直解》，都根據馬瑞辰《毛詩傳箋通釋》對「闉」字的解釋，以為闉可指內門或宮中小門，或門屏之間，或樓上戶，至少要大夫之家才能有，因此說「有室有闉者，決非華門圭竇、甕牖繩樞之家也。」也因此，他以為此詩果然是「刺齊國統治階級的荒淫生活」。

至於所刺的對象，是哪一個齊君，則歷來說法不一。方玉潤《詩經原始》採取姚際恆《詩經通論》的說法，引申道：

此詩刺淫，必有所指，非泛然也。故孔氏謂「刺哀公」，偽《傳》、《說》（宏一按，指明代豐坊所偽造的《子貢詩傳》、《申培詩說》二書）謂「刺莊公」，何玄子謂「刺襄公」，雖皆無據，而寢闉之內，一任彼姝朝來暮往，則終日昏昏，內作色荒也可知。士庶之家尚且不可，況宮闈乎？

我們檢閱孔穎達《毛詩正義》以至何楷《詩經世本古義》等書，覺得方氏之說，有其道理。不能說找不到確切的證據，就說舊說一定不可信，一定是出於附會。陳子展後來在《詩三百解題》中說得好：

我們有理由說這詩刺齊國統治階級的荒淫生活。何況齊國正有不少荒淫之君，如齊哀公、齊莊公都是，豈止齊襄公？便是號稱賢君的齊桓公，也還是著名的好色，他就有內嬖如夫人至六人之多。只是如今我們已經找不出確證，指實這詩是刺齊國君臣中的什麼人了。

此詩凡二章，每章五句，首句分別以日、月來比喻女子出現時的情態。馬瑞辰《毛詩傳箋通釋》說，「古者喻人顏色之美，多取譬於日月。」像宋玉〈神女賦〉的「其始出也，耀乎若白日初出照屋梁；其少進也，皎若明月舒其光」等等，皆其例證。而此詩中的「東方之日」、「東方之月」，除了比喻女子的容色之外，應該還兼有點明時間的作用。底下的句子，是描寫女子在室闥之中來就和行去的情形。屈萬里老師《詩經詮釋》說：「首章言東方之日而來就，次章言東方之月而行去，是為晝來而夜去也；此於情理上似有未安。蓋詩以趁韻之故，往往與事實有出入，讀者不以辭害意可也。」此乃通達之論。

至於末句「履我即兮」和「履我發兮」，近人多不採用舊說，不肯以「禮」解「履」，而紛紛發表新的見解。其中以楊樹達《積微居小學述林》裡的看法，最為有趣，也最為學者注意。楊氏以為：「即」乃「膝」之借字，「發」亦可訓足，前一句是說女子踩到了男子的膝頭，後一句是說女子踩到了男子的腳。為什麼會發生這種挨挨擠擠的情形呢？楊樹達這樣解釋說：「蓋在室內或坐或行，故行者得踐坐者之膝；門屏之間，兩者皆行，故一人可踐他人之足，與在室之時異也。」

東方未明

一

東方未明，❶
顛倒衣裳。❷
顛之倒之，
自公召之。❸

二

東方未晞，❹
顛倒裳衣。
倒之顛之，
自公令之。❺

三

折柳樊圃，❻
狂夫瞿瞿。❼

【直譯】

東方天色還沒亮，
顛顛倒倒穿衣裳。
顛過來又倒過去，
從來公家召喚忙。

東方天色未破曉，
顛顛倒倒穿裳衣。
倒過來又顛過去，
從來公家命令急。

折柳編籬圍菜圃，
狂人見了窮瞪眼。

【注釋】

❶ 未明，天沒亮。
❷ 是說把上衣和下裳穿顛倒了。
❸ 公，公爺、公家。召，派人來叫。
❹ 晞，音「西」，破曉。
❺ 令，命、號令。商周金文中，令、命二字通用。
❻ 折柳，砍折柳條。樊，作動詞用，編籬笆。圃，菜園。
❼ 瞿瞿，瞪著眼看。

不能辰夜，❽
不夙則莫。❾

不能辨別晨與夜，
不是太早就太晚。

❽不辨晨夜的意思。
❾夙，早。莫，「暮」的古字。

【新繹】

古人解說《詩經》，常常把前後相連的幾篇作品，當成「組詩」來看待。像〈東方未明〉這首詩的前一篇是「刺衰」的〈東方之日〉，後一篇是「刺襄公」的〈南山〉，所以〈毛詩序〉對〈東方未明〉一篇，便如此解說：「刺無節也。朝廷興居無節，號令不時，挈壺氏不能掌其職焉。」意思是說齊國在上位者（有人說是指齊哀公，如鄭玄《詩譜》一書；有人說是指齊襄公，如牟庭《詩切》一書），因為起居無常，不是太早，就是太晚；叫人傳令臣屬的時候，也毫無節度，不是太急，就是太慢，因此臣下無所適從，不免驚惶失措起來。也因此，詩人寫了這首詩來諷刺他。不過，基於為尊者諱的考慮，所以把責任推給「挈壺氏」，說是「挈壺氏不能掌其職焉」。

挈壺氏，就是古代掌管漏刻（即夜間計時）的官員。據朱熹《詩序辨說》云：「〈夏官〉：挈壺氏下士六人。挈，縣挈之名。壺，盛水器。蓋置壺浮箭，以為晝夜之節也。漏刻不明，固可以見其無政。然所以興居無節，號令不時，則未必皆挈壺氏之罪也。」

朱熹的言外之意，其實就是孔穎達《毛詩正義》所說的「以君任非其人，故刺之」。關於這一點，王先謙的《詩三家義集疏》，說得更清楚：「司夜之官，不能舉職，以致君之視朝，不早則晚。蓋齊侯興居無節，有未明之時，即有晏起之時。舉動任情，非必辰夜之咎。詩人不欲顯君之過，故諉諸具官之不能，冀君之聞而能改耳。」可見歷來都同意這是一篇「刺無節」的作品，只是有人認為諷刺的對象，並非挈壺氏，而是齊君。

不過，從民國以後，解說《詩經》的人，卻喜歡拋棄舊說而別立新義，因而有了種種據詩以直尋本義的臆測。像高亨的《詩經今注》、余冠英的《詩經選譯》和金啟華的《詩經全譯》等書，都以為這是描寫窮苦的人民受壓迫的作品。例如余冠英是這樣說的：「這首詩寫勞苦的人民為了當官差，應徭役，早晚都不得休息。監工的人瞪目而視，一刻都不放鬆。」另外，像程俊英的《詩經譯注》則以為：「這首詩，以一個婦女的口吻，寫她當小官吏的丈夫忙于公事，早晚不得休息，對自己的妻子還不放心，引起了女主人的怨意。」其他的說法，還有一些。這樣的解說方法，足不足取，值得大家商榷。

此詩凡三章，每章四句，每句四言，前兩章文義大同小異，都是說天色尚未放亮，就有公家的命令來了，因為怕時間趕不及，所以在緊張之餘，穿起上衣下裳的時候，不由顛三倒四起來。第三章開頭二句筆勢一轉，前人的解釋也隨之多有不同。方玉潤《詩經原始》就如是說：「惟折柳二句插入不倫，故姚氏以為難詳。」我想，不僅姚際恆以為「難詳」，恐怕有不少讀者，也有同樣的看法。「折柳樊圃，狂夫瞿瞿」這兩句的意思，據《鄭箋》說是：「柳木之不可以為藩，猶是狂夫不任挈壺氏之事」，據朱熹《詩集傳》說是：「折柳樊圃，雖不足恃，然狂夫見之，猶驚顧而不敢越，以比辰夜之限甚明，人所易知，今乃不能知，而不失之早則失之莫（暮）也。」據民國以來一些說《詩》者的看法，則又以為是指監工或不知體恤妻子的丈夫。其中說法最奇特的，是清代牟庭的《詩切》。他以為詩中的「狂夫」，蓋指「奇鬼」而言。他是這樣說的：「此言路旁有圃，折柳為藩，夜行望之，以為狂夫奇鬼，瞿瞿視人，可畏怖也。」可知對於這兩句的解釋，歷來頗有紛歧。我個人以為《鄭箋》和《朱傳》的說法，比較而言，都還是可取的。

最後，抄錄余冠英的譯詩如下，供讀者參考：

東方無光一片暗，
顛顛倒倒把衣穿。
忙裡哪曉顛和倒，
公爺派人來喊叫。

東方不見半點光，
顛顛倒倒穿衣裳。
顛來倒去忙不辨，
公爺派人來叫喊。

編籬砍下柳樹條，
瘋漢瞪著眼兒瞧。
哪能好好過一宵？
不是早起就是晚睡覺。

・柳・

南山

一

南山崔崔，❶
雄狐綏綏。❷
魯道有蕩，❸
齊子由歸。❹
既曰歸止，❺
曷又懷止？❻

二

葛屨五兩，❼
冠緌雙止。❽
魯道有蕩，
齊子庸止。❾
既曰庸止，
曷又從止？❿

【直譯】

南面高山崔巍巍，
雄狐尋伴獨徘徊。
魯國大道真寬大，
齊國姑娘從此嫁。
既然說是出嫁了，
為什麼又想念她？

麻鞋兩兩結成對，
帽帶雙雙鬢邊垂。
魯國大道真寬大，
齊國姑娘經由它。
既然說是經由它，
為什麼又糾纏它？

【注釋】

❶南山，齊國的南山，有人以為指牛山。崔崔，高大的樣子。

❷綏綏，緩緩而行、往來尋找的樣子。已見〈衛風・有狐〉篇。

❸魯道，齊國通往魯國的大道。有蕩，蕩蕩，平坦的樣子。

❹齊子，齊君的女兒，指文姜。即齊襄公之妹，魯桓公之妻。歸，出嫁。

❺止，參閱〈召南・草蟲〉篇。下同。

❻曷，何。懷，思念。

❼葛屨，用葛布編成的草鞋。五，通「伍」，成列。兩，雙。鞋必成雙。古人結婚，有送屨之禮。

❽冠，帽子。緌，音「蕤」，帽帶下垂的部分，常繫裝飾物。

三

蓺麻如之何？⓫
衡從其畝。⓬
取妻如之何？⓭
必告父母。⓮
既曰告止，
曷又鞠止？⓯

四

析薪如之何？⓰
匪斧不克。⓱
取妻如之何？
匪媒不得。⓲
既曰得止，
曷又極止？⓳

種麻應該怎麼辦？
橫橫豎豎那田畝。
娶妻應該怎麼辦？
一定要告訴父母。
既然說是告訴了，
為什麼又過度了？

劈柴應該怎麼辦？
沒有斧頭就不行。
娶妻應該怎麼辦？
沒有媒人就不成。
既然說是成婚了，
為什麼又過分了？

❾ 庸，用、使用。一說：同「由」，由此（出嫁）。
❿ 從，相從、跟從。有糾纏之意。
⓫ 蓺，同「藝」，種、種植。
⓬ 衡，同「橫」。從，同「縱」。衡從，即縱橫。
⓭ 取，娶。
⓮ 古人娶妻，按禮必須先稟告父母，由父母做主。
⓯ 鞠，音「菊」，窮、極。有過度、越禮之意。
⓰ 析薪，劈柴、砍樹。
⓱ 匪，非。克，能、成。
⓲ 不得，不能成婚。
⓳ 極，窮。參閱注⓯。

【新繹】

對於〈南山〉這首詩，〈毛詩序〉如此解題：「〈南山〉，刺襄公也。鳥獸之行，淫乎其妹。大夫遇是惡，作詩而去之。」意思是說：齊襄公早就和他同父異母的妹妹文姜有了曖昧的關係，等到文姜嫁給魯桓公以後，只要一有機會，他們仍然私相往來。而且，齊襄公後來還因此派人害死魯桓公。這種行為，在講求禮教的古人看來，真是荒淫無恥，有如鳥獸。因此，詩人寫了這篇作品，加以諷刺。

〈毛詩序〉的說法，和《左傳．桓公十八年》、《公羊傳．莊公元年》以及《史記．齊世家》的記載，是相符合的，據王先謙的《詩三家義集疏》說，三家詩對此也沒有異義，因此，這種說法應該可以採信。

不過，這種說法從宋代以後，雖然仍受後人普遍接受，但對於詩中諷刺的對象是否全在襄公這一點，開始有了紛歧的意見。朱熹的《詩集傳》是這樣說的：「此詩前二章刺齊襄，後二章刺魯桓也。」朱熹的看法，不同於舊說的，在於他不以為全詩四章都在諷刺齊襄公。他可能受了《鄭箋》所說的「齊大夫見襄公行惡如是，作詩以刺之；又非魯桓公不能禁制夫人而去之」諸語的影響，所以認定前二章諷刺的對象是齊襄公，而後二章則是魯桓公。

比朱熹更進一步否定舊說的，是嚴粲的《詩緝》。他這樣說：

說者多以前二章刺齊襄，後二章刺魯桓。後二章皆言取妻，其為刺魯桓明矣。但以前二章為刺齊襄，而後二章方刺魯桓，上下章辭意不貫，兼齊人以雄狐目其君，於義有害。今解：一章以雄狐喻魯桓之求匹，二章以屨緌喻魯桓之得耦，三章四章以藝麻析薪，喻魯桓以正禮取文姜。上下章辭意乃歸一。

可見嚴粲以為通篇都在諷刺魯桓公，而非齊襄公。

宋代以後的說《詩》者，對於以上的幾種說法，各有主張，甚至有人力主調和之說，以為此詩是刺齊襄而兼刺魯桓、文姜。民國以來的一些學者，如藍菊蓀的《詩經國風今譯》，更是一空依傍，盡掃舊說，這樣推測說：

這恐怕是屬于民間婚姻方面的詩，是敘述那個男的看見那個女的出嫁發出的感想的過程的，他和那個女的大概過去中間曾有過一段關係吧。

像藍菊蓀這一類的意見，看似客觀，實際上，最足以敗壞學術。疑古沒有錯，但疑之太過，恐怕所說的盡是無根之談了。

此詩凡四章，每章六句。首章開頭二句，以「南山」比喻襄公的高位，以「雄狐」比喻他的醜行。以下的四句，是說明文姜既已明媒正娶嫁與魯桓公，為什麼齊襄公還要不斷地想念她？朱熹《詩集傳》裡說得好：「文姜既從此道歸乎魯矣，襄公何為而復思之乎？」

第二章開頭仍以鞋帶帽纓起興，說冠履上下各自成雙，來比喻男女配偶，不容混亂。以下四句的內容，和前章大致相重複，不過是各易其一二字而已。

第三、四兩章，分別以種麻和劈柴為喻，來說明明媒正娶的婚姻，是不可以破壞的。種麻要種在田畝裡，劈柴要用斧頭才可以，就好像婚姻大事，必須經過父母之命、媒妁之言，不可以違反禮數，私通暗授。因而像齊襄公這種私通妹妹，謀害妹夫的醜行，真是令人痛恨的「鳥獸之行」。

這首詩在修辭上，還有一個明顯的特色，那就是每一章的末句，都用沒有答案的設問口氣，「曷又懷止」、「曷又從止」、「曷又鞠止」、「曷又極止」，顯然易見，這是作者採用微詞多諷的曲筆。關於這個，吳闓生《詩義會通》說得好：「逆倫蔑理，人道已盡，而詩詞特和緩，若不欲深斥者，所謂微文刺譏，亦溫柔敦厚之恉也。」

其實，齊襄公和文姜所謂兄妹私通之事，在接受儒家禮教文明的人看來，固然是敗壞倫常，但這在東夷故土齊國的原始社會觀念中，卻不算什麼了不得的大事。東夷人的婚姻，是允許「血緣婚」的，允許同姓婚姻的。關於這些，請參閱下文〈載驅〉篇的「新繹」。

甫田

一

無田甫田，❶
維莠驕驕。❷
無思遠人，
勞心忉忉。❸

二

無田甫田，
維莠桀桀。❹
無思遠人，
勞心怛怛。❺

三

婉兮孌兮。❻
總角丱兮。❼

【直譯】

不要拓墾大田地，
那些野草多麼高。
不要想念遠地人，
悲苦心情多煩勞。

不要拓墾大田地，
那些野草多茂密。
不要想念遠地人，
悲苦心情多憂戚。

多美麗呀柔順呀，
兩髻像羊角高呀。

【注釋】

❶ 無，毋、勿、不要。田，通「佃」（音「店」），耕種。甫田，大田地。
❷ 莠，音「友」，狗尾草，泛指野草。驕驕，高大茂盛的樣子。
❸ 忉忉（音「刀」），憂勞的樣子。
❹ 桀桀，與上文「驕驕」同義。
❺ 怛怛（音「達」），與「忉忉」同義。
❻ 婉孌，柔順美好的樣子。
❼ 總角，已見〈衛風・氓〉篇。丱，音「貫」，頭髻兩角的樣子。
❽ 未幾，沒有多久。

・莠・

未幾見兮，❽
突而弁兮。❾

沒隔多久見面呀，
突然戴了禮帽呀。

❾突而，突如、突然。弁，音「變」，冠、禮帽。此作動詞用，比喻成年。

【新繹】

〈毛詩序〉對〈甫田〉這首詩如此解題：「〈甫田〉，大夫刺襄公也。無禮義而求大功，不脩德而求諸侯，志大心勞，所以求者非其道也。」這是說齊襄公之時，不知崇禮尚德，卻好大喜功，因此志雖大而心徒勞，沒有成績可言。這完全是方法上的錯誤呀。也因此，詩人寫這篇作品來加以諷刺。

〈毛詩序〉的這種說法，據王先謙的《詩三家義集疏》說，三家詩並無異義。可是，從宋代以後，開始有人對「刺襄公」的說法，表示了疑問。像朱熹的《詩序辨說》，就說此詩「未見其為襄公之詩」；何楷的《毛詩世本古義》，更據詩中「婉兮孌兮」的語氣，推測此為魯莊公思母之作。關於這些臆測，方玉潤的《詩經原始》，有一段話說得好：

> 此詩詞義極淺，盡人能識。惟意旨所在，則不可知。〈小序〉謂「刺襄公」，〈大序〉謂「無禮義而求大功、不修德而求諸侯」，率皆擬議之詞，非實據也。《集傳》不從，是矣。而順文敷義，又恐非詩人本旨。且前二章與後一章詞氣全不相類，此中必有所指，與泛言義理者不同。《集傳》勉強串合，終非自然。故何玄子以為

「刺魯莊公」，末章似是，其如上二章何哉？姚氏以為「未詳」，識過諸儒遠矣。

方氏的論點，看起來非常通達，但仔細想想，至少有三點值得商榷。第一，方氏既不採信舊說，又以為後人的推論亦不足取，因此，他贊同姚際恆的論調，乾脆說是詩旨「未詳」。我的疑問是，假使說此詩「未詳」其旨，言無實據，那麼《詩經》中的其他篇章，又有多少作品是可以確定寫作背景的呢？第二，方氏說讀此詩時，「順文敷義，又恐非詩人本旨」；所謂「順文敷義」，是說順著字面上的解釋，去推測、敷陳作者所要表達的情意。方氏以為這種態度不夠客觀，所以他對此詩的解釋，寧可從缺，說是未詳其旨。我的疑問是，古今文學派對此詩的看法，並無異義，為什麼大家不肯採信？既然不肯採信舊說，自然會「順文敷義」，甚至會「望文生義」了。就這一點來說，方氏書中，也不免有「順文敷義」的地方。第三，方氏以為何楷的「刺魯莊公」之說，似是而非，又以為朱熹不採信「刺襄公」的舊說是正確的，可是他又以為朱熹《詩集傳》中的解說，是「勉強串合，終非自然」。我個人讀朱熹《詩集傳》的這些文字：「言無田甫田也，田甫田而力不給，則草盛矣；無思遠人也，思遠人而人不至，則心勞矣。以戒時人厭小而務人，忽近而圖遠，將徒勞而無功也。」卻覺得並無牽強串合之處。

我們看這首詩的前兩章，先後以耕田和懷人來作比喻，告誡世人千萬不可厭小而務大，略近而圖遠。說耕種大田，假使力量不夠的話，田裡就會長出高大的野草來；想念遠方的人，假使人兒未歸的話，心中就會生出無窮的煩惱來。藉著這兩個比喻，來說明一切事情，都應該從小處做起，從近處著眼。第三章寫一個柔美可愛的小朋友，不久前還紮著羊角形狀的髫鬟，隔不了多久，再見到他時，突然發現他已戴上成年人的禮帽，變成一個俊美的青年了。這一章有人以為和前兩章文氣不類，但我們只要轉頭一想，就知道這是說明一切事情，只要循序漸進，就自然水到而渠成。小之可大，邇之可遠，一點都不奇怪。朱熹的解說，就是這樣推衍而得的。我覺得朱熹的這種說法，比起近人動輒說此詩是「農家的兒子」、「被統治者抓去當兵，派往遠方……」的說法，要合理多了。

晚明徐奮鵬《詩經刪補》有云：「首二章喻躐等之徒勞。末章喻循序之有益。」斯言得之。

盧令

一

盧令令，❶

其人美且仁。

二

盧重環，❷

其人美且鬈。❸

三

盧重鋂，❹

其人美且偲。❺

【直譯】

黑色獵犬頸鈴響，

那人漂亮又和善。

黑色獵犬環連環，

那人漂亮又勇敢。

黑色獵犬套雙環，

那人漂亮又能幹。

【注釋】

❶ 盧，黑色的獵犬。令令，狗頸所繫的鈴鐺聲。

❷ 重環，子母雙環。環有兩重，大環貫小環。

❸ 鬈，音「權」，勇壯。一說：鬚髮卷曲，美而壯。

❹ 重鋂，貫串的兩個環。鋂，音「梅」，一環貫串二小環。

❺ 偲，音「猜」，才、才幹。

【新繹】

這一首描寫獵人的詩，是《詩經》中字句最短少的一篇。

〈毛詩序〉對於此詩是這樣解題的：「〈盧令〉，刺荒也。襄公好田獵畢弋，而不脩民事。百姓苦之，故陳古以風焉。」意思是說齊襄公因為耽於射獵，而荒廢了政事，因此人民不堪其苦，藉陳古代賢人之道，來加以諷刺。據王先謙《詩三家義集疏》說，〈毛詩序〉的這種說法，三家詩並無異義。

從詩的字面上看，顯然是寫一位帶著黑色獵犬的人，不但長得漂亮，又有才德，連他所攜帶的獵犬，頸鈴所發出來的聲響，也清脆悅耳。不過，〈毛詩序〉等舊說，卻以為這是藉古諷今，言在此而意在彼。換句話說，是藉歌詠古代獵者的儀容才德，來諷刺當時齊君的荒淫無道。關於這一點，孔穎達的《毛詩正義》說得很清楚：

> 言古者有德之君，順時田獵，與百姓共樂同獲，百姓聞而悅之，言吾君之盧犬，其環鈴鈴然為聲；又美其君，言吾君其為人也，美好且有仁恩。言古者賢君田獵，百姓愛之；刺今君田獵，則百姓苦之。

這種「陳古以風」亦即諷刺齊襄公荒於田獵的說法，核對古史記載，可知並非虛構。何楷的《詩經世本古義》和陳奐的《詩毛氏傳疏》，都曾引用《國語．齊語》、《管子．小匡篇》、《公羊傳》、《左傳》等書的記載，來說明齊襄公果然愛好弋獵而不聽國政。田獵對古人而言，本為大事。《孟子》的〈梁惠王下〉篇，曾經記敘了孟子對齊宣王所說的一段話：

今王田獵於此，百姓聞王車馬之音，見羽旄之美，舉疾首蹙頞而相告曰：「吾王之好田獵，夫何使我至於此極也？父子不相見，兄弟妻子離散。」此無他，不與民同樂也。……今王田獵於此，百姓聞王車馬之音，見羽旄之美，舉欣欣然有喜色而相告曰：「吾王庶幾無疾病與，何以能田獵也？」此無他，與民同樂也。

可以證明古人常用田獵之事，來反映民心的向背和朝政的得失。孟子對齊宣王有此諷諭，齊襄公之時，人民亦自可以有此諷諭。因此，〈毛詩序〉之舊說，應非無的放矢。〈國風〉中描寫田獵的詩篇不少，像〈騶虞〉、〈叔于田〉、〈大叔于田〉、〈還〉等等都是。朱熹就以為此篇與〈還〉之意相近。陳子展的《詩經直解》也說：

〈盧令〉，亦詠獵人之歌。與〈還〉篇同。所不同者，彼二人並驅出獵，此一人攜犬出獵。又詩速寫此人儀容，卷髮美鬈，具有威嚴，似較彼詩二人年長位尊耳。

我們看〈盧令〉這首詩，全詩凡六句，每章二句，首句都是描寫獵狗。「盧令令」的「令令」，是狀聲詞，形容獵狗在跑動時，頸上環鈴發出的聲響。高本漢根據《白帖》引作「盧重令」，以為是說頸掛雙環而言。「盧重環」、「盧重鋂」，是分別說獵犬頸上所套的環鈴，一個大環中還套著一個小環，甚至一個大環中套著兩個小環。如此跑動起來，鈴聲不絕，動人聽聞，這可以想見獵犬的行動，是如何的矯捷。每章的第二句，都是描寫獵人。上句描寫獵犬的矯捷，實際上，都是用來烘托獵人的英武。「美且仁」、「美且鬈」、「美且偲」三句中的「美」，都是描寫獵人的形象之美。「且」是兼有之詞，表示獵人有兩種以上的優點。「仁」是指品德的美好；「鬈」是指體態的勇壯；「偲」是指才藝的高明。也有人以為「鬈」是指頭髮的彎捲，「偲」是指鬍鬚的濃密，所謂「卷髮美髯」者是。按照後面的說法，假使能把首章「其人美且仁」的「仁」，找到依據，解釋為鬚眉鬢髮一類的意思，那就更是前後通貫了。

這位獵人，不但有外在美，而且有內在美，當然值得詩人歌而誦之。假使有另外一個獵人，沒有這些內在外在的優點，而徒事馳騁弋獵的樂趣，也就難怪詩人要借此以諷彼，甚至陳古以諷今，來表達心中的不滿了。

敝笱

一
敝笱在梁，❶
其魚魴鰥。❷
齊子歸止，❸
其從如雲。❹

二
敝笱在梁，
其魚魴鱮。❺
齊子歸止，
其從如雨。❻

三
敝笱在梁，
其魚唯唯。❼

【直譯】

破舊魚籠在河壩，
那裡的魚是魴鰥。
齊國姑娘出嫁了，
她的隨從似雲濃。

破舊魚籠在河壩，
那裡的魚是魴鱮。
齊國姑娘出嫁了，
她的隨從密如雨。

破舊魚籠在河壩，
那裡的魚緊相隨。

【注釋】

❶ 敝笱，破舊的魚簍。笱，音「苟」，捕魚的竹籠或網。梁，捕魚用的石堰。已見〈邶風．谷風〉篇。
❷ 魴，音「房」，鯿魚。鰥，音「關」，鯶魚。都是大魚。
❸ 參閱〈齊風．南山〉篇。
❹ 從，隨從。如雲，形容眾多的樣子。
❺ 鱮，鰱魚。有人以為《詩經》中的魚，常有性欲的寓意。
❻ 同注❹。有人以為雲雨是男女性交的暗示。
❼ 唯唯，相隨而行。

齊子歸止，
其從如水。

齊國姑娘出嫁了，
她的隨從多如水。

【新繹】

〈毛詩序〉對這首詩如此解題：「〈敝笱〉，刺文姜也。齊人惡魯桓公微弱，不能防閑文姜，使至淫亂，為二國患焉。」意思是說：文姜是齊襄公同父異母的妹妹，兄妹之間，早有戀情。即使是文姜嫁到魯國之後，二人仍然藕斷絲連。魯桓公十八年，桓公不聽臣下的勸諫，仍然和妻子文姜到了齊國，和齊襄公會面。齊襄公和文姜從此死灰復燃，又開始私通起來。後來魯桓公還因此被齊襄公所遣派的彭生殺害了。魯桓公死後，其子莊公仍然讓母親文姜繼續回齊，和襄公相會。當時齊國的人民，對這種兄妹淫亂的情形，非常不滿，覺得魯國太軟弱了，因此用這首詩來諷刺文姜等人。這個故事，在前面解說〈南山〉一詩時，就已經約略說過了。

〈毛詩序〉的這種說法，據王先謙《詩三家義集疏》說，三家詩並無異義。孔穎達《毛詩正義》所說的：「弊敗之笱，在于魚梁。其魚乃是魴鰥之大魚，非弊敗之笱所能制。以喻微弱之君為其夫壻，其妻乃是強盛之齊女，非微弱之夫所能制。刺魯桓之微弱，不能刺文姜也。」和《易林．遯之大過》所引述的《齊詩》之說：「敝笱在梁，魴逸不禁。」可謂契若鍼芥。「不能刺文姜」，意思是「不敢刺文姜」。因此，王先謙在引述陳奐的《詩毛氏傳疏》和陳啟源的《毛詩稽古編》的例證之後，這樣加按語說：「笱敝魴逸，明指當前；歸從如雲，推本既往。原有兩意。」

王先謙的按語，陳子展的《詩經直解》怕讀者不明白，又加了一段按語：「『當前』者，謂桓公十八年，文姜如齊，與襄公淫，桓遭彭生毒手之時也。『既往』者，謂桓三年齊僖公親送寵女文姜于歸至讙之日也。」這樣說來，此詩每一章的前兩句，寫的是「當前」，後兩句寫的是「既往」。所謂「刺文姜」，亦即「刺魯桓公不能防閑文姜也」（方玉潤語）。

「刺文姜」的說法，後人並無爭議，然而是不是諷刺魯桓公，則後人尚有歧解。像朱熹的《詩序辨說》和《詩集傳》，就以為諷刺的對象，應是魯莊公，而非魯桓公。關於這一點，清代儒者辯解已多，例如方玉潤的《詩經原始》就說：

> 朱子曰：「『桓』當作『莊』。蓋以文姜如齊，多在莊公世，故《集傳》以此詩為刺莊公不能防閑其母。豈知不能防閑其母之罪小，不能防閑其妻之罪大。且桓公時，文姜已歸齊，致公薨于齊，詩人不於此時刺桓公，豈待其子而後刺乎？

可是，民國以來不肯採用舊說的學者，比比而是，足見解詩實難啊！

此詩凡三章，每章四句，每句四言。每一章的前兩句，都是以敝笱和魚為喻，說明魯桓公無法防範文姜。笱，是捕魚用的竹籠。梁，是在水中築成的堤壩。古人在河中堤壩留著空缺，把竹笱放在空處，一旦魚游進去，就出不來了。此詩每章第一句所寫的「敝笱在梁」，就是說裝在堤壩上的竹笱，已經破敗了，所以魚游進去，還可以游出來。古代女

·魴·

子一旦出嫁了，是不可隨便回娘家的，因此女子之嫁與他人，就好像是魚之游入笱中，能入不能出矣。假使禮法敗壞，婦道不修，出嫁的女子不安於室，那就猶如「敝笱在梁」，籠中的游魚又紛紛掉尾而去矣。

每章的第二句，都是寫魚。第一章寫的「魴鰥」，有人說是指鯿魚和鯶魚，第二章寫的「鱮」，有人說是指鰱魚。據古人的注解，多說這些魚是大魚，用來和「敝笱」相對照，說明齊強魯弱，說明文姜的驕逸和魯桓公的軟弱。所謂「敝笱不能制大魚」者是。我則以為第一、二兩章所寫的這些魚類，都是重在說明牠們多相與群游，這樣解釋，才能和第三章的「其魚唯唯」——形容魚在水中自由自在地游來游去，互相呼應；也才能和每章節第四句的「其從如雲」、「其從如雨」、「其從如水」，互相呼應。

每章的第三、四兩句，說明齊女文姜「歸止」時的僕從之盛。黃焯《毛詩鄭箋平議》裡就說：「詩意特形容文姜嫁時扈從之盛，以見其驕逸難制耳。」這裡的「歸止」，歷來多作于歸、出嫁解，但也有人把它解作歸寧父母。陳啟源的《毛詩稽古編》說：「文姜如齊，始于桓末年耳，時僖公已卒，不得言歸寧。又非見出，不得云大歸。則詩言『齊子歸止』，定指于歸無疑。」古代女子之言「歸」者，有三種情形：出嫁叫于歸；回娘家省親叫歸寧；被丈夫遣回娘家叫大歸。陳啟源的意思是：文姜回齊國時，父親僖公已死，因此不應該說是歸寧；加上史書並無文姜大歸被出的紀錄，所以他以為詩中的「歸止」，應指于歸而言。亦就是說，第三、四句所寫，恰如王先謙等人所言，是「推本既往」，是追憶以前文姜出嫁之日的情景，用來說明文姜的扈從如雲，驕逸難制。

載驅

一

載驅薄薄，❶
簟茀朱鞹。❷
魯道有蕩，❸
齊子發夕。❹

二

四驪濟濟，❺
垂轡濔濔。❻
魯道有蕩，
齊子豈弟。❼

三

汶水湯湯，❽
行人彭彭。❾

【直譯】

馬車奔馳迫迫響，
竹席車帘紅皮裝。
魯國大道真平坦，
齊女出發在晚上。

四匹黑馬多壯美，
垂下韁繩多柔順。
魯國大道真平坦，
齊女高興早動身。

汶水浩浩又蕩蕩，
路上行人多熙攘。

【注釋】

❶ 載驅，參閱〈鄘風．載馳〉篇。薄薄，車馬疾馳的聲音。
❷ 簟茀，音「店服」，竹席編成的車簾。鞹，音「括」，去毛的獸皮。
❸ 已見〈齊風．南山〉篇。
❹ 齊子，已見前。發夕，夕發、連夜出發。
❺ 驪，黑馬。濟濟，整齊一致。
❻ 垂轡，下垂的馬韁繩。濔濔（音「米」），柔順的樣子。
❼ 豈弟，同「愷悌」，和樂平易的樣子。
❽ 汶水，水名，在齊、魯二國交界。湯湯，形容水勢浩大。已見〈衛風．氓〉篇。
❾ 彭彭，形容眾多。

魯道有蕩，
齊子翱翔。⑩

四

汶水滔滔，⑪
行人儦儦。⑫
魯道有蕩，
齊子遊敖。⑬

魯國大道真平坦，
齊女出遊任翱翔。

汶水滾滾又滔滔，
路上行人多熱鬧。
魯國大道真平坦，
齊女出遊多逍遙。

⑩ 翱翔，徜徉、逍遙。
⑪ 滔滔，形容水盛流的樣子。
⑫ 儦儦（音「標」），絡繹不絕的樣子。
⑬ 遊敖，遨遊、遊逛。與「翱翔」同義。

【新繹】

據〈毛詩序〉的說法，這首詩和上面幾篇一樣，都是齊人諷刺齊襄公和文姜私通的作品。〈毛詩序〉是這樣說的：「〈載驅〉，齊人刺襄公也。無禮義，故盛其車服，疾驅於通道大都，與文姜淫，播其惡於萬民焉。」意思是說齊襄公在害死魯桓公之後，公然與文姜往來，車馬盛麗，引人注目。詩人恨其罔顧廉恥，所以藉此來諷刺。孔穎達《毛詩正義》也說：

> 襄公將與妹淫，則驅馳其馬，使之疾行。其車之聲薄薄然，用方文竹簟以為車蔽，又有朱色之革為車之飾。公乘此車馬，往就文姜。魯之道路，有蕩然平易，齊子文姜乃由此道，

發夕至旦，來與公會。公與妹淫，曾無愧色，故刺之。

不過，所謂「刺襄公」，事實上，也是兼刺文姜。朱熹的《詩序辨說》和《詩集傳》，就以為此「亦刺文姜之詩」，「齊人刺文姜乘此車而來會襄公也」。從詩中的語氣來看，朱熹等人認為此詩係針對文姜的角度來寫，是比較貼切的說法。我們可以說，諷刺襄公和諷刺文姜，本來就是一件事，因而有些古人關於此詩究竟所刺為誰的討論，似乎是多餘的。方玉潤《詩經原始》說得好：「夫人之疾驅、夕發以如齊者，果誰為乎？為襄公也。夫人為襄公而如齊，則刺夫人即以刺襄公，又何必如舊說『公盛車服與文姜播淫於萬民』而後謂之刺乎？」

關於這一點，胡承珙的《毛詩後箋》也有一段話說得好：「齊人自刺其君，其詞宜隱，故簟茀四驪，但言其車馬馳驟之盛，無所指斥，而以『齊子』對照出之，所謂言隱而旨顯也。」「言隱而旨顯」，本來就是古人在寫作時常常標舉的主張。從這個方向看，〈毛詩序〉的說法自有可取之處，我們不宜輕言捨棄。

除了〈毛詩序〉的說法之外，古代還有另外的一種說法，以為詩中所寫的「齊子」，不是指文姜，而是指齊襄公的小女兒哀姜。據王先謙《詩三家義集疏》所引的《焦氏易林》，亦即《齊詩》之說：「襄嫁季女，至于蕩道。齊子旦夕，留連久處。」我們可以推測今文學派對於此詩的解釋，和〈毛詩序〉並不相同。相傳哀姜出嫁魯莊公的時候，曾經稽留，不肯疾入，因此詩中有「發夕」、「豈弟」、「翱翔」、「遊敖」之語。照今文學派的說法，此詩並無諷刺之意了。陳子展的《詩經直解》，於此有一段批評：

今文三家說，謂詩刺哀姜。（齊襄公之女）魯莊公夫人哀姜，於其于歸之日，故意稽留不進，與公約遠媵妾而後入。豈以此詩蓋為描寫哀姜于歸途中喬醋撒嬌之作？頗具戲劇性。其實無關宏恉。

這一段話是值得我們參考的。

古今不同種族不同地區的婚姻習俗，不盡相同。《漢書．地理志》記載燕趙的古代習俗，說燕地「賓客相過，以婦侍宿。嫁取之夕，男女無別，反以為榮」，趙地「女子彈弦跕躧，游媚富貴，遍諸侯之後宮」；《後漢書．西羌傳》記載西羌人的古代習俗，說是：「其俗氏族無定，或以父名母姓為種號。十二世後，相與婚姻，父沒則妻後母，兄亡則納嫠嫂。故國無鰥寡，種類繁熾。」齊國是東夷故土，姜太公呂望受封齊國之初，採取「因其俗，簡其禮」的政策，因而通婚後，東夷族人的家庭婚姻觀念也保存下來。「血緣婚」即其一。兄妹之間是可以戀愛結婚的。一直到齊桓公之世，都還是如此。據《管子．小匡篇》記載，齊桓公曾自己說：「寡人有污行，不幸而好色，姑姊妹有不嫁者矣」，《新語．無為篇》也說：「齊桓公好婦人之色，妻姑姊妹，而國中多淫於骨肉。」齊桓公是齊襄公的弟弟，可以看出這是當時齊國的風氣。受到這種風氣的影響，〈東方之日〉的「彼姝者子」，才會從早到晚，「在我室兮，履我即兮」，無所顧忌；〈載驅〉詩中也才不見譏刺之語，反而有齊魯聯姻的喜悅之情。漢代儒生說《詩》的四家，不管是《毛詩》或三家詩，卻都以譏刺亂倫的觀點來解釋這些作品，筆者以為：這顯然已經受了孔子、子夏等儒家標榜禮教倫常的影響。

猗嗟

一

猗嗟昌兮，❶
頎而長兮。❷
抑若揚兮，❸
美目揚兮。❹
巧趨蹌兮，❺
射則臧兮。❻

二

猗嗟名兮，❼
美目清兮。❽
儀既成兮，❾
終日射侯，❿
不出正兮，⓫
展我甥兮。⓬

【直譯】

哎呀多麼健壯喲，
高大而又修長喲。
額頭那樣清揚喲，
明亮眼睛張望喲。
靈巧快步矯健喲，
射箭時真好看喲。

哎呀多有精神喲，
明亮眼睛清澄喲。
射儀已經完成喲，
整天射箭向箭靶，
沒有離開靶心喲，
不愧是我外甥喲。

【注釋】

❶ 猗（音「衣」）嗟，讚歎之詞。昌，強健的樣子。已見〈鄭風・丰〉篇。

❷ 頎，音「其」，身材高大。已見〈衛風・碩人〉篇。

❸ 抑，通「懿」，美。抑若，抑然。揚，通「陽」，眉上額角。

❹ 揚，明亮。形容眉清目秀。

❺ 趨，小步快走。蹌，音「槍」，步伐矯健。

❻ 射，射箭。臧，善、好。形容射技好。

❼ 名，明、昌。一說：稱。是說值得稱揚。

❽ 清，黑白分明。

❾ 儀，儀式，指射箭的儀式。一說：容儀。成，合乎禮。

三

猗嗟孌兮，⓭
清揚婉兮。⓮
舞則選兮，⓯
射則貫兮。⓰
四矢反兮，⓱
以禦亂兮。⓲

哎呀多麼美好喲，
目清眉揚柔順喲。
跳舞能合節奏喲，
射箭能中靶心喲。
四箭連中目標喲，
可以抗拒敵人喲。

❿ 侯，用布或皮做成的箭靶。
⓫ 不出正，不出靶心。正，靶心。是說全都射中目標。
⓬ 展，誠、確實。甥，古人稱外孫或姊妹的兒子。
⓭ 孌，音「巒」，美好。指體態。
⓮ 清揚，眉清目秀。
⓯ 是說舞蹈動作能夠配合音樂節奏。選，合拍。
⓰ 貫，中、中的。射中目標。
⓱ 四矢，四箭。古人射箭，每次連發四矢。反，重複射中。一說：把射在靶上的箭收回來。
⓲ 禦亂，防暴抗敵。

【新繹】

〈毛詩序〉對此詩這樣解題：「〈猗嗟〉，刺魯莊公也。齊人傷魯莊公有威儀技藝，然而不能以禮防閑其母，失子之道，人以為齊侯之子焉。」意思是說魯莊公在即位之後，仍然無法禁止他的母親文姜和齊襄公的淫亂，雖然他有威儀技藝，但既「失子之道」，不能為父報仇，不能制止母親的淫行，所以齊國的詩人藉此來諷刺他。

〈毛詩序〉的這種說法，據王先謙的《詩三家義集疏》說，三家詩並無異義，一直到宋代的儒者也都是如此。像朱熹的《詩集傳》還是這麼說：「齊人極道魯莊公威儀技藝之美如此，所以刺其不能以禮防閑其母，若曰『惜乎其獨少此耳』。」朱熹以為詩中雖然充滿讚歎歌頌的口氣，但意在言外。讚美魯莊公的威儀技藝，是見諸文字的，而「刺其不能以禮防閑其母」，則見於言外。朱熹為了強調此一論點，還特別引用了呂東萊的話說：「此詩三章，譏刺之意皆在言外，嗟歎再三，則莊公所大闕者，不言可見矣。」

這些說法，事實上都是在證實〈毛詩序〉的論點，以為此詩蓋在「刺魯莊公」。至於作品產生的年代，後人討論的很多。有人（如何楷、陳奐等人）以為此詩應作於魯莊公四年，即莊公十七歲與齊人狩于禚之時；有人（如惠周惕、胡承珙等人）則以為此詩應作於齊桓公之世。胡承珙《毛詩後箋》是這樣說的：

> 考莊公生於桓公六年，至即位之時，纔十三歲耳，固難責以防閑其母。其即位後二年至七年，文姜屢會齊襄，莊公身已弱冠，責以不能防閑，固已無所逃罪。惟詩中歷言莊公容貌技藝之美，非齊人熟觀而審悉之，不能言之如此其詳。而莊二十二年以前，其身實未嘗至齊，詩人無由興刺。惟二十二年如齊納幣，二十三年如齊觀社，二十四年如齊逆女，……〈猗嗟〉之作，當在此時。

胡承珙等人的說法，似乎比較可取。照這樣說，詩中「展我甥兮」的「甥」字，固然是指魯莊公，但他的身分，既可是文姜之子，又可是哀姜之夫了。

除了上述「刺魯莊公」的說法之外，也有人以為此詩於魯莊公，實非諷刺，而是讚美。方玉潤《詩經原始》就這樣說：

此齊人初見莊公而歎其威儀技藝之美，不失名門子，而又可以為戡亂材。誠哉其為齊侯之甥也！意本贊美，以其母不賢，故自後人觀之而以為刺耳。於是紛紛議論，並謂「展我甥兮」一句以為微詞，將詩人忠厚待人本意盡情說壞。是皆後儒深文苛刻之論，有以啟之也。愚於是詩，不以為刺，而以為美，非好立異，原詩人作詩本意，蓋如是耳。

方玉潤雖然說此詩是「美」而非「刺」，但總還認為與魯莊公有關，民國以來的一些學者，喜歡據詩直尋本義，越來越不肯採信舊說，所以對這首詩的解釋，也就越來越紛歧了。像蔣立甫的《詩經選注》說：「這首詩讚美一個善射者。以展我甥兮句推測，作者可能是被稱讚者的舅父或岳丈。」像呂恢文的《詩經國風今譯》說：「這首詩是長輩對一年輕後生的誇讚之詞，一說古時女之壻亦曰甥，故此詩為誇壻之作。」像這樣子的解說《詩經》，也就難怪一般讀者對《詩經》會茫然不解、無所適從了。

此詩三章，每章六句，全寫魯莊公射箭的威儀和技藝，除一句外，也全用「兮」字作結。清人鄧翔《詩經繹參》即以此和〈君子偕老〉一詩作比較，說：「〈偕老〉篇全於『也』字著丰神，

〈猗嗟〉篇全以『兮』字寄情韻，都成絕妙好詞，無獨有耦，可稱合璧。」牛運震的《詩志》也說：「三歎有十分痛惜之意，疊韻得極口讚頌之神」，又說：「畫美女難，畫美男子尤難。看他通篇寫容貌態度，十分妍動，與〈君子偕老〉篇各盡其妙。」這些都是很恰當的評語。

從字面上看，三章之中，先由射箭前體態的頎長寫到儀式的完成，再由射箭時眉目的清揚寫到步履的便捷，最後由射箭後的「臧兮」、「不出正兮」，寫到「四矢反兮」，充分表現出魯莊公射箭技藝的高超。這樣高超的技藝配上清揚的丰姿，讓魯莊公隨他母親文姜回到齊國省親時，當眾表演，贏得齊國君臣一致的稱讚。「展我甥兮」，「以禦亂兮」，不但拉攏關係，而且還稱讚這種技藝足以做禦亂衛國的壯士。揣摩語氣，當時的魯莊公應該年紀還輕，尚未即位。

魏風

魏風解題

魏，是周初所封的姬姓小國，見《左傳．襄公二十九年》。故地在今山西省芮城縣東北一帶，原是虞舜、夏禹所都之地，西接秦國，北鄰晉國，管轄地區在河曲、汾水之間，包括現今山西省東南和河南省西北一帶。因為土地貧瘠，民生困苦，常常受到大國的侵陵。

東周惠王十六年（公元前六六一年），也就是魯閔公元年的時候，魏為晉獻公所滅，並封給其後裔畢萬。畢萬事晉獻公，遂以「魏」為氏。後來春秋時期，晉文公命畢萬子為大夫，治於魏，號魏武子。九傳至魏文侯（公元前四四五～三九六年），已入戰國時代矣。

魏文侯與韓、趙三家分晉，列諸侯，建都安邑（今山西夏縣北），國號亦稱魏。後因遷都大梁（今河南開封西北），故又稱梁。最後為秦所滅。

因此，〈魏風〉所收的詩篇，一般研究者多認為是魏亡以前、春秋初期的作品。反映了人民受到剝削、壓迫的苦悶，也流露出憂國傷時的心聲，在十五國風中，別樹一幟。有人以為它和〈晉風〉（即〈唐風〉）相近。

〈魏風〉收有〈葛屨〉等七首詩，根據鄭玄《詩譜》的說法，〈葛屨〉以迄〈十畝之間〉共五篇，成於周平王之世，相當於公元前七七〇～七二〇年；〈伐檀〉、〈碩鼠〉二篇，成於周桓王之世，約當於公元前七一九～六九七年。現在參考歷代學者的意見，重加檢討，分別說明，見各篇「新繹」。

《史記》魏無〈世家〉，戰國以前資料不全，譜系從缺。

葛屨

一

糾糾葛屨，❶
可以履霜？
摻摻女手，❷
可以縫裳？
要之襋之，❸
好人服之。❹

二

好人提提，❺
宛然左辟。❻
佩其象揥。❼
維是褊心，❽
是以為刺。❾

【直譯】

糾糾結結葛布鞋，
可以用來踏寒霜？
纖纖細細女兒手，
可以用來縫衣裳？
縫好腰帶縫衣領，
大好人兒試新裝。

大好人兒多安詳，
那樣柔順向左讓。
佩上那象牙簪子。
只是過於小家氣，
因此作詩來諷刺。

【注釋】

❶ 糾糾，纏繞糾結的樣子。葛屨，葛布鞋。已見〈齊風．南山〉篇。
❷ 摻摻（音「山」），《韓詩》作「纖纖」，纖細的樣子。
❸ 要，同「腰」，指裳腰。襋，音「棘」，衣領。二字都作動詞用。
❹ 好人，美人。指君夫人。服，作動詞用，穿。
❺ 提提，安適、美好的樣子。
❻ 宛然，柔順的樣子。左辟，古人讓路，必向左避開，表示恭敬。辟，同「避」。
❼ 象揥，象牙簪子，貴婦的佩飾。已見〈鄘風．君子偕老〉篇。
❽ 褊（音「扁」）心，小心眼、小家氣。

❾ 是以，因此。刺，諷刺。

【新繹】

〈毛詩序〉對這首詩如此解題：「刺褊也。魏地陿隘，其民機巧趨利，其君儉嗇褊急，而無德以將之。」意思是說魏君過於急躁小氣，無德以服民，影響所及，民風亦因而趨利而尚巧。據《毛傳》說：「婦人三月廟見，然後執婦功。」古代婦人總要在出嫁三月，行過廟見之禮之後，才負起婦人該盡的義務。可是，魏國因為土地貧瘠，民生困苦，所以對出嫁未滿三月、未行廟見之禮的新婦，就要她們提早從事勞動工作。《鄭箋》是這樣說的：「魏俗至冬，猶謂葛屨可以履霜。」「魏俗使未三月婦縫裳者，利其事也。」「魏俗所以然者，是君心褊急，無德教使之耳。」古文學派的這種說法，今文學派的三家詩並無異義。朱熹的《詩集傳》還進一步的這樣推論：

> 魏地陿隘，其俗儉嗇而褊急，故以葛屨履霜起興，而刺其使女縫裳，又使治其要襋，而遂服之也。此詩疑即縫裳之女所作。

朱熹懷疑此詩即縫裳之女所作，這個說法引起後人熱烈的討論。清代姚際恆的《詩經通論》就一方面反對〈詩序〉以下的「刺儉嗇」之說，一方面肯定朱熹的推論。姚氏的結論是：「此詩疑其時夫人之妾媵所作，以刺夫人者。」

民國以來，像聞一多的《風詩類鈔》說的：「屨裳皆妾手所製，夫持以授嫡，嫡宛然而走避之」，或者像余冠英《詩經選》裡所說的：「詩中『縫裳』的女子似是婢妾，『好人』似是嫡妻。妾請嫡試新裝，嫡扭轉腰身，戴她的象牙搔頭，故意不加理睬。這是心地褊狹的表現，詩人因此編了一支歌兒刺刺她。作者或許是眾妾之一，或許就是這縫裳之女。」都是承繼朱熹此一說法而來。事實上，詩中的「好人」，說是指魏國國君夫人或貴族家庭中的嫡夫人，都可以講得通。問題只是民國以來解說《詩經》的人，往往喜談階級矛盾，所以像高亨的《詩經今注》就說這首詩是描寫「女奴不甘受主人的虐待」，像陳子展的《詩經直解》就說這篇作品有「階級烙印」，「蓋民間詩人所作，採自歌謠」。至於昔人舊說，好像很多人都習慣於摒棄而不觀了。

這首詩，歷來分為兩章。第一章六句，第二章五句，每句四字。第一章前四句，把握住縫衣女子的兩個細節描述，就使她的形象突顯出來。「糾糾葛屨，可以履霜」，是說在天寒地凍的嚴冬，縫衣女子還只是穿著夏天適用的葛布鞋子；穿這樣的鞋子走在霜雪之上，其不堪行，可想而知；第三、四兩句「摻摻女手，可以縫裳」，是說纖細瘦弱的手指，還要縫製別人的衣裳；身體這樣瘦弱，負擔繁瑣的工作，其不勝任，亦可想而知。透過這兩個細節的描寫，縫衣女子的主人，不管是魏國君夫人或一般貴族的主婦，其待人之刻薄，也就不言而喻了。「可以履霜」、「可以縫裳」的「可以」，俞樾的《群經平議》以為意同「何以」，實在很有道理。第五句的「要之襋之」，承第四句的「縫裳」而來，是說縫好了衣帶，又要縫製衣領，可見工作非常辛苦。以上的描寫和第六句「好人服之」，恰成一個鮮明的對照。「好人」，是指縫衣女子的主人，不管那是誰，在作者筆下，這「好人」二字實在寓有不少的諷刺之意。

第二章的前三句，承接上文「好人」的「好」而來。「好人提提」，是說主人的和樂安詳；「宛然左辟」，是說主人非常謙讓，在路上遇見別人，就趕快向左閃在一旁。方玉潤《詩經原始》引用徐鳳彩的話說：「古人以右為尊，故讓者辟右就左。」可見「宛然左辟」一句，和第一章的「可以履霜」相呼應，都是就路上行走而言。「佩其象揥」，是說主人佩戴上象牙簪子，顯得非常雍容高貴。以上三句都是描寫主人的雍容大方，稱得上是個大好人兒。然而，和第一章描寫縫衣女子的形象兩相對照，這裡越描寫他的「好」，就同時越可看出他的虛偽。他的「好」，只是偽善而已。否則他對縫衣女子，怎麼會那麼刻薄。

最後兩句，點出主人的缺點，也點出作者寫作的用意。「褊心」二字，是對主人的譴責，也是對縫衣女子的同情。詩雖然只有兩章，但所要描寫的兩種人物形象，卻是鮮明生動的。

清代牟庭的《詩切》一書，對詩篇的看法常常與眾不同。對於〈葛屨〉這首詩，牟庭除了對字句的解釋，否定前人之說外，他以為這首詩應該分為三章，每章四句。他的分法如下：

第一章：糾糾葛屨，可以履霜。摻摻女手，可以縫裳。

第二章：要之襋之，好人服之。好人提提，宛然左辟。

第三章：（宛然左辟，）佩其象揥。維是褊心，是以為刺。

他對這種分法，有一段補充說明：「『宛然左辟』，舊無此重句，則卒章少一句而不成音節，疑因漢時章句，誤分此詩為二章，分合之間，致脫其重讀之句也。但今無他書可證，未敢大書補正。姑作此讀，私記所疑。」牟庭的看法，或可備一說。

汾沮洳

一

彼汾沮洳，❶
言采其莫。❷
彼其之子，❸
美無度。❹
美無度，
殊異乎公路。❺

二

彼汾一方，❻
言采其桑。
彼其之子，
美如英。❼
美如英，
殊異乎公行。❽

【直譯】

到那汾水低濕地，
去採野菜名叫莫。
像那其國的人兒，
美麗得無法測度。
美麗得無法測度，
大不相同於公路。

到那汾水的一旁，
我去採取那蠶桑。
像那其國的人兒，
美麗得像花一樣。
美麗得像花一樣，
大不相同於公行。

【注釋】

❶汾，魏國水名，流經今山西省中部，至河津縣入黃河。沮洳，音「居如」，低濕的地區。

❷言，我（《鄭箋》說）。莫，一種味酸可食的植物。

❸其，古代國名或氏族之名。已見〈王風·揚之水〉篇。

❹無度，無法用尺寸測量。

❺路，通「輅」，公侯所乘的大車。公路，管理公侯大車的官名。

❻一方，一旁、一邊。

❼英，華、花。

❽公行（音「杭」），官名，掌管公侯的兵車。

三

彼汾一曲，❾
言采其藚。❿
彼其之子，
美如玉。
美如玉，
殊異乎公族。⓫

到那汾水的河曲，
我去採取那澤瀉。
像那其國的人兒，
美麗得就像寶玉。
美麗得就像寶玉，
大不相同於公族。

❾ 曲，彎、河灣。一曲，在河流轉彎處。
❿ 藚，音「續」，一種野菜。今名澤瀉。
⓫ 公族，官名，掌管諸侯的屬車。一說：掌管君王宗族的事務。

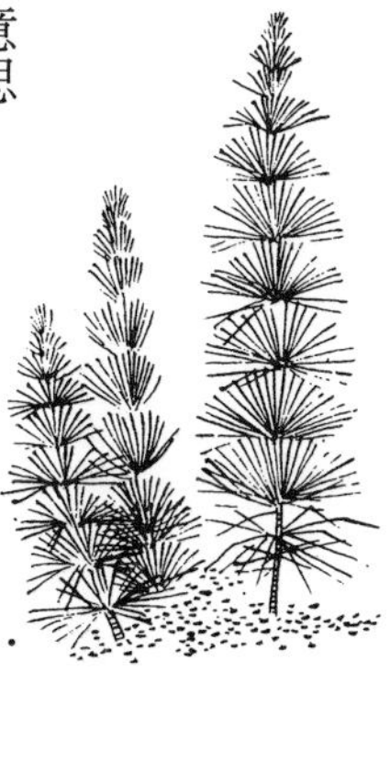
·藚·

【新繹】

〈汾沮洳〉這一篇，歷來解說者意見非常紛歧。〈毛詩序〉是這樣說的：「〈汾沮洳〉，刺儉也。其君儉以能勤，刺不得禮也。」意思是說：魏君非常勤儉，親自到汾水岸邊採集莫菜、蠶桑和澤瀉。這樣的行為，美則美矣，但畢竟儉嗇太過，有違古代貴族的體統，所以詩人諷刺他「不得禮」。後來如《毛詩正義》和朱熹的《詩集傳》等，都採用這種說法。

〈毛詩序〉代表的是古文學派的觀點，代表今文學派的三家詩，對於這首詩的看法，和〈毛詩序〉不同而異。《韓詩外傳》以為這些詩句是用來讚美「君子有主善之心，而無勝人之色；德足以君天下，而無驕肆之容」，魏源《詩古微》闡釋得好：

蓋歎沮澤之間，有賢者隱居在下，采蔬自給，然其才德實高出乎在位公行、公路之上，故曰雖在下位而自尊，超乎其有以殊世，蓋春秋時晉官……皆貴游子弟，無材世祿，賢者不得用，用者不必賢也。

魏源的說法，王先謙在《詩三家義集疏》中極表贊同，並且還特別強調《韓詩外傳》所述「雖多推衍之詞，然皆依文順恉，從無與本詩相反者。」

今文學派對此詩的看法，除了由刺詞轉為美詞之外，描述的對象，也由魏君轉為「君子」或隱居下位的賢人。姚際恆的《詩經通論》、方玉潤的《詩經原始》，也有類似的說法。他們都以為〈汾沮洳〉是讚美公族大夫儉德的詩篇，而非諷刺之詞。二說並存，真的難分軒輊。

民國以來的說《詩》者，則有的完全摒棄舊說，以為這是一首描寫婦女思慕、讚美情人的詩篇，像聞一多的《風詩類鈔》、高亨的《詩經今注》等等皆是。這種說法多就詩論詩，憑空立說，固然有時候或許能直探詩旨，但筆者總以為僅可參考，不能完全採信。至於像清代牟庭《詩切》一書中，說此詩乃「刺魏氏娶賤女也」，更是推衍太過之詞，不必一一討論。

〈汾沮洳〉這首詩，凡三章，每章六句。每一章的前兩句，都是說有一位美好的人，到汾水去採東西。這位美好的人，即「彼其之子」，究竟是男是女，不得而知。歷來說詩的人，大都以為是指男性。這個人到汾水的低窪處採莫菜，到汾水的岸邊採柔桑，到汾水的河曲採澤瀉，分別在三章中呈現，是一種對照的寫法。

據陸文郁《詩草木今釋》說，莫、桑、藚這三種植物，都可以食用，也都可以當藥用。詩中的「彼其之子」，不辭辛苦，到汾水邊採集這些植物，其動機何在呢？魏炯若的《讀風知新記》說：「桑是商品，藚是藥，也是商品，莫雖不可知，三占從二，總不會錯。這些都是新興奴隸主階級的生財之道。」又說：「作者也承認儉是美德，但貴族階級的體統，其重要又過於儉德。這種思想，全世界貴族都是一樣的。」照這樣說來，〈毛詩序〉的刺「儉以能勤」、「不得禮」的說法，就可以成立了。假使不從「生財之道」的觀點去讀這首詩，而認為這只是描寫有儉德的公族子姓，「身居貴胄，德復粹然，而又能勤與儉，毫無驕奢習氣，殊異乎公族輩也」（以上皆方玉潤《詩經原始》語），那麼，這首詩就是在稱美公族大夫或賢人的作品了。汪梧鳳的《詩學女為》則以為莫、桑、藚都是生長在下濕之地的植物，比喻位居下賤之人，每章的前兩句，都只是詩的起興而已，詩篇的旨趣仍在於「莫可繅，桑可蠶，藚可藥，不以生於沮洳之地遺之；乃美不可限量、如英如玉之子，非世家子弟不得比者，反以卑寒棄之，是可惜也。」這又似乎在感嘆賢才不遇了。

每章的第三、四兩句，「美無度」、「美如英」、「美如玉」，都是用來形容「彼其之子」的儀表不凡。玉，是石之美者，可以不論；英，原是草之花，《毛傳》解釋為「萬人」，意即萬中選一的人材，但馬瑞辰《毛詩傳箋通釋》說：「美無度，度，當讀如尺度之度，與美如玉皆以器物為喻，不得謂英獨指人言。英，當讀如瓊英之英。如英，猶云如玉，變文以協韻耳。」換言之，馬瑞辰以為英同「瑛」，指石似玉之美者。筆者的譯文，即採用此說。但並不否定《毛傳》的訓詁。

每章的第五句，都是疊句，重疊第四句，藉反復的吟詠，來增加對「彼其之子」的稱美。

「殊異乎公路」、「殊異乎公行」、「殊異乎公族」，這三章末句的「公路」、「公行」、「公族」，都是古代的官名。公路是管理路車的官員，公行是管理兵車的官員，公族是管理宗族之事的官員。這些官員，按例都由貴族的子弟來充任。因為這些職位，往往是世襲的，所以在他們之間，自成一種大家共同遵循的傳統和理念。從好處說，他們的言行，有一定的規範，不至於儉嗇；從壞處說，他們的生活，往往坐享其成，不肯從事勞動生產。不管怎麼說，這裡的「公路」、「公行」、「公族」，和上文的「彼其之子」，是截然不同、用來對照的人物。詩人正是要藉此來說明他心中的好惡。至於是刺是美，則端視讀者自己如何體會了。

這就叫做「詩無達詁」。但它有一個基本條件，要合乎訓詁，不能偏離題旨太遠。

園有桃

一

園有桃，
其實之殽。❶
心之憂矣，
我歌且謠。❷
不我知者，❸
謂我士也驕。
彼人是哉，❹
子曰何其！❺
心之憂矣，
其誰知之？
其誰知之，
蓋亦勿思！❻

【直譯】

果園裡栽有桃樹，
它的果實可品嚐。
心裡這樣憂傷呀，
我又長歌又清唱。
不了解我的人啊，
說我士人太驕狂。
那個人說得對吧，
你說為什麼那樣！
心裡這樣憂傷呀，
有誰能夠了解它？
有誰能夠了解它，
何不再也不去想！

【注釋】

❶ 之，是。殽，音「堯」，古「肴」字。此作動詞，食、吃。
❷ 歌，合樂、有樂器伴奏的曲子。謠，徒歌，沒有樂器伴奏的清歌。
❸ 不我知，不知我。
❹ 彼人，那個人、那些人。指不知我者。
❺ 何其，如何、怎麼樣。
❻ 蓋，通「盍」，何不。思，憂慮的意思。

二

園有棘，❼
其實之食。
心之憂矣，
聊以行國。❽
不知我者，
謂我士也罔極。❾
彼人是哉，
子曰何其！
心之憂矣，
其誰知之？
其誰知之，
蓋亦勿思！

果園裡栽有棗樹，
它的果實採來吃。
心裡這樣憂傷呀，
聊且漫遊在國都。
不了解我的人呀，
說我士人沒常度。
那個人說得對吧，
你說為什麼那樣！
心裡這樣憂傷呀，
有誰能夠了解它？
有誰能夠了解它，
何不再也不去想！

❼ 棘，一種多刺的樹木。今名酸棗。
❽ 聊，暫且。國，國都、都城。
❾ 罔極，無準則、沒法度。

‧棘‧

【新繹】

〈園有桃〉這首詩，描寫詩人憂時傷己的心情。〈毛詩序〉是這樣解題的：「〈園有桃〉，刺時也。大夫憂其君，國小而迫，而儉以嗇，不能用其民，而無德教，日以侵削，故作是詩也。」

意思是說魏國國力窘迫，而君王儉嗇，因此魏國的大夫憂時而傷己，寫這首詩來抒發憂讒畏譏的心情。

這種說法，三家詩並無異義，後來的說《詩》者，也大多數據此加以引申。不過，對於詩人所憂何事，則多以為無從確指。例如王質的《詩總聞》即如此說：

採桃實以為肴，採棘實以為食，士大夫、朋友相與會集游適者也。但其憂不知何事，發之歌謠，付之行國，必有難言而不可顯陳者也。

李光地的《詩所》，雖然同意〈毛詩序〉和朱熹《詩集傳》的「詩人憂其國小而無政，故作是詩」的說法，但他仍然說：

此詩文意，《朱傳》盡之，但為何事興感，則不可曉。大抵詩意不可以辭尋者。當觀其所起興。園有桃者，不獨玩其華而已，將以食其實也。亂世之政，多有其文而無其實，視其文則曰是矣，責其實則非也。是以詩人憂之歟？

不管怎麼說，還是不能確定詩中的主人翁，所憂何事。實際上，我們欣賞這首詩，重點也不應該是放在詩人所憂何事上，而是應該去注意詩中所表現出來的，那種惝恍迷離的苦悶徬徨之情。這種感情，才是真正感動讀者的力量。

〈園有桃〉這首詩，共二章，每章十二句。首章開頭二句：「園有桃，其實之殽」，是詩人說自己以桃果腹。「殽」借為「肴」，這裡當動詞用，是「吃」的意思。據劉刈在《詩經楚辭鑒賞辭典》裡的分析，這兩句固然可能是詩人窮愁潦倒生活的寫照，也可能是他安於清貧、不慕榮華的表示，但更可能是他以平凡之物尚且為人所知，而自己身懷用世之才反不為人識的一種心理寫照。劉氏的分析，頗為周延，能夠概括歷來說《詩》者的意見。

「心之憂矣」以下十句，蓋從「憂」字落筆，句句與憂有關。孫鑛說：「只一憂字，展轉演出將十句，經中亦罕有。餘文多，正意少。」說的頗有道理。有時候，詩歌的感人力量，不在它的內容思想的深淺多寡，而在於它能夠情餘言外，令人不禁吟詠嗟嘆、手舞足蹈起來。「心之憂矣」以下十句，正可作如是觀。

「心之憂矣，我歌且謠」二句，據《毛傳》的解釋，「曲合樂曰歌，徒歌曰謠」，可見歌是合樂的曲調，謠指徒歌清唱。「我歌且謠」正是長歌可以當哭之意。所謂哭不得，所以笑。當憂憤難消之時，有時候也只有「我歌且謠」，才能稍解心中的委屈。詩人的心中有什麼委屈呢？「不知我者，謂我士也驕」，原來他被人視為驕傲狂蕩之輩。從此一「驕」字，可以想見他的言行，是多麼不同凡俗，又是多麼不為俗世所容。「士」是古代群臣或男子的通稱，所以有人據此認定作者是一個「知識分子」。郭沫若在《中國古代社會研究》中就說：「這首詩的詩人自己稱自己為士，這當然是一位作官的了。」是不是作官的不能確定，但有一點可以確定，那就是他懷才不遇，憂讒畏譏。別人說他驕傲狂蕩，他自己反省，別人的批評有道理嗎？他反省之餘，肯定自己沒有錯，完全是別人誤會了他。所以他對「不知我者」更加惱恨，而反復推尋之後，也不能不有

「其誰知之，蓋亦勿思」的感嘆與無奈了。「蓋亦勿思」，「蓋」同「盍」，全句是自傷語，也是自慰語，語中流露出些許的無奈。

第二章是第一章的複沓疊唱。在複沓疊唱中，稍為改易幾個字，就把詩意更推進了一層。由「桃」而「棘」，由「殽」」而「食」，由「我歌且謠」而「聊以行國」，由「謂我士也驕」而「謂我士也罔極」，改易者如此而已，意思也都差不多，但色調則第二章比第一章要濃烈得多。「聊以行國」，據朱熹《詩集傳》說：「歌謠之不足，則出遊於國中而寫憂也」，屈萬里老師更進一步指出古代對都城也稱為國。這樣的話，「聊以行國」就是說聊且漫遊於熱鬧繁華的國都，想藉此暫時忘記內心的煩憂。這跟第一章的「我歌且謠」，是同樣的表現方式。至於「謂我士也罔極」的「罔極」，意即「無常」、「無良」，比起第一章的「驕」字，批評的意味也更為濃烈。而作者感嘆懷才不遇、知音難逢的憂悶之情，也就在這樣的複沓疊唱中，自然的流露出來了。

陟岵

一

陟彼岵兮，❶
瞻望父兮。
父曰：
「嗟予子，
行役夙夜無已！❷
上慎旃哉，❸
猶來無止。」❹

二

陟彼屺兮，❺
瞻望母兮。
母曰：
「嗟予季，❻
行役夙夜無寐！❼

【直譯】

登上那座青山喲，
遙望故鄉父親喲。
好像聽見父親說：
「唉呀我的好兒子，
服役早晚未停止！
希望保重自己啊，
還能回家莫留滯。」

登上那座童山喲，
遙望故鄉母親喲。
好像聽見母親說：
「唉呀我的小兒子，
服役早晚沒休息！

【注釋】

❶ 岵，音「戶」，山無草木（《毛傳》）。一說：山多草木（《爾雅》）。
❷ 夙夜，早晚。無已，沒停止、沒休息。
❸ 上，通「尚」，庶幾，表示希望的語氣。旃，音「沾」，之焉的合音。
❹ 來，歸來、回家。止，停留外地。
❺ 屺，音「起」，山有草木。一說：山無草木。
❻ 季，少子、小兒子。在母親眼中，兒子永遠長不大，需要照顧。
❼ 寐，睡。這裡指熟睡。

上慎旃哉，
猶來無棄。」❽

希望保重自己啊，
還能回家莫相棄。」

三

陟彼岡兮，
瞻望兄兮。
兄曰：
「嗟予弟，
行役夙夜必偕！❾
上慎旃哉，
猶來無死。」

登上那座山岡喲，
遙望故鄉兄長喲。
好像聽見兄長說：
「唉呀我的好兄弟，
服役早晚都一樣！
希望保重自己啊，
還能回家莫傷亡。」

❽ 無棄，不要死在外頭。同「無死」。
❾ 偕，俱、一樣。是說與同伴一起活動休息。

【新繹】

〈陟岵〉這首詩，是一篇抒寫征夫思親的作品。〈毛詩序〉是這樣說的：「〈陟岵〉，孝子行役，思念父母也。國迫而數侵削，役乎大國，父母兄弟離散，而作是詩也。」這種說法，三家並無異義。《易林．泰之否》說：「陟岵望母，役事不已。王政靡盬（音「古」），不得相保。」顯然是《齊詩》的說詩者，牽合上下詩句用之，非有不同。〈魏風〉中反映社會疾苦的作品不少，自然與國迫政闇、地瘠民貧有關，所以舊說自有道理，不必輕言捨棄。方玉潤的《詩經原始》闡釋得最好。他說這篇作品是：

孝子行役而思親也。人子行役，登高念親，人情之常。若從正面直寫己之所以念親，縱千言萬語，豈能道得意盡？詩妙從對面設想，思親所以念己之心，與臨行勗己之言，則筆以曲而愈達，情以婉而愈深。

這些話都說得很有道理。此詩之妙，正是「妙從對面設想」。它不直接寫征夫如何如何懷鄉思親，反而調轉筆鋒，寫征夫想像家人如何如何想念、祝福自己，因而讀起來曲折有致，比直敘要動人得多。

詩凡三章。第一章寫征夫對父親的想念。「瞻望」二字，是全篇的中心，因為一切親人對征夫的想念、祝福，都是從征夫的瞻望中想像出來的。明代徐奮鵬的《毛詩捷渡》就說此詩「都自望中想得來」。第二章寫征夫對母親的思念。「嗟予季」一語，備見「娘愛么兒」之情。第三章寫征夫對兄長的懷念。三章都不說自己如何想念親人，反而說親人如何想念自己；三章都不說自己知道保重自己，反而說親人要他自己好好保重。這些寫法，都是越說別人，就越扣緊到自己的身上，使讀者覺得情味深厚。方玉潤說的「筆以曲而愈達，情以婉而愈深」，正是這樣的意思。

詩中字句的解釋，比較引起後人爭論的，是「岵」、「屺」二字。根據《毛傳》的說法：「山無草木曰岵」、「山有草木曰屺」，這和《爾雅》、《說文解字》等書的說法，正好相反。《爾雅》、

《說文解字》等書以為有草木的叫做「岵」，沒有草木的才叫做「屺」。關於這些論辯，陳啟源、錢大昕、馬瑞辰、戴震等人，都曾有一些意見，以為和《毛傳》的傳本有關。這裡取《毛傳》之說，對於前人相關的論辯資料，則不具引。

在斷句方面，第一章「嗟予子，行役夙夜無已」二句，有人斷為「嗟予子行役，夙夜無已」，第二章的「嗟予季」、第三章的「嗟予弟」等句同此。我們覺得依韻求之，第一章的「子」、「已」、「止」等字協韻；第二章的「季」、「寐」、「棄」等字協韻；第三章的「弟」、「偕」、「死」等字協韻，所以我們的斷句，斷成現在的樣子。

另外，「行役夙夜無已」、「行役夙夜無寐」、「行役夙夜必偕」這三句，有人不解釋為憐憫征夫行役疲累之詞，而解釋為：希望征夫夙夜匪懈，好自為之。並且說是親人「臨行勗己之言」。這樣的解釋，轉消極為積極，使憐憫成鼓勵，自教化的立場說，也自有其意義，不必排斥。

十畝之間

一
十畝之間兮，
桑者閑閑兮，❶
行與子還兮。❷

二
十畝之外兮，
桑者泄泄兮，❸
行與子逝兮。❹

【直譯】

十畝桑園之間呀，
採桑人多悠閒呀，
準備跟你同返呀。

十畝桑園之外呀，
採桑人多自在呀，
準備跟你離開呀。

【注釋】

❶ 閑閑，來往悠閒自得的樣子。一說：眾多的樣子。
❷ 行，將、且。一說：走吧。還，返。一說：盤桓。
❸ 泄泄，同「閑閑」。
❹ 逝，往、離去。

【新繹】

〈十畝之間〉這首詩，歷來的解釋非常紛歧。〈毛詩序〉是這樣解題的：「〈十畝之間〉，刺時也。言其國削小，民無所居焉。」說魏國土地削小，前幾篇〈魏風〉已經一再提及，茲不贅論。至於「民無所居」，則《毛詩正義》說得好：「謂土田陿隘，不足耕墾以居生，非謂無居宅也。」這是說並非沒有房屋住，而是感嘆人民不能安居樂業。〈毛詩序〉的說法，立意在此。

不過，〈毛詩序〉的話，可能說得太過簡略了，所以宋代的朱熹，一面在《詩序辨說》中譏其無理，一面在《詩集傳》中加以補充說明：

> 政亂國危，賢者不樂仕於其朝，而思與其友歸於農圃。故其詞如此。

顯然可見朱熹把此詩解為賢者歸隱之作。賢者為何要「思與其友歸於農圃」呢？原因自然是「其國削小」、「政亂國危」。上文說的「民無所居」，事實上也就是「政亂國危」的另一種說法。朱熹的這種解釋，後來採信的人不少，像崔述的《讀風偶識》就這樣說：「但言退居之樂，不及服官之難。意在言表，殊耐人思。」像吳闓生的《詩義會通》也說：「陶公〈歸去來辭〉，從此衍出。」「國不可為之意，具在言外。」

除了〈毛詩序〉和《詩集傳》的說法之外，清代毛奇齡的《國風省篇》，認為這是「淫奔」之詩。姚際恆的《詩經通論》也說「此類刺淫之詩」，並且引用曹植詩「美女妖且閑，採桑歧路間」為例，說明他所持的理由：

> 蓋以桑者為婦人古稱，採桑皆婦人，無稱男子者。若為男子思隱，則何為及於婦人耶？⋯⋯古西北之地多植桑，與今絕異，故指男女之私者，必曰「桑中」也。此描摹桑者閑閑、泄泄之態，而行將與之還而往，正類其意。不然，則夫之呼其妻，亦未可知也。

姚際恆一向討厭朱熹《詩集傳》指美詩為淫詩，對於〈十畝之間〉這首詩，朱熹既然稱許為賢人歸隱之作，姚際恆卻偏偏以為是「刺淫之詩」，難免引起後人的議論。像方玉潤《詩經原始》就曾如此質疑：「此詩絕無淫意而乃以為淫，則何異惡人之狂而反自蹈狂疾者哉？」倒是對於姚際恆所謂「不然，則夫之呼其妻，亦未可知也」的推測，方玉潤以為頗有道理，因此他折衷了朱熹和姚際恆的意見，認為〈十畝之間〉乃是歌詠「夫婦偕隱」之作。他說：「蓋隱者必挈眷偕往，不必定招朋類也。」事實上，方玉潤只是稍變朱熹之說而已。因為歸隱之士，究竟是「攜眷」或「招朋」，本來就不能一概而論，也無從深究。

此外，掃去舊說、一空依傍的說《詩》者，也有一些。像牟庭《詩切》一書，就說此篇為「刺人悅桑女也」。民國以來，更是如此。陳子展的《詩經直解》，解釋此詩為「採桑者之歌」，說是「婦女採桑，且勞且歌，是《韓詩》『勞者歌其事』之一例。采自歌謠，於以見其熱愛勞動與樂群生活之外，實無深義。」這種說法，據詩直尋本義，最受現代一般讀者歡迎，至於是否失之膚泛，好像也沒有人理會。

〈十畝之間〉這首詩，凡兩章六句。第一章和第二章各三句，前後句式和字句大抵相同，不過各易其一二字而已。然而，雖然只有寥寥幾句，卻使人讀了覺得圖像生動，聲情並茂。

「十畝之間」的「十畝」，是舉成數而言。根據馬瑞辰《毛詩傳箋通釋》的說法，古代人民種桑多在廬舍周圍，因此，此詩中所說的桑園或桑林，應該就在廬舍或公田的附近。「十畝之間」與「十畝之外」是一種互文見義的寫法，下面的「行與子還兮」和「行與子逝兮」二句對舉，道理完全相同。至於「桑者閑閑兮」、「桑者泄泄兮」的「閑閑」、「泄泄」，歷來多解作往來自得，令人想見田園生活之樂，或許朱熹等人的立論觀點，就由此而發；也有人把「閑閑」解為「男女無別往來之貌」，把「泄泄」解為「多人之貌」，這是說土地太小，而採桑人多，因此空間非常窘迫擁擠，難免令人興起「胡不歸」之嘆。〈毛詩序〉的說法，我以為也就是從這裡推想而得的。

伐檀

一

坎坎伐檀兮，❶
寘之河之干兮，❷
河水清且漣猗。❸
不稼不穡，❹
胡取禾三百廛兮？❺
不狩不獵，❻
胡瞻爾庭有縣貆兮？❼
彼君子兮，
不素餐兮！❽

二

坎坎伐輻兮，❾
寘之河之側兮，
河水清且直猗。❿

【直譯】

坎坎響的砍著車軸呀，
放置它在河的岸邊呀，
河水清澈又起波瀾呀。
不去耕種不收割，
為何取得稻穀三百纏呀？
不去圍狩不出獵，
為何看見你院裡掛有豬貛呀？
那些大人先生呀，
不會白吃閒飯呀！

坎坎響的砍製車輻呀，
放置它在河的邊側呀，
河水清澈而且平直呀。

【注釋】

❶坎坎，用力砍伐檀木的聲音。檀，樹名，可以用來製車或造紙。

❷寘，同「置」。河，黃河。干，通「岸」，厓岸。

❸漣，風吹水面起的波瀾。猗，同「兮」，語氣詞。

❹稼，耕種。穡，音「嗇」，收割。

❺胡，何、為何。廛，音「蟬」，通「纏」。三百纏，三百束。

❻狩，冬獵。獵，夏獵、夜間打獵。泛指打獵。

❼胡瞻，為何看到。爾庭，你庭院裡。縣，同「懸」。貆，音「歡」，獸名，即「貛」。

❽素，空。素餐，吃白飯、光吃飯。

不稼不穡，
胡取禾三百億兮？⓫
不狩不獵，
胡瞻爾庭有縣特兮？⓬
彼君子兮，
不素食兮！

三

坎坎伐輪兮，⓭
寘之河之漘兮，⓮
河水清且淪猗。⓯
不稼不穡，
胡取禾三百囷兮？⓰
不狩不獵，
胡瞻爾庭有縣鶉兮？⓱
彼君子兮，
不素飧兮！⓲

不去耕種不收割，
為何取得稻穀三百繶呀？
不去圍狩不出獵，
為何看見你院裡掛有大獸呀？
那些大人先生呀，
不會白吃閒飯呀！

坎坎響的砍製車輪呀，
放置它在河的水濱呀，
河水清澈又起波紋呀。
不去耕種不收割，
為何取得稻穀三百稛呀？
不去圍狩不出獵，
為何看見你院裡掛有鵪鶉呀？
那些大人先生呀，
不會白吃閒飯呀！

❾ 輻，音「芙」，車輪當中的直木，今稱輻條。伐輻，仍指伐檀。
❿ 直，直波。
⓫ 億，同「繶」，束、捆。一說：萬萬叫億。
⓬ 特，三歲以上的大獸。
⓭ 輪，車輪。是說伐檀來製車輪。
⓮ 漘，音「純」，水邊。
⓯ 淪，小波紋。一說：漩渦。
⓰ 囷，音「群」或「軍」，同「稛」，束。一說：圓形糧倉。
⓱ 鶉，音「純」，鳥名，即鵪鶉。一說：雕。
⓲ 飧，音「孫」，晚飯、熟食。泛指飯食。

・貉、貆・

【新繹】

〈伐檀〉是《詩經》中的名篇，歷來解說非常紛歧。〈毛詩序〉以為它是刺貪之作：「〈伐檀〉，刺貪也。在位貪鄙，無功而受祿，君子不得進仕爾。」意思是說當時魏國的統治者，貪鄙酷虐，尸位而素餐，無功而受祿，所以君子被斥，不得進用。據王先謙《詩三家義集疏》所引述的資料看，三家詩的看法，也像〈毛詩序〉一樣，「諸說皆刺在位尸祿，賢不進用，與《毛》不異。」可見在漢代以前，對這首詩的看法，大致沒有什麼差異。但是，從宋代以後，各種不同的說法，就雜出而紛呈了。

朱熹《詩序辨說》說：「此詩專美君子不素餐，〈序〉言刺貪，失其旨矣。」這是說此詩乃頌美君子之不尸位素餐，而無諷刺之意。清代崔述的《讀風偶識》，則兼採〈毛詩序〉與朱子之說，以為美刺二者，都可以講得通，其差別僅在解釋的角度不同而已。崔述是這樣說的：

〈伐檀〉，〈序〉以為刺貪，朱子以為美不素餐。然細玩其詞，二意實兼之。蓋惟賢人不得行其志，而相率遯於十畝之間，故在位者皆貪鄙之夫，不以無功受祿為恥。其反覆嘆美於辭榮之君子者，正以愧夫尸位之小人也。

換句話說，諷刺小人和頌美君子，本來就是一體的兩面，並無矛盾可言。歷來以美刺觀點解說《詩經》的人，最常犯的毛病，就是呆滯而不知通融。我想崔述的說法，自有可取之處，並非強作調人。

除此之外，像牟庭的《詩切》，以為此詩是「刺儲卿也」。「今伐檀而置之河厓之干，欲俟河水澄清，將乘波瀾而運之。喻國家儲養小材，待以卿之祿秩，欲俟久遠之後，用為卿也。」這種說法迥異於前人，完全是作者個人自創的新說。其他互相借說、似異實同的看法，還有不少，這裡不一一贅述。

民國以來，對此詩的解釋，多趨於認為此乃伐木者或勞動者之歌，所謂「勞者歌其事」者是。陳子展的《詩經直解》、《國風選譯》等書皆然，其他的學者也大抵如此。不過，他們大都以為此詩是在諷刺不勞而獲的剝削者，只有極少數的著作，像宮玉海的《詩經新論》，才獨排眾說，以為這是歌詠當時從事木材製造買賣的工商業者的作品。孰是孰非，一時頗難論定。像這種例子，我是主張姑依舊說的。

〈伐檀〉一詩共三章，每章九句。前後三章的章句組織，採用複沓的形式，因此予人往復不盡、一唱三嘆之感。

「坎坎」是「伐檀」之聲，自無疑問。但這裡的「檀」，並非泛指檀木而言。據陸文郁《詩草木今釋》說，檀木堅硬，為建築良材，特別適用於車軸，因此配合第二、三兩章的車輻、車輪來看，本詩中的「伐檀」，應指砍製車軸而言。「寘之河之干兮」以下二句，是指砍製的車軸所放置的地點，也有人說是為了水路外送。第二、三章的「河之側兮」、「河之漘兮」等句，都是比類而換的字眼。「不稼不穡」以下四句，是兩組疑問句。古代以農牧為主的社會裡，不耕種，不狩獵，一般說來，是得不到糧食或物品的。可是，詩中所描寫的對象，不耕不種，不狩不獵，卻獲得很多稻穀，而且庭中掛有獵物。這是為什麼呢？從諷刺的立場來說，這是「刺貪者」，諷刺統治者剝削勞動者，諷刺不勞而獲的人剝削了勞而不獲的人。「三百廛」舊說以為指諸侯大夫有采邑三百戶之制，但俞樾《群經平議》以為詩中的「廛」、「億」、「囷」三字，當從《廣雅・釋詁》作「纏」、「繶」、「稛」，並訓為「束」。從詩中比類的方式來看，俞氏之說頗有道理，所以筆者採用了這種說法。「不狩不獵」的「狩」，有人說是冬天出獵；「獵」，有人說是夏天或夜間出獵，都有根據，可供讀者參考。至於詩的最後兩句，究竟是對君子的諷刺或肯定，那也要看讀者究竟是採用美刺的哪一種說法了。

碩鼠

一

碩鼠碩鼠，❶
無食我黍！
三歲貫女，❷
莫我肯顧？❸
逝將去女，❹
適彼樂土。
樂土樂土，
爰得我所？❺

二

碩鼠碩鼠，
無食我麥！
三歲貫女，
莫我肯德？❻

【直譯】

大田鼠呀大田鼠，
不要吃我種的黍！
三幾年來慣養你，
不肯對我多眷顧？
發誓即將離開你，
到那理想新樂土。
新樂土呀新樂土，
哪裡找到我住處？

大田鼠呀大田鼠，
不要吃我種的麥！
三幾年來慣養你，
不肯對我懷恩德？

【注釋】

❶碩，大。碩鼠，大田鼠。
❷三歲，虛指，形容時間很久。貫，通「慣」，縱容、慣壞了。
❸「莫肯顧我」的倒文。顧，眷顧、關照。
❹逝，同「誓」。一說：語首助詞。去，離開。女，汝、你。
❺爰，何、在何處。所，住處、安身之地。
❻「莫肯德我」的倒文。德，此作動詞，施恩。

逝將去女，
適彼樂國。
樂國樂國，
爰得我直？❼

發誓即將離開你，
到那理想新樂都。
新樂都呀新樂都，
哪裡肯定我價值？

三

碩鼠碩鼠，
無食我苗！
三歲貫女，
莫我肯勞？❽
逝將去女，
適彼樂郊。
樂郊樂郊，
誰之永號？❾

大田鼠呀大田鼠，
不要吃我種的苗！
三幾年來慣養你，
不肯對我多慰勞？
發誓即將離開你，
到那理想新樂郊。
新樂郊呀新樂郊，
誰那樣長聲號叫？

❼ 直，值、價值。是說得到正面的肯定。
❽ 「莫肯勞我」的倒文。勞，慰勞、慰問。
❾ 永號，長叫。

【新繹】

〈碩鼠〉這首詩，歷來都認為它是一篇諷刺橫征重斂的作品，〈毛詩序〉對它如此解題：「〈碩鼠〉，刺重斂也。國人刺其君重斂，蠶食於民，不修其政，貪而畏人若大鼠也。」意思是說：魏國因為土地狹小，民生困苦，因此統治者不能不節儉，以補國用之不足；然而節儉太過，就流於貪嗇；一旦貪嗇了，就會用重租重稅來橫征暴斂，剝削人民。人民對於這種「蠶食於民」的苛政，非常厭惡，所以把統治者比喻為大田鼠。

〈毛詩序〉的這種說法，和三家詩並無不同。承襲《魯詩》之說的《潛夫論．班祿篇》有云：「履畝稅而〈碩鼠〉作。」承襲《齊詩》之說的《鹽鐵論．取下篇》亦云：「周之末塗，德惠塞而耆欲眾，君奢侈而上求多，民困於下，怠於公事，是以有履畝之稅，〈碩鼠〉之詩是也。」王先謙《詩三家義集疏》在引述魯、齊二家之說後，並加按語說：「毛〈序〉以為『刺重斂』，不若二家義尤明確，《韓詩》當同。」可見在漢代的時候，今古文學派對於此詩的看法，是一致的。三家詩比《毛詩》說得明確。〈毛詩序〉只說是「刺重斂」，三家詩則更進一步，說是和履畝之稅有關。

所謂履畝之稅，是指勞動的人民（指農民），在為公田出勞役或繳納十分之一的賦稅以外，還要為自己開墾的私田，按照實際的面積，再繳納十分之一的實物為賦稅。這樣的重租重稅，對於勞動者當然是很大的負擔，所以他們把剝削人民的統治者，比做大田鼠，只會消耗糧食，不懂得回報。他們多麼希望離開這醜惡的現實，逃到一個理想的新樂土。

詩中的「女」，即「汝」，指碩鼠，亦即剝削人民的統治者。「我」，當然是指被剝削被壓迫的勞動者。但是，這統治者和勞動者，究竟是何身分，則歷來並無定論。〈毛詩序〉、《鄭箋》以為是「國人刺其君」、「斥其君」，顯然以為這是魏國人民諷刺其君之作。宋代朱熹的《詩序辨說》，則以為：「此亦托於碩鼠以刺其有司之辭，未必直以碩鼠指其君也。」這是說指的不是魏君，而是主管其事的官員。清代崔述的《讀風偶識》，說他「細玩其詞」，「非惟不類刺君，亦不似專指有司者」，他判斷是「蓋由有司不肖，惟務朘剝小民以自逸樂，而不復理民事，以致豪強輿隸皆得肆行吞噬而無所忌，故民不堪其擾而思去也。」這是說剝削壓迫人民的，不是魏君，也不是主管其事的官員，而是仗勢欺人的豪強、爪牙。其他的說法，還有一些。

民國以來，有人以為詩中的「我」，指奴隸而言，也有人以為係指農民。高亨《詩經今注》中說：「這首詩是佃農所作。周王朝東遷以後，奴隸制與農奴制都逐漸破壞，出現了新興地主，他們把土地租給佃農耕種，而收實物地租，對佃農的剝削也很殘酷。這首詩正是佃農對地主殘酷剝削的控訴。」像袁寶泉、陳智賢合著的《詩經探微》，書中討論到這個問題時，反復推論，也贊成這一類的說法。換句話說，詩中的「我」是農民自稱，「碩鼠」則指地主而言。

這首詩共三章，每章八句。每一章的開頭，都以不要白吃「我」的糧食（小米、麥子、小苗），來斥責那大田鼠一般的剝削者。「三歲貫女」的「三歲」，泛指若干年，不一定是「三」的實指。「貫」，這裡是慣養的意思；這個字，《魯詩》作「宦」，有侍奉之意。侍奉和慣養，二者的意義是可以相通的。「莫我肯顧」、「莫我肯德」、「莫我肯勞」的「顧」、「德」、「勞」，都是說剝削者白吃了「我」的糧食，卻不懂得感念，而有什麼回報。因此，在失望傷心之餘，被剝削被壓迫的農民，決心要離開這裡，到那可以安居樂業的理想國去。「逝將去女」的「逝」，《鄭箋》解釋為「往」，也有人解作語助詞，因為《公羊傳》徐彥《疏》引作「誓」，有發誓、決心的意思，似乎更切詩旨，所以這裡的譯文採用了它。「適彼樂土」、「適彼樂國」、「適彼樂郊」，都是說要到那快樂的烏托邦去。據上引《詩經探微》的考證，這裡的「國」，應指國都或城邑而言，而「郊」則指農村或郊野而言。筆者以為這種說法，是可以採信的。所以在譯文中，把「樂國」譯為「樂都」。

不過，這裡要特別指出來，「逝將去女」以下二句，都只是擬想之辭，並不是說真的已經到了「樂土」、「樂國」、「樂郊」。也因此，每一章的最後兩句，語氣中都充滿了憧憬和無奈！倒數第二句的「樂土樂土」，據俞樾說，本作「適彼樂土」，是重疊上句，以增加文章氣勢。古人遇此重文，都於字下加二劃以為記號，可能傳寫者不知，因而誤作「樂土樂土」了。核對《韓詩外傳》及《新序・雜事篇》的引文，正作「適彼樂土」，可以為證。下面的「樂國樂國」、「樂郊樂郊」仿此。俞樾的說法，值得參考。

前二章最後一句「爰得我所」、「爰得我直」的「爰」，作「哪裡」、「如何」解，二句是說哪裡才是我可以安居樂業的處所，如何才能使得我直道而行，活得有意義，活得有尊嚴。最後一句「誰之永號」，《鄭箋》釋「之」為「往」，固然可以講得通，但總覺得不太妥當，不如馬瑞辰把這一句解作「猶誰其永號」。意思可以有兩層，一層是說，理想歸理想，大家仍然生活在痛苦之中，所以有人在長聲哭叫，表示抗議；另外一層是說，假使果然能夠到新樂土去，那麼，誰還會長吁短嘆呢？

這首詩重章疊句，複沓的地方很多，所以令人在吟誦時，覺得有一唱三嘆之妙。

詩經新繹 國風編

國風二：衛風・王風・鄭風・齊風・魏風

作者：吳宏一
主編：曾淑正
企劃：葉玫玉
內頁設計：Zero
封面設計：丘銳致

發行人：王榮文
出版發行：遠流出版事業股份有限公司
地址：台北市南昌路二段八十一號六樓
郵撥：0189456-1
電話：（02）23926899
傳真：（02）23926658

著作權顧問：蕭雄淋律師
二〇一八年五月一日　初版一刷（印數：二五〇〇冊）
售價：新台幣三二〇元

ISBN 978-957-32-8255-6（平裝）
YLib 遠流博識網 http://www.ylib.com
E-mail: ylib@ylib.com

國家圖書館出版品預行編目（CIP）資料

詩經新繹・國風編・國風二：衛風・王風・鄭風・齊風・魏風／吳宏一著．-- 初版．-- 臺北市：遠流，2018.05
面；　公分．--（詩經新繹全集；2）
ISBN 978-957-32-8255-6（平裝）

1. 詩經　2. 注釋

831.12　　107004663